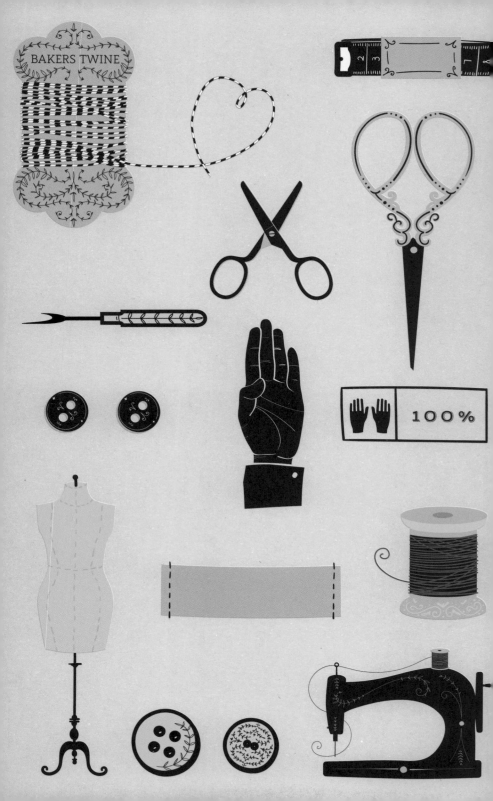

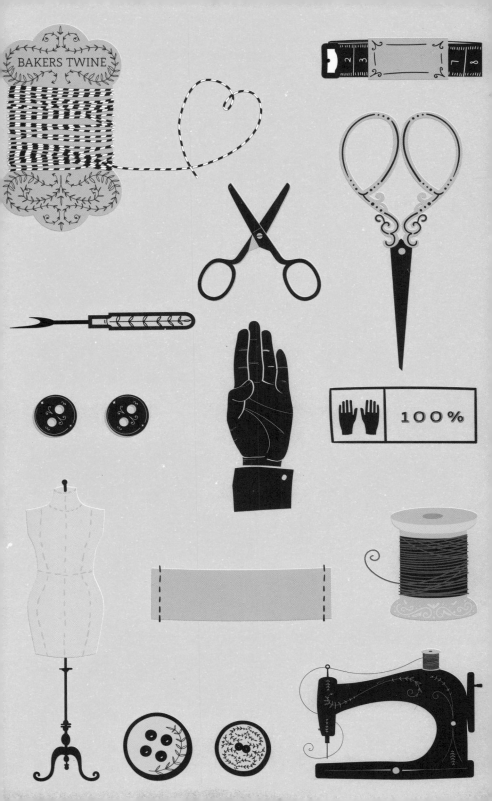

Dolores de amor crónicos

GRANTRAVESÍA

Maya Van Wagenen

Dolores de amor crónicos

Traducción de Táibele Ha'

GRANTRAVESÍA

DOLORES DE AMOR CRÓNICOS

Título original: *Chronically Dolores*

© 2024, Maya Van Wagenen

Traducción: Táibele Ha'

Diseño e ilustración de portada: © Inés Pérez
Fotografía de guardas: shutterstock_247448662

D.R. © 2024, Editorial Océano de México, S.A. de C.V.
Guillermo Barroso 17-5, Col. Industrial Las Armas
Tlalnepantla de Baz, 54080, Estado de México
www.oceano.mx
www.grantravesia.com

Primera edición: 2024

ISBN: 978-607-557-946-7

IMPRESO EN MÉXICO / *PRINTED IN MEXICO*

Para mi gente: los jóvenes, sarcásticos y enfermos crónicos. Estamos en excelente compañía, por lo menos.

Capítulo uno

Baño #62: Iglesia católica de san Francisco de Asís.
La clásica experiencia de múltiples retretes con papel
higiénico de una sola hoja. Si entras con expectativas
de cantos gregorianos, velas e incienso, quedarás
decepcionado. Dos estrellas y media.

～～～～～

Yo: Eh, hola, señor. *¿Padre?* ¿Así es? Suena raro. Yo…
mmm… nunca había hecho esto antes y, seré muy honesta,
no estoy totalmente segura de cómo funciona. Ay, Cristo,
este lugar es sofocante. Oh, lo siento, ése es… *su amigo.*
¡Probablemente no debería estarle diciendo esto! ¿Puedo
decirlo? ¿Cuáles son las reglas?

Sacerdote: ¿Por qué no empiezas por tomar una
respiración profunda?

Yo: Buena idea… bien.

Sacerdote: ¿Eres católica, hija?

Yo: Creo que sí. Mi tía dice que estoy bautizada, pero yo no
lo recuerdo.

Sacerdote: ¿Te bautizaron cuando eras muy pequeña, entonces?

Yo: Supongo.

Sacerdote: Eso es perfectamente válido. Eres católica.

Yo: Pero nunca había estado en una iglesia. Ni siquiera sé si creo en Dios o en Jesús o algo así. Mamá nos educó para ser humanistas seculares, ateos.

Sacerdote: Entonces, ¿qué te trajo aquí hoy, si se puede saber?

Yo: Mi tía. Ha estado intentando convencerme para que la acompañe a un servicio religioso, y entonces me dice: "¿Sabes? Nosotros, las personas mayores, no vamos a estar aquí para siempre", y luego cosas como: "¿No te gustaría hacer algo para que tu *tía** se sienta feliz?". Y hoy cedí, porque estoy pasando por una pequeña crisis, de hecho, y supongo que pensé: *¿por qué no?*

Sacerdote: "¿Por qué no?". Te sorprendería la cantidad de gente que llega aquí gracias a esa pregunta. Casi tanta como la que llega por un simple "¿por qué?".

Yo: Si le cuento algo, usted debe mantenerlo en secreto, ¿verdad? ¿Así funciona esto?

Sacerdote: El derecho canónico exige que los confesores mantengan en privado todo lo dicho en el Sacramento de la Penitencia. Ni siquiera para salvar mi propia vida podría divulgar una sola palabra de lo que tú me digas.

---

* Las palabras escritas originalmente en español se conservarán en cursivas para reflejar su intención inicial. *N. de la T.*

Yo: Bueno, maldición, probablemente no lleguemos a eso.

Sacerdote: De todos modos, debes saber que todo lo que se diga aquí es entre tú y Dios. Yo sólo soy un mediador, una especie de sustituto para recordarte el perdón de Dios. ¿Qué te preocupa, niña?

Yo: Es difícil saber por dónde empezar. Tengo un problema. Bueno, tres problemas distintos, en realidad, si lo desglosamos todo. Y, por lo general, eso es lo que se supone que hay que hacer, ¿no es así? ¿Desglosar las cosas y abordar los problemas de uno en uno? Pero no puedo hacerlo, en realidad… separar las tres cosas, quiero decir, porque todas son lo mismo.

Sacerdote: Muy parecido a la Santísima Trinidad.

Yo: No, para nada es así. Es, más bien… no sé. Espere, ¿alguna vez ha visto eso que pasa en las alcantarillas, cuando las colas de un montón de ratas se enredan? No recuerdo cómo se le llama a eso, pero después de un rato de estar atrapadas así, acaban convirtiéndose en una gran criatura que se retuerce de dolor, toda fusionada, junto con la sangre y la suciedad y las heces… Así son mis problemas.

Sacerdote: Qué imagen tan vívida.

Yo: Gracias. Y tengo que hablar rápido, porque mi *tía* cree que estoy en el baño, y así era, pero cuando ya venía de regreso vi la puertecita abierta de este armario…

Sacerdote: Confesionario.

Yo: Eso, claro. Bueno, vi que la puerta estaba abierta, y pensé que tal vez podría entrar y morir mutilada por una bestia gigante de Narnia. Pero eso no va a pasar, ¿verdad?

Sacerdote: Me temo que no, no.

Yo: Eso supuse. Entonces, me di cuenta de que era una de esas habitaciones con un sacerdote al otro lado de la pared, y pensé que quizá me ayudaría poder hablar con alguien, aunque no pudiera verlo. Especialmente, si no podía verlo. ¿Tiene sentido?

Sacerdote: Por supuesto. Continúa.

〰〰〰〰〰〰

"Naranja dulce, limón partido, dame un abrazo que yo te pido".

Tía Vera golpeteaba con los dedos en el volante mientras cantaba. De vez en cuando, en el momento en que el camino requería más concentración, cambiaba al simple tarareo y se inclinaba hacia el frente con los ojos entrecerrados tras sus gafas estilo ojo de gato. Su rosario oscilaba de un lado a otro del espejo retrovisor, a punto de arrancar al san Cristóbal de plástico que llevaba adherido al tablero.

"Si fueran falsos mis juramentos, en poco tiempo se olvidarán".

El coche de mi tía no tenía aire acondicionado, porque ¿para qué necesitaría ella una tontería tan cara cuando había ventanas perfectamente útiles que podíamos bajar… hasta la mitad? De alguna manera, y era algo sorprendente, la mujer de sesenta y cinco años ni siquiera estaba sudando. Su maquillaje —los labios rojos y una gruesa base un tono demasiado claro para su piel morena— se mantenía perfectamente en su sitio, gracias a su monumental fuerza de voluntad. Yo, en cambio, no tenía tanta suerte. Estaba segura de que, si el trayecto se alargaba demasiado, los policías me encontrarían derretida, con la carne permanentemente fusionada a la funda *granny square* arcoíris del asiento. "Pobre chica", dirían. "Muerta a tan sólo una semana de las vacaciones de verano. Una verdadera tragedia".

Tía Vera cayó en un bache y jadeé, aferrándome a la puerta con los nudillos blancos. Yo no era la única que estaba teniendo problemas. San Cristóbal (y, por extensión, el Niño Jesús que llevaba a cuestas) se cayó al suelo del lado del conductor, y rodó debajo de los pedales. *Tía* Vera murmuró algo en español mientras buscaba la figura, retirando su atención del camino.

—¡*Tía*, cuidado! —grité cuando el coche se desvió.

—¡Ajá! —respondió ella, devolviendo la santa figura a su legítimo lugar y el vehículo a su carril correspondiente—. *Cálmate, mija*. He tenido este coche durante tres décadas, lo cual equivale a más del doble de lo que tú llevas viva, y ni una sola vez he tenido un accidente.

Condujimos en silencio durante un minuto antes de que ella me mirara y analizara mi expresión de incomodidad mientras yo me aflojaba el cinturón de seguridad del regazo.

—¿Todavía tienes tu aflicción?

Suspiré, moví la cadera en el asiento y miré por la ventanilla entreabierta. *Mi aflicción*. Roedor asqueroso número uno.

—La cistitis intersticial es crónica, *tía*. Continua. Persistente. De larga duración. Ocurre durante un largo periodo de tiempo. Así que sí, todavía tengo mi aflicción.

—*Ay, niña*, sabes que no quise insinuar nada con eso —me reprendió con suavidad.

Las cejas de *tía* Vera se tocaban en el centro como dos orugas peludas dándose un beso. Mi hermano Mateo tenía esas mismas cejas, y mi padre, y supongo que yo también las tendría si Shae Luden no hubiera descubierto las bandas depilatorias en sexto grado e insistido en que aprendiéramos a usarlas. Todavía podía vernos en el enorme baño principal de sus padres, inclinadas sobre el tocador doble, incitándonos la una a la otra frente al espejo para finalmente arrancar la bandita. Al pensar en Shae, mi garganta se tensó, como cuando tragas demasiado fuerte y sientes un tirón.

—Vitalis de Asís —dijo *tía* Vera.

—¿Qué? —pregunté, dándome cuenta de que había filtrado la charla de mi tía.

—Te estaba diciendo que lo busqué. Vitalis de Asís es el santo patrón de… —bajó la voz para proteger mi pudor— los problemas de pipí.

Fruncí los labios.

—*Tía*, ya fui a la iglesia, como me lo pediste. Pero ir una vez no significa que crea en nada de… —señalé al mártir mal pintado en el tablero— esto.

Tía Vera levantó las manos y soltó el volante.

—*Claro que sí*, por supuesto. Te agradezco que me hayas dado el gusto. Las *viejitas* siempre presumen de sus hijos y nietos, y ahora saben que tengo la sobrina más guapa —bajó las manos y me miró con un atisbo de sonrisa—. Y nunca se sabe. La fe puede llegar más tarde.

No iba a servir de nada discutir. El coche avanzó hasta detenerse en el callejón lateral junto a la Imprenta Mendoza.

—¿Subes? —pregunté, abriendo la puerta y sacando los muslos desnudos de la cubierta empapada del asiento.

Tía Vera ladeó la cabeza.

—¿Está tu madre en casa?

Revisé la hora en mi teléfono. En la pantalla de bloqueo había una foto mía y de Shae de hacía un par de veranos. Estábamos sentadas en la cubierta del barco de sus padres, sonriendo a la cámara. En ese tiempo, Shae todavía tenía sus frenos y yo un flequillo demasiado corto que ella me había arreglado la noche anterior. Me había parecido una idea brillante en ese momento. Rápidamente, oprimí el botón para oscurecer la pantalla.

—¿El viernes a las seis y media? —respondí, intentando recordar el horario de mamá para esta semana—. Puede ser. Y si no está, llegará pronto.

—Entonces no, gracias, *mija* —respondió *tía* Vera y se inclinó para darme el obligado beso en la mejilla. Volví a meterme en el coche para complacerla—. De cualquier manera, tengo que llegar a casa a tiempo para *Rosa, mi vida* —continuó—. Nos vemos el domingo.

—Hasta el domingo.

Vi cómo el Ford Escort rojo del 87 de mi tía se alejaba por el callejón, tras esquivar por un pelo la esquina de nuestro gran contenedor metálico. *San Cristóbal sí que se mantiene ocupado*, pensé mientras sacaba las llaves y me daba la vuelta para mirar el cartel de IMPRENTA MENDOZA.

Mis padres rentaron un departamento de dos pisos, sin elevador, en el centro. Así se lo describía siempre a la gente, porque sonaba mucho mejor que la realidad. El angosto edificio de ladrillo estaba encajonado entre dos vecinos: una barbería y una heladería de mala muerte que Mateo y yo estábamos seguros de que servía de tapadera para algún tipo de esquema de lavado de dinero. Mamá nos decía que eso era una locura, pero sólo ofrecían seis sabores, y uno de ellos era regaliz negro, así que ¿de qué otra manera podrían mantenerse en el negocio?

El precio de la renta incluía el escaparate de la planta baja y un departamento en el piso de arriba, al que sólo se podía acceder por unas escaleras de metal verde que se encontraban afuera del edificio y que eran escandalosamente ruidosas. Papá decía que teníamos suerte de que las escaleras hicieran tanto ruido. Era como tener un sistema de alarma gratis.

—Hey, tú —saludó Mateo, mi hermano.

Ya me había abierto la puerta antes de que yo lograra llegar al último escalón.

Lo empujé y seguí mi camino.

—Muévete, tengo que orinar.

—Grosera.

~~~~~~~~~~

Baño #1: Departamento de los Mendoza. Compartido por tres adultos y una adolescente, este ruidoso inodoro tiene una gran demanda, aunque sus instalaciones dejan mucho que desear. El personal de limpieza es escaso y es común que no se repongan los artículos de primera necesidad, como el papel higiénico y el jabón de manos. El lugar sólo se salva por su excelente recepción de internet y un novedoso interruptor de luz en forma de elefante. Considera largos tiempos de espera, furiosos golpes en la puerta y un inquietante anillo amarillo en la parte inferior del asiento del escusado. Una estrella.

~~~~~~~~~~

Una vez que me sentí moderadamente mejor, volví a la sala y me dejé caer de cara sobre el respaldo de nuestro viejo sofá beige. El sofá gimió en señal de protesta y su estructura se hundió tristemente.

—Mira todo este sudor —anuncié, con la voz amortiguada por el cojín—. Soy un monstruo del pantano —lancé las sandalias al suelo.

—Me encanta que todo eso se filtre en el sofá —se quejó Mateo. El sillón reclinable chirrió cuando se sentó frente a mí.

—Ay, por favor. Este sofá se mantiene unido a pesar de tus gases. Un poco de sudor no va a hacer ninguna diferencia —me di la vuelta—. Hey, ¿por qué no estás abajo?

Mateo tenía casi veintiún años pero aún vivía en casa. Mamá y papá lo nombraron "gerente" del negocio familiar, lo que significaba que se quedó aquí y no se fue a la universidad como sus amigos dos veranos atrás. Mi hermano estaba bien afeitado, tenía el cabello oscuro y rizado, y una constelación de granos sobre su tupida uniceja. Al igual que papá, medía un poco menos de metro setenta, pero mientras papá era corpulento y cargaba una panza cervecera, Mateo mantenía esa apariencia del Jesús de las estampas: delgada y musculosa. Shae siempre estuvo enamorada de él.

—Tenía que poner una carga de ropa —respondió Mateo para defenderse—. Además, no había nadie abajo, así que pensé que Johann podría manejar las cosas solo por unos minutos.

—*Oh, mi Johhhhhaaaaaann* —canté.

Las mejillas de Mateo enrojecieron.

—No es eso. Sólo somos amigos.

Johann Dietrich estudiaba en la escuela de arte local. Su madre, estadounidense, se fue a estudiar a Alemania y nunca regresó. Johann decidió, en el espíritu de la tradición, que quería hacer lo contrario en su experiencia universitaria. Mamá lo había contratado dos años atrás para que se encargara de los asuntos de diseño en la imprenta, cuando el local

ganaba dinero en lugar de perderlo como si fuera una hemorragia. Mateo había estado locamente enamorado de Johann
desde su primer turno. Pero mi hermano era demasiado co-
barde para aceptarlo.

—Quieres lamer su bonita cara alemana —bromeé.

Mateo suspiró.

—Es *tan* bonita.

Levanté la cabeza y escuché el tintineo lento y decidido de
las escaleras, lo que significaba que mi madre estaba en casa.
Cuando las cosas en la imprenta empezaron a ir mal, mamá
consiguió un nuevo trabajo como conserje en el gimnasio de
veinticuatro horas al otro lado de la ciudad. Ella lo odiaba.
Nunca lo ha dicho, pero no hacía falta, lo escuchaba en el
ruido que hacían sus pies al subir las escaleras.

Obedientemente, Mateo le abrió la puerta y mamá entró
arrastrando los pies y deslizó sin mayor ceremonia dos cajas
de pizza sobre el mostrador de la cocina.

Mi corazón se hundió.

—¿Otra vez pizza? —pregunté, tratando de que la decepción no se colara en mi voz.

Mamá se sentó a la mesa para quitarse los tenis con plan-
tillas ortopédicas.

—Sí. ¿Y?

Puse mala cara e hice una pregunta cuya respuesta ya
sabía.

—¿Esta vez elegiste la que lleva salsa blanca? Sabes que
no debo comer tomates.

Mamá cerró los ojos y giró la cara hacia la polvorienta
lámpara. Vi cómo las arrugas de su frente se tensaban y luego
se relajaban mientras respiraba largamente antes de volver a
mirarme.

—Lo siento, Dolores, lo olvidé por completo.

Mateo sacó un trozo de pizza de la caja.

—Puedes quedarte con mis orillas, Dolores. Mételas en el horno para que se doren con un poco de queso, báñalas en algo de aceite de oliva y orégano. Haz algo elegante.

Me levanté y sacudí la cabeza mientras empezaba a investigar en los gabinetes de la cocina.

—Está bien. Tengo peras en almíbar y galletas saladas por aquí, en alguna parte.

—Bueno, no puedo competir con eso —respondió Mateo con tono sarcástico.

Le mostré el dedo de en medio.

Mamá examinó a mi hermano con desconfianza y luego miró su reloj.

—¿Qué estás haciendo aquí? —le preguntó—. Cerramos hasta las siete y media. La gente recoge sus pedidos de camino a casa, al salir del trabajo.

Mateo agachó la cabeza con gesto culpable.

—Johann está a cargo —murmuró entre su grasiento bocado de pizza.

—Deberías tomar algunas de sus horas —dijo mamá—. A Johann tenemos que pagarle. A ti no —hizo una pausa—. Si las cosas siguen como hasta ahora, vamos a tener que dejarlo ir.

La uniceja de Mateo se elevó hasta unirse a su cabello.

—No te atreverías —dijo, lanzando su pizza de nuevo en la caja como para remarcar la gravedad de la situación—. Él es lo único bueno de estar aquí.

—Grosero —intervine.

Mateo cambió su expresión a una de suave súplica mientras se acercaba a mamá.

—Quiero decir, además de mi *maravillosa* familia y mi hermosa y *compasiva* madre, que nunca jamás arrebataría los últimos restos de mi alma despidiendo al amor de mi vida —Mateo tomó las manos de mamá entre las suyas y batió sus largas pestañas negras—. Y debo añadir que estás radiante con ese uniforme azul marino. Realmente resalta tus ojos.

Mamá ocultó una leve sonrisa.

—Mándalo a casa por hoy —dijo ella—. Pero tú tienes que quedarte y asegurarte de que esos carteles de las mesas estén *perfectos*. Un error más, y el señor Kim se llevará sus pedidos a otra parte.

—Sí, señora —respondió Mateo, haciendo un saludo militar con el trozo de pizza recuperado antes de desaparecer por la puerta. Su rápido descenso por las escaleras fue el único ruido en el departamento por un rato.

Mamá suspiró y se fue a su recámara a cambiarse.

Silencio. El silencio había sido mi enemigo durante las dos últimas semanas. En el silencio, no podía evitar recordar esa cosa terrible que me estaba acechando desde las sombras. Imaginaba que se parecía a la estatua de jaguar que sostenía la mesita de cristal de la casa de *tía* Vera: una bestia congelada con el lomo arqueado y los ojos de piedras preciosas fijos en su objetivo, esperando por siempre el momento oportuno para atacar.

Había reproducido la escena tantas veces en los últimos catorce días que el recuerdo había adquirido un cariz más bien cinematográfico. Tal vez fuera un mecanismo de defensa para hacer frente a la miseria de mi degradación, tal vez fuera el resultado del traumatismo cerebral, pero me imaginaba el momento como una de esas telenovelas empalagosas de colores brillantes que tanto le gustaban a mi tía: *Rosa, mi vida,*

Los ojos del amor, El corazón palpitante. Había una iluminación espectacular, unas tomas desde extravagantes ángulos de la cámara y una arrolladora partitura interpretada por un cuarteto de cuerdas...

~~~~~~~~~~

INTERIOR DE LA ESCUELA SECUNDARIA SUSAN B. ANTHONY, A ÚLTIMA HORA DE LA TARDE, DOS SEMANAS ATRÁS

Abrimos en una clase de octavo grado preparada para los exámenes estandarizados de fin de curso. La SEÑORITA HARPER camina de un lado a otro mientras los ALUMNOS en los pupitres metálicos tachonean exageradamente sus pruebas. Oímos el clic, clic, clic de los tacones de la profesora en el suelo. DOLORES muerde la punta del lápiz, inquieta, sudorosa. La cámara se detiene en la botella de agua vacía de su mesa. Dolores aprieta sus piernas juntas y le lanza una mirada al reloj, la toma se acerca a sus ojos aterrorizados. El tic-tac del reloj se suma al golpeteo de los tacones de la profesora, los sonidos se enlazan con la urgente melodía de un violín solitario.

           SEÑORITA HARPER
    Queda un minuto, muchachos.

El rostro de Dolores se contorsiona en una
máscara de dolor mientras rellena el último
círculo de su plantilla de respuestas.
Da la vuelta a su examen y se levanta
victoriosa, prácticamente derribando el
escritorio. ¡Pero es demasiado tarde! Un río
de humillación se desliza por sus piernas.
La imagen se acerca a su boca abierta cuando
deja escapar un gemido de desesperación.

                    DOLORES
          ¡Noooo!

Sus compañeros se giran uno a uno con
expresiones amplificadas y marcadas por
cuerdas percusivas. ¡Horror! ¡Asco!
¡Diversión! Devastada, Dolores se cubre los
ojos con el brazo mientras intenta huir
del salón. ¡Pero no lo consigue! Dolores
resbala en el charco y cae, cae, cae,
en cámara lenta. El fuerte golpe de su
cráneo contra el suelo de linóleo detiene
la música. La señorita Harper corre a su
lado y su rostro se asoma por encima de la
cámara. Su voz suena aturdida.

                  SEÑORITA HARPER
          No te muevas, Dolores. No te
          muevas. ¡Podrías haberte roto el
          cuello!

Las luces fluorescentes entran y salen de
foco.

Dolores parpadea en silencio, con las
lágrimas fotogénicamente congeladas en sus
mejillas. Desde arriba, el charco de orina
del color de un resaltador amarillo se
extiende inexplicablemente por el suelo,
empapando a la chica, a la profesora y los
zapatos de los asqueados espectadores. De
fondo, se oyen las risas y burlas de los
alumnos, distorsionadas, agudas, resonando
por encima de todo.

> SEÑORITA HARPER
> ¡Que alguien llame al 911!

> ESTUDIANTE #1
> ¡No podemos! ¡Usted nos quitó
> los teléfonos para el examen!

EXTERIOR DE LA ESCUELA SECUNDARIA SUSAN B.
ANTHONY, AL FINAL DE LA TARDE

Vuelve la música, suave y melodramática.
Una ambulancia se detiene con un rechinido
de llantas frente a la escuela. Dos
PARAMÉDICOS se apresuran a entrar y vuelven
a salir tan sólo un instante después,
sacando de la escena a la lamentable alumna
de octavo grado, empapada e inmovilizada por
un collarín. Tras las ventanas, los alumnos

de la escuela presionan sus caras contra el vidrio para echar un vistazo. De nuevo, vemos primeros planos de sus expresiones. ¡Desprecio! ¡Lástima! ¡Fascinación! Los paramédicos suben a una empapada y goteante Dolores a la parte trasera de la ambulancia. Sobre esta conmoción, el título aparece en la pantalla en letras cursivas: UNA CATÁSTROFE ADOLESCENTE… protagonizada por DOLORES MENDOZA y SU VEJIGA TRAICIONERA. Una producción de TELEVISIA.

~~~~~~~~~

—Dolores. *¡Dolores!*

Brinqué, y me giré para mirar a mi madre, que estaba inclinada sobre el respaldo del sofá.

—¿Qué?

—Estabas mirando al vacío —entrecerró los ojos con suspicacia—. Es esa conmoción cerebral, ¿no es así? ¿Sabes? Fue por eso nunca dejé que Mateo se apuntara al futbol americano.

—Mateo no quería jugar futbol americano; él sólo quería jugar *con* el equipo.

Mamá frunció los labios.

—Eso no tiene gracia —me dijo.

—Es divertidísimo. Y cierto.

El sofá crujió siniestramente. Mi madre se enderezó y se acercó al sillón reclinable.

—Supongo que tu cerebro está bien, entonces. Como sea, ¿en qué estabas pensando?

—En nada —respondí.

—¿Nada?

—Ajá —no iba a decirle la verdad sobre la telenovela mexicana que se desarrollaba en mi mente. De ninguna manera ella pensaría que mi cerebro estaba bien entonces.

—¿Sabes…? —empezó mamá, estirando la palabra como si fuera un caramelo mientras cambiaba de tema—. La señora Luden no se ha puesto en contacto conmigo sobre las fechas de su viaje al lago este año.

Me sentía abrumada por la extraña sensación de balanceo cada vez que miraba la foto en mi pantalla bloqueada.

—¿Es sólo una omisión —insistió mamá— o hay algo de lo que quieras hablar?

La sensación de balanceo se convirtió en mareo. Era como estar de vuelta en el lago, Shae y yo recostadas en traje de baño y camiseta. Me imaginaba al señor Luden al volante, con un aspecto muy parecido al de los hombres de los anuncios de Viagra: alto y en buena condición, con el cabello grueso y canoso, y una sonrisa enmarcando sus blancos dientes. El rostro de la señora Luden siempre estaba completamente oscuro bajo su sombrero de ala ancha. Ella no era una persona: era una fachada glamurosa, una novela de bolsillo abierta, una mano con garras sosteniendo una copa de soda con vodka y limón. Y luego, estaba Shae, de color rosa-Pepto por el sol, resoplando de risa por algo que estaba ocurriendo en la orilla.

—No estoy segura de que vayan a ir —respondí, tratando de mantener mi voz casual—. Quizás estén muy ocupados este verano.

—Aaah… —mamá frunció los labios—. Dolores…

El sonido de pisadas, *pom, pom, pom*, subió por las escaleras.

—¡Papá está en casa! —salté para abrir la puerta, desesperada por escapar de la pregunta que sabía que mi madre haría a continuación.

La cara de mi padre estaba radiante cuando me estrechó entre sus brazos y me besó en la mejilla.

—¡*Mija*, nunca adivinarás lo que traje! —exclamó con esa voz áspera y rotunda que espantaba a los monstruos de la infancia y narraba cuentos para dormir—. ¡Vamos, chicos, súbanla, pero con *cuidado*!

Me incliné sobre el barandal metálico. Mateo y Johann estaban levantando cuidadosamente una enorme caja de un televisor de la parte trasera de la vieja camioneta Chevy de papá. Los dos se esforzaban por llevar la monstruosidad hasta la delgada y empinada escalera.

—No te creo… —dije.

—¡Es muy grande, señor Mendoza! —exclamó Johann con su suave acento alemán. Su flequillo rubio entrecortado asomaba por encima de la caja—. ¡Oh, hola, Lola!

Johann siempre me llamaba Lola. Me recordaba a esa canción. "Ella era Lola, una corista…".

Papá y yo entramos otra vez en el departamento para dejar pasar a los chicos. La cara de mamá se ensombreció cuando los dos metieron la caja del televisor a la sala.

—Un momento —dijo en voz baja y con tono cortante—, no podemos permitírnoslo. Tienes que devolverlo.

—No te preocupes —respondió papá rodeando la cintura de mi madre con el brazo. Ella se puso rígida—. Me la dieron con una tarjeta de crédito de la tienda —explicó él—. Sólo pagaremos un poco cada mes, así que es prácticamente gratis. Además, tengo la sensación de que las cosas están cambiando por aquí. Y es una ocasión tan especial…

Papá tenía un ritual cuando traía a casa regalos extravagantes, un guion que habíamos seguido desde antes de que Mateo y yo tuviéramos memoria siquiera. Era una fórmula que tal vez había utilizado con mi madre cuando la cortejó por primera vez, un millón de años atrás.

—¿Qué ocasión especial? —pregunté.

Mi padre sonrió satisfecho y levantó su uniceja, con sus hoyuelos prácticamente taladrando sus huecos en las mejillas mientras me miraba.

—¿Por qué, no es hoy tu cumpleaños?

Negué con la cabeza.

—No, papá, no lo es.

Él fingió estar confundido y se volvió hacia mi madre.

—Bueno, ¿debe ser el tuyo? —preguntó, y cuando ella no respondió, él la empujó suavemente hasta que la expresión de mamá se suavizó y negó con la cabeza—. ¿Mateo?

—Nop —respondió mi hermano.

Papá señaló a Johann, una nueva incorporación al ritual.

—¿Qué hay de ti? ¿Es *tu* cumpleaños?

Los ojos verdes de Johann delataron su confusión.

—No, no es mi cumpleaños —dijo él lentamente, mirando a Mateo como si se tratara de algún tipo de extraña tradición norteamericana que no entendía—. En Alemania, no tenemos deseos de cumpleaños antes de tiempo. Trae mala suerte.

Papá levantó las manos al aire en un gesto dramático.

—¡*Mea culpa*! —gritó en voz alta, golpeándose el pecho con un brazo—. Debo haber confundido las fechas. Perdónenme.

Mamá se clavó los dedos en las sienes.

—Diego —exclamó.

Una sola palabra. En la escuela no te enseñan que a veces un nombre puede ser una frase en sí mismo. Mateo miró a mi madre con preocupación, pero yo sabía que no iba a decir nada mientras Johann estuviera cerca.

—¿Quién se está encargando de la tienda? —preguntó mamá.

Papá se negó a que echaran abajo su buen ánimo.

—Nadie, la cerramos. Les di a los chicos los últimos treinta minutos libres —señaló a la pareja—. Van a ayudarme a poner esta cosa en la pared. ¡Es un trabajo para tres hombres!

Mamá se apartó.

—Me está dando una migraña —murmuró—. Me voy a la cama.

Papá parecía sorprendido.

—Abigail…

La puerta de la habitación se cerró con un golpe, y Johann, Mateo y yo nos quedamos mirándonos los unos a los otros y a la caja del televisor y al suelo, a cualquier parte menos a mi padre.

—Está bien, está bien —nos tranquilizó papá—. Su madre, eh, siempre manteniéndome a raya —hizo una pausa—. Está bien, ya saben, pero también esta tele nueva. ¿Verdad?

Los tres asentimos, quizá con demasiada fuerza.

—Es que los quiero mucho —añadió papá con seriedad—. Quiero que lo tengan todo, *mijitos*.

Mateo tragó saliva.

—Nosotros también te queremos, papá —dijo él—. Mmm… vamos a poner esta cosa en la pared, supongo.

Pero no lo hicieron. Resultó que papá había comprado un soporte para el televisor del tamaño equivocado. Y aunque hubiera sido el correcto, no logró encontrar ninguna de las herramientas que necesitaba para montarlo.

—Sé que tengo un detector de vigas en alguna parte —repetía una y otra vez, mientras rebuscaba en los gabinetes.

El dulce Johann resistió durante casi una hora, antes de inventar una excusa para irse. Una vez que se fue, Mateo y yo volvimos a nuestras habitaciones. Dudo que papá se diera cuenta de que no estábamos allí. Hasta bien entrada la noche, las dos primeras veces que me levanté para ir al baño, pude oírlo murmurar solo, rebuscando por la casa hasta que finalmente, en silencio, se fue a la cama.

Capítulo dos

Mi vejiga me despertó antes de que saliera el sol. Cuando volví a meterme bajo las sábanas, sabía que no podría volver a dormir. Lo intenté de cualquier forma, pero sólo di vueltas en la cama como una foca en un muelle, desesperada por encontrar un lugar cómodo antes de que la luz de la ventana cambiara de azul a rosa. Fue inútil. A pesar de mis esfuerzos, me fue negado el dulce olvido de la inconsciencia. Grité contra la almohada y aparté el edredón de mis piernas.

Como le había dicho al cura, se cernían sobre mí tres problemas: mi impía trinidad. Empezó con el problema uno, mi globo de pipí defectuoso, que llevó al problema dos, orinar accidentalmente en público durante la última semana de la escuela secundaria, lo cual causó el problema tres, mi condición de leprosa. Una leprosa sin colonia. Una pequeña y solitaria leprosa.

Tomé mi teléfono y fruncí el ceño. No había notificaciones. De todos modos, abrí mis mensajes de texto y me desplacé hasta el final de la larga cadena de burbujas azules a lo largo de la parte derecha de la pantalla. Desesperada, envié otra andanada al abismo que nos separaba.

Ya pasaron dos semanas Shae por qué me estás ignorando?

Tus papás te quitaron el teléfono?

Por favor di algo para saber que estás bien

En realidad tú deberías estar preguntando si yo estoy bien

No lo estoy, por cierto

Tengo una historia divertida sobre Mateo quieres oírla?

Shae por favor

Mamá llamó a mi puerta y la abrió de golpe.

—¿Puedo pasar? —preguntó.

Puse el teléfono boca abajo en la mesita junto a mi proyecto favorito: *Compendio Absurdo de Cuartos de Aseo* (el C.A.C.A., para abreviar). Después de pasar una parte alarmante del año en los baños, me pareció apropiado que hubiera algún tipo de registro escrito que lo conmemorara. Así que abrí una carpeta. Tenía sesenta y dos brillantes entradas, protegidas, que los calificaban entre una y cinco estrellas. Había empezado como una estúpida bromita privada. Pero seguí haciéndolo mucho después de que ya había perdido la gracia. No estaba segura de por qué.

Mamá se aclaró la garganta.

—¿Tengo opción? —pregunté.

—La verdad es que no —contestó mamá, cruzando la recámara para sentarse al final de mi cama. Ya llevaba su uniforme de conserje y el cabello recogido en una cola de caballo. Puso un folleto sobre el edredón, entre nosotras.

—¿Qué es esto? —pregunté, analizando la genérica foto de la portada. Un grupo de adolescentes de distintas razas se sonreían como si no pudieran creer lo bien que se llevaban entre sí.

Mamá señaló el encabezado.

—Es un taller, ¿ves? *Habilidades de comunicación para niñas de diez a trece años*. Te apunté.

Parpadeé, sin comprender lo que estaba pasando.

—Tengo catorce.

—No hace tanto que tenías trece —mamá se apoyó en una mano y tomó el folleto con la otra—. Nadie estará en la puerta comprobando identificaciones. De todos modos, es gratis, y parece... —lo abrió— esclarecedor —decidió.

—*¿Esclarecedor?*

—Como para ayudarte a "comprender los problemas de comunicación más comunes" —dijo metódicamente, mientras recorría con la mirada la primera solapa—. "Aumentar tu confianza a la hora de hacer amistades y desenvolverte en ellas, practicar en escenarios"...

—Deja de leerme el folleto —la interrumpí y le arranqué el papel de las manos—. No lo necesito. Sé perfectamente cómo comunicarme.

Mi madre echó un vistazo a la habitación. Observó los cajones desordenados, el suelo cubierto de ropa sucia, la impresionante pila de tazas y cucharas sobre la cómoda.

—Dolores, sé que lo estás pasando mal en estos momentos —habló con la misma voz tranquila y mesurada con la que uno se enfrenta a un animal salvaje—. Tal vez tenga que ver con tu percance en la escuela o con que Shae no te haya invitado al lago este año. Está bien que no quieras hablar conmigo de eso. Yo no quería hablar con mamá de nada cuando tenía tu edad. Pero tal vez... —lo pensó por un segundo—. ¿Tal vez podrías hablar con Mateo sobre esto?

Puse los ojos en blanco.

—Porque Mateo tiene tantos amigos —dije.

—Ha tenido más de uno —rebatió mamá.

Fruncí el ceño.

—Sólo me refiero a que Shae y tú eran inseparables. Desde que eran unas niñas —explicó mi madre, retrocediendo diplomáticamente—. No necesitaste hacer ninguna amiga más, y eso era *genial*.

La forma en que enfatizó la palabra *genial* me hizo saber que pensaba que era cualquier cosa menos eso.

—¿Adónde vas con todo esto? —pregunté, entrecerrando los ojos.

—Lo que quiero decir es que ustedes dos pasaron tanto tiempo juntas que inventaron su propia forma especial de comunicarse, como... —mamá se pasó la lengua por los dientes mientras buscaba una analogía— como si fueran unas gemelas salvajes. La forma en que interactuaban entre ustedes tenía sentido para la otra, pero era mucho menos clara para los demás.

—Demasiadas críticas para ser tan temprano. De todos modos, Shae y yo estamos bien. Ya te lo *dije*. Su familia no irá al lago este año.

Mamá levantó las manos.

—Lo único que digo es que te faltó aprender a hablar con los demás, a formar nuevas amistades. Este taller me pareció un buen comienzo. Y lo mejor es que puedes ir caminando. ¿No es genial?

—Sólo los bichos raros irían a algo así —gemí—. O sea, las niñas de sexto grado o las masoquistas o las extraterrestres en trajes de carne humana para aprender cómo pasar desapercibidas.

Mamá negó con la cabeza.

—Búrlate todo lo que quieras, lo entiendo. Pero vi este folleto y pensé en ti, y yo sólo… tuve un buen presentimiento. Como si fuera algo que en verdad pudiera ayudar —frunció los labios y se quedó viendo sus manos—. Eso es todo.

Miré a mi madre, la miré de verdad: el surco profundo que le cruzaba la frente, las arrugas que empezaban a formarse alrededor de los ojos y los ojos mismos, rojos como si hubiera llorado hasta quedarse dormida. Seguro que fue así, después de lo que pasó ayer con papá y el televisor. Con lo preocupada que estaba por el dinero, era probable que llorara hasta quedarse dormida casi todas las noches. Y luego estaban mis cuentas médicas, que sólo Dios sabe a cuánto ascendían.

Mamá se veía vieja. Ésa era la palabra. En cuanto lo pensé, la piel se me puso caliente y me empezó a dar comezón, y recordé entonces lo que había dicho *tía* Vera sobre que todos los viejos morirían algún día.

Dios mío. —¡Bien!

—¿En serio? —su cara se iluminó tanto que me hizo sentir mal por haber opuesto resistencia.

—Sí. Lo que tú digas —dije, omitiendo el hecho de que fue necesario imaginar su mortalidad para motivar mi obediencia. Ay, *tía* Vera y esos viajes de culpabilidad católico-mexicanos.

Mamá me rodeó con sus brazos. —*Gracias.*

—¿De qué? —murmuré pegada a su uniforme.

—Por hacer a un lado tu independencia lo suficiente para dejarme ser tu madre —mamá me soltó y se levantó—. Es hoy de dos a cuatro. La dirección está en el folleto —enseguida desapareció por la puerta antes de que yo pudiera cambiar de opinión—. ¡Y ponte ropa de verdad! ¡Nada de sudaderas!

———~~~~~———

Baño #2: Imprenta Mendoza. Este inmaculado baño de un solo retrete, revestido de azulejos, es todo lo que el baño de arriba desearía ser. La falta de clientes asegura que este pintoresco remanso permanezca perpetuamente vacío, pero los propietarios lo mantienen siempre abastecido de costoso papel higiénico y aromatizante, "por si acaso". El único inconveniente es la actitud del gerente hacia los no-clientes que se refugian en este oasis sagrado. Cuatro estrellas y media.

———~~~~~———

—Ya te lo he dicho, Dolores —Mateo enderezó un expositor de tarjetas de felicitación—. Ese baño no es para ti.

Mis dedos se detuvieron ligeramente en la perilla de la puerta.

—Eso sólo me hace desearlo más.

—Exclusivo para Clientes —señaló el cartel que colgaba al nivel de mis ojos—. A menos que uno de nosotros sea el único que esté a cargo de la imprenta, los Mendoza deben subir al departamento. Reglas de mamá.

Tenía dos cosas que esperar en mi futuro: agujeros en el revestimiento de mi vejiga y cuatro años en los que mi nombre iría inmediatamente seguido de "¿Sabes? En octavo se resbaló con su propia pipí, se golpeó la cabeza y se la llevaron en ambulancia". Con eso en el horizonte, el baño prohibido era uno de los pocos consuelos preciados que me quedaban. No iba renunciar a él sin luchar.

—No haces que Johann suba —argumenté.

Mateo resopló.

—Me encanta Johann. ¿Crees que quiero que sea testigo de nuestro baño? ¿Crees que quiero que vea tu arte capilar en la pared de la ducha, o el asqueroso protector bucal de mamá, o la colección de jabones de no tan buena suerte de papá? —la boca de Mateo formó esa misma pequeña línea que hace la de mamá cuando está enfadada—. O sea, ni siquiera sabría cómo empezar a explicar eso último.

—Tal vez no exista un equivalente alemán —miré alrededor de la imprenta—. ¿Dónde está papá? No está su camioneta.

Mateo negó con la cabeza.

—Está haciendo algún trabajo para una de las amigas de Vera, creo. Lo cual es bueno, supongo, siempre y cuando se acuerde de cobrarle.

Papá siempre había complementado los ingresos familiares con esporádicos e informales trabajos de contratista. Era difícil saber exactamente cuánto ganaba, pero parecía gastarlo con bastante libertad. Volví a pensar en esa mañana, cuando me había servido un tazón de cereal y me di cuenta de que el televisor, de nuevo en su caja, seguía incómodamente guardado en la sala. Los trozos desparramados del soporte de tamaño incorrecto estaban esparcidos por la alfombra. Dudaba que alguien pudiera encontrar alguna vez las arandelas o los tornillos.

—¿En serio teníamos suficiente dinero para esa tele? —pregunté, temiendo la respuesta.

Mateo me miró con severidad.

—Escúchame, Dolores. No somos *nosotros*, son *ellos*. Sus finanzas. Sus decisiones. Sus líos. Es entre *ellos* —se frotó los ojos—. Nada de esto tiene que ver contigo, ¿entendido?

—Pero la cuenta de la ambulancia sí fue mía —gemí.

—No —dijo él con firmeza—. Eres su *hija*. Eres dependiente. Es el trabajo de tus padres *cuidarte*.

Asentí, sorprendida por su tono.

—Como sea —dijo, sacudiéndose la seriedad—, mamá dijo que irías a esa reunión de niñas tristes en ese espacio para eventos a unas calles de aquí, y me preguntaba si podrías colocar algunos volantes en el camino.

—¿Para qué?

Mateo fue detrás del mostrador y sacó una caja con papeles, tachuelas y cinta adhesiva.

—Una oferta promocional especial para la tienda —miró con tristeza por el gran escaparate en la parte delantera del local—. *Tengo* que hacer que Johann siga trabajando aquí. Mi plan de quince años depende de ello. Empieza con un romance en el trabajo y termina con nosotros como propietarios de una hostería en algún pueblecito alemán con calles empedradas y un castillo a lo lejos —me puso la caja en los brazos—. No me lo fastidies.

Forcé una sonrisa.

—Ni en sueños.

———〰〰〰〰———

Supe que iba a ser un mal día para mi vejiga en el momento mismo que pasé frente a la heladería. Hacía dos años que One Fell Scoop había sustituido a una aburrida agencia de trabajo temporal de color beige. Desde entonces, mi tradición había sido agacharme bajo el gran escaparate cuando caminaba por ahí. En cuanto pasaba, echaba un vistazo rápido al interior para ver si podía sorprender a los dos hombres que trabajaban allí en medio de alguna acción nefasta. Tenía apodos para ellos basados en los tatuajes de sus caras: Araña y Lagrimita. Hoy estaban detrás del mostrador rosa y azul, limpiando la máquina de conos de wafles. Un par de niños estaban concentrados en sus enormes conos de helado en una mesa de la esquina, y una mujer mayor estaba ante una de las pequeñas mesas redondas, hojeando una revista y bebiendo una malteada.

En cuanto me levanté, lo sentí. A veces el dolor aparecía rápido y agudo a primera hora de la mañana, clavándome a la cama como una mariposa en una vitrina. Otras veces, cambiaba a lo largo del día, comenzando incómodo y haciéndose más agudo, más cruel, rechinando sus dientes en mi pelvis. Pero siempre, siempre estaba ahí. Eso era lo que no podía explicarle a mi familia ni a Shae, lo que nadie con quien hablara podría entender.

Quizás era por los jeans. Balanceé la caja de folletos contra mi cadera e intenté ajustar la cintura un poco más arriba. Desde que me diagnosticaron la enfermedad, había dado prioridad a la comodidad y vivía exclusivamente con los viejos pantalones deportivos y sudaderas de mi hermano. Eran de su etapa deportiva de undécimo grado, un periodo de su vida que no se nos permitía mencionar. Por suerte para mí, Mateo nunca se deshacía de nada.

Me detuve ante una pared cubierta de carteles que decían cosas como "Clases de piano económicas para todas las edades" y "Se venden cachorros de pura raza" y "Yo sé adónde voy a ir después de morir, ¿y tú? ¡SÁLVATE hoy, antes de que sea demasiado tarde!". Saqué uno de los volantes de Mateo. En grandes letras mayúsculas, se leía "¡HAZ QUE TE VOLTEEN A VER!" y, debajo: "Diseña tus propios artículos de papel en Imprenta Mendoza. ¡25% de descuento en tu primer pedido!". En colores vivos y saturados, mi hermano había editado una imagen de un gato con un sombrero de copa volando por el espacio sobre un pterodáctilo, mientras ambos disparaban pistolas láser. Era evidente que Johann no había participado en el diseño.

Colgué cuatro o cinco volantes de camino al taller, que se celebraba en un local que se rentaba en las afueras del centro de la ciudad. Nunca había entrado, aunque ya habíamos impreso la dirección en invitaciones de bodas, fiestas de cumpleaños y retiros. Fue entonces cuando me di cuenta de cómo mi madre había oído hablar de él. Saqué el folleto del bolsillo y miré en la esquina inferior izquierda. Por supuesto, allí estaba nuestro logotipo, un IM de aspecto artístico que Johann había diseñado cuando empezó a trabajar para nosotros. En ese tiempo, no habíamos arruinado por completo el negocio.

—¿Estás aquí para tomar el taller?

Levanté la vista. Una mujer, quizá no mucho mayor que Mateo, estaba abriendo la puerta para mí. Llevaba un saco de color salmón mal ajustado sobre un vestido informal que le llegaba a medio muslo. Miré sus tacones, tal vez demasiado altos y brillantes para ser parte de un atuendo ejecutivo.

—Mmm... —no era posible que alguien hubiera dejado a esta bebé adulta a cargo.

Es demasiado tarde para volver atrás; tienes que orinar, me recordó mi vejiga.

Púdrete en una zanja, respondí. Pero ella tenía razón.

La mujer me hizo un gesto exagerado para que entrara.

—No seas tímida, vamos, todo el mundo se está sentando, *integrándose*. Hay limonada y galletas de chocolate en la mesa. Puedes dejar esa caja aquí, si quieres.

—¿Me puedes decir dónde está el baño, por favor? —pregunté amablemente.

—Por supuesto. Está aquí detrás, a la izquierda. No hay manera de que te pierdas.

Capítulo tres

Baño #63: Eventos en Verde. Tratándose de un espacio diseñado para ser personalizable, el baño está decorado de forma bastante distintiva. El tema parece ser "escapada a la playa" lo cual podría ser divertido si no nos encontráramos a varios cientos de kilómetros del océano. Aparte de la decoración, está limpio, bien surtido y el ventilador se enciende automáticamente. También debe destacarse una sirena con pezones prominentes, envuelta alrededor del dispensador de jabón. Bastante descarada. Cuatro estrellas.

~~~~~~~~~

Al dar vuelta en la esquina y entrar en el espacio principal, me di cuenta enseguida de que había cometido un terrible error al aceptar venir. Una treintena de niñas exploradoras —todas llenas de cintas, vestidas de color caqui y por completo prepúberes— estaba congregada alrededor de la mesa de limonada. Se me hundió el estómago mientras buscaba a alguien, quien fuera, que ya no estuviera en la escuela primaria.

Al darme la vuelta, dispuesta a escapar, me estrellé contra la mujer de la puerta y estuve a punto de hacerla caer.

—Tengo que darte tu cuestionario —me dijo, enderezándose sobre sus tacones de fiesta y poniéndome en las manos un portapapeles y un lápiz.

—Pero... —protesté.

—No te preocupes, es sólo para mi profesor. Si no, no me dan créditos por este proyecto.

Me dirigí a la última fila de sillas plegables de metal y eché un vistazo a la media hoja sobre el portapapeles.

Califica cada afirmación como "totalmente de acuerdo", "de acuerdo", "algo de acuerdo", "insegura", "algo en desacuerdo", "en desacuerdo" o "totalmente en desacuerdo".

1. **Me considero una comunicadora eficaz.**
2. **Me siento cómoda presentándome ante desconocidos.**
3. **Puedo defender mis necesidades cuando es necesario.**
4. **Sé cómo comunicar límites saludables.**
5. **Puedo resolver un desacuerdo con un amigo.**

Metí el papel en mi bolsillo y dejé el portapapeles y el lápiz en la silla vacía que estaba a mi lado. De ninguna manera respondería esa estúpida encuesta. Maldito crédito escolar de la mujer de la puerta. ¡Y malditos jeans! Bajé un poco la cinturilla del pantalón mientras las niñas exploradoras se dirigían a sus asientos, entre risitas, dejando para mí toda la última fila.

La mujer se dirigió al frente de la sala y aplaudió.

—¡Hola a todas! Mi nombre es Nora Evans, estudio psicología en la universidad, y estoy muy emocionada de estar aquí con ustedes hoy para hablar un poco sobre la comunicación…

—¿Un poco? —interrumpió una voz desde la primera fila. No alcanzaba a ver a quién pertenecía—. Se supone que esto sería un taller de dos horas. Mi madre no vendrá a recogerme sino hasta las cuatro.

Las chicas frente a mí resoplaban y cuchicheaban entre ellas.

Nora parecía un poco nerviosa.

—O sea, sí, eso es correcto. Vamos a estar aquí hasta las cuatro.

—Bueno, eso es hablar mucho, ¿cierto? —insistió la voz.

Risas divertidas brotaron de la multitud, menos sofocadas ahora.

—Quiero decir, ¿cierto?

¡Qué descaro! Tía Vera me habría dado una bofetada si me hubiera oído hablándole así a un adulto, aunque se tratara de una adulta en formación, como Nora. Casi me sentí mal por la estudiante de psicología, sonrojada hasta tener el color de su saco, al frente de la sala. Me levanté un poco sobre mi silla y por fin logré ver a la culpable.

No era una niña exploradora, eso estaba claro. Tenía al menos mi edad y vestía una blusa blanca sin mangas. Su cabello rubio platinado estaba peinado en una pulcra trenza que caía en su espalda. Por el más breve de los instantes, giró y nuestros ojos se cruzaron. Los suyos eran de color avellana, realzados por un delineador dorado y unas gafas redondas con montura metálica. Me agaché en mi silla. *Dios, Dolores, qué sutil eres.*

—Sí, mmm… —balbuceó Nora, preparando su presentación en el proyector—. Bueno, ¿por qué no seguimos adelante y empezamos con esto? Ya antes he hecho esta... mmm... presentación, así que tal vez podemos dejar nuestros comentarios para el momento de la discusión. ¿Les parece bien a todas?

La presentación fue larga. Demasiado larga. Las niñas exploradoras que estaban frente a mí perdieron rápidamente el interés y miraban al techo o susurraban o se retorcían y desenredaban sus cintas. Roí infelizmente el lápiz amarillo mientras el dolor de la pelvis me invadía la zona lumbar y bajaba reptando por los muslos. Volví al baño.

~~~~~~~~

INTERIOR DE LA CLÍNICA DE UROLOGÍA DEL ESTE, POR LA MAÑANA, UN AÑO ANTES

Dentro de una sala médica de examinación, el DOCTOR THATUS, un hombre calvo y enjuto, se acerca a DOLORES en un taburete giratorio. Su bigote de villano y el acompañamiento musical lleno de acordes menores indican de inmediato que este hombre es un personaje desagradable, en el que no se puede confiar. Le entrega a DOLORES una brillante hoja de papel fotográfico con imágenes de su vejiga.

DOCTOR THATUS
Esta enfermedad no tiene cura.

DOLORES examina las fotos con valiente estoicismo. Las imágenes están recortadas

en círculos, con las venas rosas y las
manchas rojas que les dan el aspecto de
un planeta yermo y desconocido suspendido
en la oscuridad. La cámara se acerca a la
mano temblorosa de MAMÁ MENDOZA, cuando se
la lleva al pecho asustada.

                    MAMÁ MENDOZA
          ¿Pero existe algún tratamiento?

El médico guarda silencio. Rueda su
taburete hasta un gabinete rebosante
de libros mientras deja que aumente el
suspenso. Lamiéndose el dedo, revuelve una
pila de papeles hasta que encuentra uno.
Nos detenemos el tiempo suficiente para leer
el título: LISTA DE ALIMENTOS PARA CI.

                    DOCTOR THATUS
          Existe una dieta baja en ácidos
          que mucha gente encuentra bastante
          útil. Nada de chocolate, café,
          especias, cítricos, tomates,
          alcohol, cosas así.

                    MAMÁ MENDOZA
          ¿Es sólo la dieta?

                    DOCTOR THATUS
          Existen medicamentos y terapias,
          pero no quiero que empiece con eso

ahora, es todavía demasiado joven.
Volvemos a la paciente. DOLORES,
aunque es, en efecto, joven, es
claramente madura e inteligente
para su edad. Y no sólo eso, su
larga melena oscura es agitada por
una brisa mágica donde sea que se
encuentre. Incluso en el interior
de los edificios.

MAMÁ MENDOZA
Por supuesto. Cuando su pediatra
siguió encontrando sangre en su
orina, nosotros, mi marido y yo,
estábamos muy preocupados de que
se tratara de algo grave.

DOCTOR THATUS
No, nada de eso. No es nada que
ponga en peligro su vida.

La cámara hace un acercamiento a los ojos
desconfiados de DOLORES. Los acordes menores
de la partitura aumentan en velocidad y
urgencia. DOLORES observa a su madre y
ve que la mujer se está dejando engañar
por las mentiras del hombre, totalmente
hipnotizada. El médico se gira para mirar
a su paciente.

DOCTOR THATUS (continúa)
Lo más probable es que pases por
ciclos. A veces estarás mejor,
otras veces peor. Hay cosas que
es casi seguro que empeorarán tu
situación: estrés, sobre todo,
montar en bicicleta, y tal vez
podrías tener más molestias
alrededor de tus…

Enfocamos la boca del doctor mientras baja
la voz. Los pelos de su bigote se erizan
con su aliento.

DOCTOR THATUS (continúa)
... tus días de señoria ...

DOLORES se endereza con justa indignación.

DOCTOR THATUS (continúa)
... lo cual es normal. Consíguete
una almohadilla térmica y una
bolsa de hielo. Aprenderás a
manejarlo. Necesitaremos programar
un seguimiento.

El engañoso médico rueda hasta la puerta y
sale de la habitación avanzando en reversa.
DOLORES se levanta e intenta detenerlo.

                    DOLORES
       ¡Vuelva aquí! ¡Periodo! ¡Se
       llama periodo! ¿Por qué no puede
       decirlo? ¡Me metió una cámara en
       la uretra! ¡Dígalo, maldita sea!
       ¡Dígalo!

El médico va demasiado rápido, rodando
por el pasillo, zigzagueando en reversa
como un cangrejo que se escabulle, con una
sonrisa malvada en los labios. La música
se intensifica cuando DOLORES, parada en la
puerta, ve al urólogo socarrón desvanecerse
en una nube de humo. En cuanto desaparece,
MAMÁ MENDOZA parpadea como si acabara de
despertar de un trance.

                  MAMÁ MENDOZA
       ¡Qué hombre tan dulce! ¿No te
       tranquiliza saber que no es
       centrado?

DOLORES mira a su madre. Sonríe con pesar
ante la ingenuidad de la mujer.

                    DOLORES
       Sí. Qué alivio.

                ~~~~~~~~

El doctor Thatus se había equivocado, por supuesto. La enfermedad *ponía* en peligro mi vida. Entre humillarme, alejar a mi mejor amiga y llevarme al hospital, la cistitis intersticial amenazaba con arruinar mi vida entera.

Mientras me lavaba las manos, volví a fijarme en la sirena desnuda, aunque era difícil no verla. Era hermosa y feliz y, bueno, fría por lo que parecía. Tuve envidia de ella. Qué mejor que ser otra cosa, cualquier cosa, de la cintura para abajo.

Cuando volví a la sala, Nora por fin había encendido las luces.

—De acuerdo, todas, sé que ha sido mucha información y estoy segura de que están cansadas de estar sentadas. ¡Así que ahora vamos a jugar una cosa! —tomó su bolsa de MANTÉN LA CALMA Y CONFÍA EN CARL ROGERS, y sacó una campana de su interior—. Quiero que coloquen las sillas de dos en dos, una frente a la otra, por toda la sala.

Se oyó un terrible chirrido cuando las asistentes siguieron las instrucciones de Nora. La niña exploradora de la fila de enfrente giró su silla para ponerla frente a la mía. Sonrió tímidamente, mostrando sus *brackets*, y luego se giró en su asiento para ver a la instructora.

—Ahora, voy a darles a todas un tema, y ustedes tienen que presentarse y mantener una conversación durante un minuto —levantó un dedo de una mano y la campana en la otra—. Cuando la toque, tendrán que correr a buscar una silla con alguien con quien no se hayan sentado antes. Cada ronda tendrá un tema nuevo. ¿Estamos listas? —sonrió—. ¡Su primer tema es la comida! ¡Adelante!

El gran espacio vacío resonó de repente con las conversaciones. Mi compañera se acomodó para verme otra vez.

—Me acaban de poner los *brackets* ayer, así que me duele mucho comer cualquier cosa. Sobre todo, cosas ácidas —se inclinó hacia delante y le dio la vuelta a su labio superior—. Tengo muchos cortes en la boca, ¿lo ves?

—Ajá.

Volvió a bajar el labio y miró con tristeza la mesa de bebidas.

—Tomé un vaso de limonada cuando llegamos —dijo, con los ojos llorosos—. Fue un error.

—¿Sabes? Venden cera que puedes poner sobre tus *brackets*. Eso ayuda algunas veces.

La chica negó con la cabeza.

—Ya lo intenté, pero sabe horrible. ¿Cuál es tu comida favorita?

—Mmm —lo pensé por un segundo—. No lo sé.

Era verdad. En un momento dado, la respuesta habría sido *carne guisada*, o café con chocolate Abuelita, o huevo con chorizo y papas, pero esas cosas entraban de lleno en la categoría a "Evitar" de la dieta de la CI. Me habían quitado muchos de los alimentos que me gustaban o los habían vuelto insípidos hasta el punto de no poder reconocerlos siquiera.

—El helado de vainilla, supongo —fue lo que dije.

Sonó la campana y ambas nos levantamos.

—Encantada de conocerte —dijo la Niña Brackets, y se fue a buscar a una nueva compañera.

Me senté en una de las sillas más cercanas mientras una niña pelirroja rebotaba en el asiento de enfrente.

—¡Escuela! —anunció Nora.

La chica que tenía frente a mí respiró hondo.

—Me llamo Emory, y el año pasado, en cuarto, mi clase era con la señora Taing, y leímos *Donde crece el helecho rojo*, y todos

49

los niños de mi salón lloraron, pero yo no lloré porque una vez vi a un perro atropellado por un camión, pero mamá dijo que sólo era un perro de peluche, pero los animales de peluche no tienen rojo adentro, así que apuesto a que me estaba mintiendo, igual que con el hada de los dientes —hizo una pausa—. ¿Alguna vez te has preguntado dónde estarán ahora todos tus dientes de leche, o sea, qué habrá hecho tu mamá con ellos, si estarán en algún basurero, en una bolsa o en un cajón?

—No —respondí.

Mateo y yo no habíamos crecido con el hada de los dientes, ni con Santa Claus, ni con Dios. Mamá estaba totalmente en contra de mentirles a los niños.

Sonó la campana.

La ruleta de charlas incómodas y forzadas continuó durante unas diez rondas, más o menos. Animales, deportes, vacaciones, películas, arte, hermanos. Cuanto más avanzábamos, más agresivas se volvían las niñas más pequeñas, que intentaban llegar antes que las demás a las sillas, utilizando sus puntiagudos codos y rodillas como armas.

—Ésta es la última ronda —dijo Nora—. Así que pueden elegir el tema del que quieran hablar esta vez.

Suspiré y apoyé la cabeza en las manos, pasándome los dedos por el cabello. La acción me dejó una capa grasienta en las palmas. ¿Cuándo me había bañado por última vez? *Hazlo mejor, Dolores.*

La silla frente a mí chirrió. Levanté la mirada.

Era ella. La chica de la primera fila con la blusa blanca. Se sentó y cruzó un tobillo sobre el otro. De algún modo, parecía todavía más fuera de lugar que yo. Ahora podía ver el resto de su atuendo: pantalones de finas rayas grises y tacones bajos. Era más parecido a lo que hubiera esperado que llevara

50

nuestra instructora, como si fuera a tener una entrevista de trabajo. O a conducirla, incluso.

La chica se inclinó hacia delante y estudió mi cara como si fuera una pregunta difícil de un examen.

—Te he estado observando —dijo finalmente, subiéndose las gafas por la nariz.

—¿Qué? —pregunté, mirando alrededor con nerviosismo. Ella asintió.

—Tienes un problema.

Capítulo cuatro

Yo: Hola, señor, soy yo. Espere. No puede verme, ¿cierto? Mmm, soy la, bueno… Estuve aquí hace dos días. Usted *es* la misma persona con la que hablé, ¿verdad? Porque esto sería muy incómodo si…

Sacerdote: Sí, hija, te recuerdo. Y soy el único sacerdote en San Francisco, así que si regresas en algún otro momento, también seré yo.

Yo: Eso es un alivio.

Sacerdote: Entonces, ¿qué te trajo aquí hoy? ¿Tu tía te amenazó de muerte otra vez?

Yo: No. Vine sola. Y no sé por qué, en realidad. Más que nada, necesitaba procesar algo que pasó, y usted es el único que sabe todo lo que está pasando. O más bien, usted lo era. Ésa es la cuestión, en realidad.

Sacerdote: ¿Cómo es eso?

———〜〜〜〜〜———

—Tienes un problema —había dicho la chica.

Se me enfriaron las manos.

—¿Qué?

Apoyó la barbilla en las manos entrelazadas.

—Fuiste al baño tres veces en los últimos noventa minutos —inclinó la cabeza—. ¿Es algún tipo de trastorno intestinal? Crohn, intestino irritable, colitis ulcerosa…

—Yo no… —tartamudeé—. Quiero decir, yo no…

—No, no es eso —su mirada era como papel matamoscas, sus ojos amarillo-ámbar me dejaban casi inmovilizada, retorciéndome sin remedio en un terror mortal—. Algo reproductivo —continuó la chica—, ¿o una infección del tracto urinario, quizá? ¿Te bañas? No deberías.

Me preparé para levantarme.

—Tengo que ir…

—Tienes que decírmelo —objetó ella—. Todavía no se ha acabado el tiempo.

Sacudí la cabeza con incredulidad.

—¡Ni siquiera te conozco!

—Terpsícore Berkenbosch-Jones —anunció la chica. Luego puso los ojos en blanco y añadió en un tono rápido y ensayado—: Terp, sí con acento, co, re. Terp-sí-co-re.

No dije nada.

La chica jugueteó con un anillo de oro que llevaba en el pulgar.

—Tú eres Dolores Mendoza. Vi tu nombre en la hoja de la señorita Nora. Eres la única aquí de mi edad —miró alrededor de la habitación y pasó los dientes por su labio inferior—. Y no afiliada a ninguna organización de hermandad.

Nora tocó la campana. El sonido pareció molestar a Terpsícore. Hizo una mueca y apretó su dedo pulgar contra su oreja.

—Gran trabajo, todas —dijo Nora con voz cantarina—. ¡He oído unas conversaciones excelentes! Ahora, se van a quedar con esa compañera por el resto del taller, así que vayan colocando las sillas juntas mirando al frente.

Terpsícore se puso de pie, levantó su silla y la giró para que tocara la mía.

¿El resto del taller?

Miré a la chica mientras se sentaba.

No puede ser.

Nora dio una palmada para que la sala volviera a quedar en silencio.

—Vamos a hacer un juego de roles. Con sus parejas, van a improvisar una conversación a partir de lo que yo les diga. Estas instrucciones van a ser un poco más difíciles que las anteriores, porque yo realmente quiero ayudarles a practicar la comunicación en escenarios más difíciles de la vida real.

Mi teléfono zumbó en mi bolsillo trasero.

—¿Podemos inventar los personajes? —preguntó una niña.

—Si eso quieren, pueden hacerlo —respondió Nora—. Si no, pueden ser ustedes mismas, actuando como creen que lo harían en el escenario que yo les voy a plantear. Les mostraré un ejemplo, mmm… Marisol, ¿por qué no te acercas y haces una demostración conmigo?

Mi teléfono volvió a zumbar. Dentro de mi caja torácica, el corazón me dio un vuelco. *Tal vez sea mamá. O Mateo. No te hagas ilusiones. No lo revises.*

Una de las niñas exploradoras más altas se levantó con timidez de su asiento y se reunió con Nora en la parte delantera de la sala. Jugueteó nerviosamente con el borde de su cinta.

—Muy bien, Marisol —empezó Nora—. En este escenario, tú serás la dueña de una tienda. Y yo voy a interpretar a una cliente que quiere devolver un producto que había comprado.

—¿Por qué lo vas a devolver? —preguntó alguien.

—Eso no importa —responde Nora—. Lo más importante de este ejercicio es practicar la *autogestión* en una situación cotidiana —se dirigió hacia Marisol—: Hola.

—Hola.

Nora hizo la pantomima como si estuviera sosteniendo un objeto grande.

—Esperaba que pudieras ayudarme con algo.

Marisol guardó silencio.

La sonrisa de Nora permaneció fija en su rostro. Apuesto que le dolían las mejillas.

—Tengo que devolver este artículo a tu tienda —continuó.

—¿Por qué lo quieres devolver? —preguntó Marisol.

Algunas niñas empezaron a reír. Eché una mirada furtiva a Terpsícore, que se retorcía el anillo en el pulgar mientras se concentraba en la presentación que se estaba desarrollando rápidamente en la parte delantera de la sala.

—¿Puedes dejar de masticar eso? —preguntó, atrapándome mientras la observaba—. Me distrae mucho.

No me había dado cuenta de que todavía tenía el lápiz. A estas alturas era un amasijo de astillas babosas. Avergonzada de que me llamaran la atención, lo cerré en un puño contra mi pierna que no paraba de rebotar. Mi teléfono zumbó por tercera vez. *No es ella. Sabes que no es ella. Ya pasaron dos semanas.* Lamí el grafito de mis dientes.

Un cuarto zumbido. Y luego, un quinto. No pude seguir ignorando mi teléfono y lo saqué silenciosamente del bolsillo. Me sentí temblar hasta los tobillos cuando leí el nombre de Shae en mis notificaciones. Dios, ¡qué alivio! Abrí los mensajes y los leí uno a uno mientras Nora y Marisol continuaban su disputa verbal en la parte delantera de la sala.

Hey perdón por no contestarte

—Bueno, como dije en la introducción, por qué lo devuelvo es lo menos importante.

—Podría ser importante para mí. Como propietaria de una tienda.

He estado muy ocupada

—Supongo que decidí que el producto no era lo que quería, finalmente.

—Lo siento, pero sólo reembolsamos los artículos que no funcionan. Es política de la tienda. El cartel está justo ahí.

Creo que necesito alejarme de ti por un tiempo.

—Acabo de acordarme. No funciona.

—Sí, sí funciona. ¿Lo ves?

Sólo hasta que todos olviden tu accidente.
Entonces podremos ser mejores amigas otra vez.
Te lo prometo.

—Supongo que tienes razón. ¿Sabes qué?, he decidido quedarme con el producto después de todo.

Te quiero.

—¡Listo, quedó la escena! —la voz de Nora salió como un chillido tenso—. Muchas gracias, Marisol, ¿puedes volver a tu asiento? ¿Por qué no hacemos subir a otro grupo, tal vez algunas chicas mayores esta vez...? Dolores, ¿por qué no pasan tú y tu compañera ahora...? Dolores... *Dolores.*

Me levanté y volví a guardar el teléfono en mi bolsillo. El movimiento fue mecánico, reflexivo, vacío. Mientras tanto, esas dos palabras me atravesaban el cerebro como atizadores al rojo vivo, chisporroteando, escupiendo y quemando. *Te quiero. Te quiero. Te quiero. Te quiero. Te quiero. Te quiero. Te quiero.*

—Recuérdame tu nombre —pidió Nora.

—Terpsícore —dijo Terpsícore.

—Sí, claro. Es un nombre muy bonito. ¿Lo inventaron tus padres?

—No. Lo inventaron los griegos. Hace dos mil años. Terpsícore es la musa de la danza y el canto coral.

Nora sacó de su bolsa un montón de tarjetas escritas a mano.

—Eso es gracioso —les quitó la liga y dio la vuelta a la primera tarjeta—. Creo que estamos listas para empezar con nuestra próxima escena —miró a la chica que tenía delante y tartamudeó—. Eh, Tuerp...

—Terpsícore —interrumpió la chica.

—Claro —continuó Nora—, ella... mmm... ha notado que Dolores está preocupada por un problema.

—¿Qué tipo de problema? —la pregunta procedía de una niña que estaba en el suelo, con los pies apoyados en el asiento de una silla. La falda se le había subido hasta la cintura, dejando ver unos shorts de ciclista, color morado brillante.

—Ellas pueden elegir —espetó Nora—. ¡Es su escena!—tomó aire—. Bueno, chicas, adelante.

Terpsícore miró rápidamente a su alrededor antes de hablar.

—Me he dado cuenta de que estás preocupada por un problema —dijo ella robóticamente.

Creo que necesito alejarme de ti…

Tosí y me aclaré la garganta.

—*Estoy* preocupada por un problema, Terp-sí-co-re. Gracias por notarlo —me giré para regresar a mi silla.

—Espera, tiene que ser un poco más largo —insistió Nora, interponiéndose en mi camino—. Terpsícore, ¿por qué no le preguntas a Dolores qué le preocupa?

Terpsícore giró su tobillo izquierdo y se balanceó sobre el borde exterior del pie.

—¿Qué te preocupa, Dolores?

Miré fijamente mis zapatos, cada célula de mi cuerpo deseaba que este momento terminara.

—¿Es porque tu mejor amiga ya no quiere ser tu amiga? —preguntó Terpsícore, cambiando de pie.

Se me fue el alma al suelo. Levanté la mirada para leer la expresión de la chica, pero volvía a estar concentrada en su anillo, haciéndolo girar y girar, como si no me hubiera dirigido la palabra. Incluso podría haber creído que todo estaba en mi cabeza si Nora no hubiera comentado nada.

—Vaya —la mujer se inclinó hacia atrás—. Eso es… creativo. Dolores, es tu turno de responder.

La sangre se acumuló rápidamente en mi rostro, ruborizando mis mejillas y dejando los dedos de mis manos y de mis pies helados.

—No sé de qué estás hablando —mentí.

—Los mensajes de tu teléfono —dijo Terpsícore sin levantar la mirada—. Una chica llamada Shae dijo que no quería ser tu amiga hasta que todos olvidaran algo que había pasado. Dijo que necesitaba alejarse.

Yo estaba a punto de llorar. Sentía la presión en la comisura de los ojos, ese cosquilleo en la parte posterior de la nariz. Era como la cuenta regresiva para que estallara una bomba.

—¿Los viste? ¿Leíste mis mensajes?

Terpsícore asintió, sin remordimientos.

—No fue muy amable decir eso tratándose de una mejor amiga.

Nora aplaudió.

—Eso es... mmm... eso es genial, chicas. Por qué no terminamos ahí, ustedes dos pueden ir a sentarse, y tal vez todas podamos intentar una actividad diferente...

Mis manos empujaron la puerta principal y la abrieron de golpe justo cuando el contador de la bomba llegó a cero. Si corría lo bastante rápido calle abajo, quizá nadie se daría cuenta de que me había hecho pedazos. Las lágrimas y la respiración agitada podían explicarse por un *sprint* sudoroso y sin aliento. Mis pies golpeaban la banqueta, acercándome cada vez más a la imprenta. Ya casi estaba en casa. Casi a salvo. Sólo faltaba un poco más.

Tienes que orinar, mintió mi vejiga, clavándome un cuchillo en la pelvis. Me detuve y me apoyé en el edificio de al lado de la heladería, apretando con fuerza la frente contra el ladrillo.

—¡Dolores! ¡Dolores, espera! ¡Olvidaste tu caja!

Reconocí la voz. Me di la vuelta cuando Terpsícore, casi sin aliento, me alcanzó. Su trenza había empezado a deshacerse y sus dispersos cabellos blancos caían suavemente alrededor de unos pómulos demasiado afilados.

—¿Cómo... pudiste? —pregunté, entre sollozos.

—Pensé que la necesitarías —me ofreció la caja.

Se la quité de las manos y la lancé a la banqueta, lo que hizo volar los volantes de Mateo por la calle. Aletearon bajo las llantas de los coches que pasaban como si fueran palomas suicidas.

—¡Cómo pudiste *humillarme* así, humillar a alguien que ni siquiera conoces! —me limpié la nariz con el interior de la blusa—. ¿Yo qué te hice?

Tienes que orinar, insistió mi vejiga, retorciendo el cuchillo. Me apoyé otra vez contra la pared.

Terpsícore me estudió, con una expresión de profunda confusión en el rostro.

—No me has hecho nada —dijo, arrugando la frente con preocupación—. Acabas de perder a tu mejor amiga. Es una casualidad. De hecho, yo estoy buscando una mejor amiga. Con bastante urgencia.

—¿Qué demonios te pasa? —grité.

Terpsícore dio un paso atrás.

—No me pasa nada —dijo, mirando al suelo—. Mi cerebro funciona de forma diferente al tuyo. No es malo. Incluso puede ser útil.

El cuchillo giraba y giraba, escarbándome las entrañas. No tenía más paciencia para esta chica y sus acertijos.

—¿De qué estás hablando? —clavé las palmas de las manos en mi frente—. ¡Lo que dices no tiene ningún sentido!

—Soy autista —me explicó, mirando un volante perdido en el concreto. Y luego, más suave, como para sí misma, dijo—: No es algo malo, sólo es… diferente.

Aquel terrible cuchillo se convirtió en espada y me atravesó, haciéndome palidecer. Grité y me hundí en la banqueta. Me abracé las rodillas contra el pecho, sentada, mientras las lágrimas y la baba y los mocos se derretían en mi sombra sobre el concreto.

Terpsícore se detuvo un momento. Observé sus tacones negros mientras se balanceaba de un lado a otro, debatiéndose sobre su próximo movimiento. Recogió el volante del suelo.

Como fuera. Me daba igual lo que hiciera. Cerré los ojos y esperé hasta que se detuvo la respiración entrecortada. Cuando me limpié la cara y me levanté, Terpsícore ya se había ido. Me di la vuelta. Araña y Lagrimita me miraban a través de la ventana de la heladería, con trapos y un rociador Windex en la mano. Cuando hice contacto visual, rápidamente desviaron su atención hacia las huellas de manos manchadas en el cristal.

En serio que diste todo un espectáculo, Dolores, pensé.

Y todavía tienes que orinar, añadió mi vejiga.

Abrí la puerta de la imprenta y me dirigí al baño bueno. Mateo vino y golpeó la puerta, pero lo ignoré.

—¡Dolores! —gritó—. ¡Dolores, te lo he dicho mil veces! —y enseguida—: ¿Ésos son mis volantes en la calle?

~~~~~~~~~~

Sacerdote: Vaya historia.

Yo: Fue el segundo momento más embarazoso de mi vida.

Sacerdote: ¿Le contaste a alguien sobre los mensajes de tu amiga?

Yo: No. Y no lo haré.

Sacerdote: Eso debe ser un secreto pesado. ¿Puedo hacerte una pregunta?

Yo: Claro.

Sacerdote: ¿Hubo alguna parte de ti que se sintió aliviada cuando esa chica vio los mensajes?

Yo: Ésa es una pregunta tonta.

Sacerdote: Perdóname, no es mi intención. Sólo me preguntaba si te ayudó compartir tu dolor con alguien. No estamos hechos para llevar solos las cargas de la vida. Incluso Cristo necesitó a alguien más para llevar su cruz.

Yo: No estoy sola. Lo tengo a usted.

Sacerdote: Y estoy agradecido, aunque perplejo, por tu confianza. Pero me preocupa que estés tratando de manejar esta significativa pérdida por tu cuenta. ¿No preferirías tener apoyo? ¿Tu hermano? ¿Tus padres? ¿Tu tía? ¿Esta chica que conociste, incluso, o alguien como ella?

Yo: Estoy bien. En serio.

Sacerdote: Bueno, hija, ¿qué harás ahora?

Yo: Ésa es una mejor pregunta.

Capítulo cinco

—No quiero *ir*.

Mamá me quitó las sábanas de la cabeza.

—No está en discusión. Yo tengo que estar allí, tú tienes que estar allí —era domingo por la tarde, las cinco. Mamá ya estaba vestida con una falda y blusa, y maquillada—. Además —continuó—, la experiencia me ha enseñado que entre más personas haya entre tu tía y yo, mejor resulta para todos.

Rodé sobre mi abdomen y gemí en el colchón.

—Tengo un episodio. Mi vejiga…

Mi madre suspiró.

—Dolores…

—¡No estoy poniendo excusas! —interrumpí, levantando la cabeza—. ¿Sabes cómo le llaman a la CI en otros lugares?

Mamá se puso sus aretes, los pequeños pájaros de plata colgantes que Mateo le regaló para el Día de las Madres.

—¿Cómo llaman a la IC en otros lugares? —repitió ella.

—Síndrome de vejiga dolorosa. ¿Eso te parece una excusa?

Mi madre se dio la vuelta y salió de mi habitación.

—Sólo recuerda lo que dijo el doctor Thatus: tú puedes manejarlo. Igual que yo manejo la situación con tu tía. Hablando de dolor crónico. Nos vamos —mamá puso la mano en el marco de la puerta—. En verdad esperaba que el taller te ayudara a mejorar tu actitud.

Empujé la carpeta C.A.C.A de mi buró.

—¡Lamento ser una decepción!

—Al coche —advirtió—. Ahora.

Mi madre hizo marchar a nuestra familia por el departamento. Salimos por el pasillo, pasamos por delante de la pila de ropa sin doblar, de las cajas de pizza vacías de la cocina con sus manchas de grasa en forma de copo de nieve, del sillón reclinable, del sofá y del televisor que todavía estaba en su caja. Las escaleras de metal temblaron mientras los cuatro bajábamos por el costado del edificio. Sonaba como un trueno.

Johann estaba cerrando la imprenta, pero se detuvo para saludarnos con un animado movimiento de la mano cuando pasamos.

—¡*Hallo*, Mendozas! ¿Adónde van?

—A casa de nuestra tía —contestó Mateo, echándose el cabello hacia atrás—. A cenar.

Mamá miró a su alrededor, con los pajaritos revoloteando bajo los lóbulos de sus orejas mientras deliberaba. Y entonces, sonrió.

—¿Te gustaría venir con nosotros, Johann? —lo invitó mamá.

—¿En serio? —preguntó papá, mirando sorprendido a mi madre.

Ella se encogió de hombros inocentemente.

—Sabes que a Vera le gustaría que lo invitáramos, y siempre hay comida de sobra.

Papá asintió, frotándose la mano en la barbilla antes de voltear hacia Johann y preguntarle:

—Bueno, ¿qué dices?

Johann pareció gratamente sorprendido por la invitación.

—¿Por qué no? —respondió él.

—¿Por qué no? —repitió mamá alegremente—. Será *encantador* que nos acompañes.

Miré a mi hermano. La expresión de Mateo oscilaba entre la euforia pura y el terror abyecto mientras él, Johann y yo subíamos al Toyota Corolla de mamá. Johann era el más delgado, así que ocupó el asiento del medio, doblando las rodillas hacia un lado.

Papá miró por el retrovisor mientras nos poníamos los cinturones.

—¿Podrías agachar un poco la cabeza, Johann, para que pueda ver por la ventanilla trasera? —dijo papá—. Eres muy alto.

Johann se inclinó hasta que su oído estaba casi contra la clavícula de Mateo.

—¿Así está bien? —preguntó Johann.

Papá sacó el coche del estacionamiento.

—Perfecto —le contestó.

Johann miró a Mateo disculpándose, como si reconociera la profunda invasión de su espacio personal. Puse los ojos en blanco y miré por la ventana, temiendo los próximos diez minutos de pánico amoroso y silencioso de mi inútil hermano.

Pero fue entonces cuando Mateo me sorprendió.

—*Hallo*, Johann —dijo con cuidado, mirando las migajas en el suelo del coche—. *Wie geht es dir?*

Johann parecía sorprendido.

—*Nicht schlecht* —respondió, con los ojos brillantes—. *Gut gemacht, Mateo. Lernst du Deutsch?*

—*Ja* —Mateo sonrió tanto que estaba segura de que su boca terminaría aflojándose… como el elástico de un viejo par de calzones—. O sea, tengo una aplicación en mi teléfono.

Le di un codazo a Johann.

—Tal vez tú y Mateo podrían salir a almorzar alguna vez —me burlé—. Así podrías ayudarlo a practicar.

—¡Por supuesto! —Johann respondió con seriedad—. Sería excelente.

Durante el resto del viaje, Johann interrogó a Mateo para averiguar qué otras palabras y frases sabía, y le brindó correcciones de pronunciación y emocionados elogios. Resultó que mis padres eran los silenciosos, no dijeron una sola palabra ni a nosotros ni entre ellos hasta que subimos la empinada cuesta de la entrada de la casa de Vera.

Mi tía salió a recibirnos antes de que papá hubiera apagado el coche. Llevaba un sencillo vestido y su delantal amarillo de zapatero con bolsillos que parecían gallinas.

—¡*Mis amores!* —exclamó, tirando de mí para darme un abrazo. Olía a cebolla en aceite, a café y a comino. Me besó la mejilla y me soltó, mirando en busca del resto de la familia. Sus ojos se detuvieron en el alto y esbelto alemán.

—*Johann* —le susurré al oído—. Trabaja en la imprenta. Estoy segura de que te has encontrado con él un montón de veces. Él y Mateo son amigos.

Tía Vera asintió de forma comprensiva y luego me guiñó un ojo.

—*Claro que sí*, "amigos".

Negué con la cabeza:

—No, no como…

Pero ella ya había besado al alemán en la mejilla, haciendo que se sonrojara.

—¡Oh, y Johann! ¡Qué maravilla! —tía Vera abrazó a mi hermano y le pasó uno de sus largos rizos por detrás de la oreja—. Y, Mateo, cada día estás más guapo —le dijo. Luego abrazó a mi padre.

Vera era trece años mayor que papá. En otras familias, esa diferencia de edad podría haber dificultado una relación estrecha entre ambos, pero el destino tenía otros planes. Mi abuela contrajo una infección y murió poco después de nacer papá. La tía Vera dejó la escuela para cuidar de él y de todos los demás hermanos, mientras mi abuelo, desconsolado por el duelo, trabajaba largas horas, desapareciendo hasta convertirse en una cáscara hueca de sí mismo que se movía silenciosamente por el mundo. Era un fantasma viviente, hasta que siete años más tarde decidió que ya no podía seguir viviendo. Vera se encargó sola de criar y mantener a sus hermanos, que acabaron yendo a la universidad y formaron familias y carreras de éxito en otros estados. Sólo papá se quedó cerca, devoto de la mujer que lo había llevado en la cadera cuando tan sólo tenía mi edad. Vera es la única madre que mi padre ha conocido, y la quiere con la misma intensidad que si fuera su hijo.

Lo que hizo a mamá menos como la cuñada de Vera y más como una nuera. Y se notaba.

Tía Vera se acercó a mi madre, la besó y luego se apartó, apretándole la mano con ternura.

—Abigail —dijo, escudriñando el rostro de mamá—. Pareces... cansada.

Mamá forzó una expresión agradable.

—Hola, Vera.

—Sabes que me preocupo por ti —insistió mi tía sacudiendo la cabeza—, por tu salud. He estado rezando por ti.

—Eso no es necesario —respondió mi madre.

Tía Vera se encogió de hombros.

—No estoy de acuerdo. ¡Pasen, pasen todos!

El camino hasta el porche de Vera estaba repleto de plantas que florecen durante todo el verano: caléndulas, geranios, cosmos, cinias y amapolas. Uno de mis primeros recuerdos de mi tía eran sus manos alrededor de las mías mientras me enseñaba a aflojar y desenredar las raíces de una violeta africana después de liberarla de su maceta de plástico. "Ahora asegúrate de hablarle bonito, *mijita*", me dijo mientras llenábamos de tierra la nueva maceta de Talavera de la violeta. "Las plantas son como las personas. Crecen mejor cuando les dices lo fuertes y hermosas que son. Sé buena con ellas, ¿entiendes?".

Cuando mamá me atrapó hablando con los dientes de león que crecían en el concreto, se puso furiosa con mi tía por meterme en la cabeza todo tipo de ideas tontas, confundiéndome sobre lo que era real y lo que era fantasía. Casi enloqueció cuando le dije que tenía que comerme las verduras o *el Cucuy* vendría a buscarme para llevarme con él.

Mateo señaló entre dos de las flores.

—¿Qué hizo Antonio esta vez? —allí en la cama, parcialmente enterrada en la tierra, había una estatua invertida de un santo. Sus pies cubiertos por unas sandalias y su túnica marrón apuntaban al cielo.

—Mis gafas para leer —respondió *tía* Vera—. Le he dicho que podrá volver a la casa en cuanto las encuentre, pero hasta entonces, se queda donde está.

Mamá frunció la boca en una mueca, pero no dijo nada mientras subíamos los escalones del porche de Vera y seguíamos a mi tía al interior.

—¿Puedo ayudarla en algo, señora Mendoza? —preguntó amablemente Johann, haciendo un exagerado ademán de limpiarse las botas en el tapete de bienvenida. Todavía se sentía culpable por llevar zapatos en casa de otras personas. "Me parece una falta de respeto", había explicado una vez. "En Alemania nos quitamos los zapatos".

Vera sonrió y lo condujo hasta la pequeña cocina de la parte trasera de la casa.

—*Sí*, sí, por aquí. Puedes ayudarme a hacer las *tortillas*.

Papá fue a sentarse en el sofá verde, cubierto por una carpeta, frente a la pequeña mesa de jaguar, mientras mamá se disculpaba para ir al baño. Mateo miraba nervioso la vitrina de porcelana de *tía* Vera como si de repente le interesara mucho contar las pequeñas mujeres de porcelana con sombrillas.

—*Hallo*, Johann —bromeé, inclinándome hacia él.

—Cállate —me advirtió.

—Sus piernas se estaban tocando.

—Te lo juro por Dios, Dolores.

—Me quedo con el baño de abajo —dije—. Sin restricciones. Como tu cómplice, considero que me lo he ganado.

Mateo se dio la vuelta, nervioso, hurgando en un hilo de su camiseta.

—Bien, lo que sea, sólo deja, no sé, de mirarme.

Desde la cocina, la lección de la tortilla había dado rápidamente un giro.

—¿Sabes? —Vera habló por encima del sonido del rodillo de madera sobre la tabla de cortar—. Siempre estuve segura de que Mateo sería homosexual. Desde el momento en que estaba en el útero…

La sangre desapareció de la cara de mi hermano.

—*No* —corrió a interrumpir la conversación—. ¡*Tía*, Johann no quiere oír esa historia!

Nadie preparaba la comida como Vera. Tortillas de harina frescas en su tortillero de palma, frijoles refritos en grasa de tocino, salsa, arroz rojo, guacamole, *carne guisada*. Colocaba la comida en el inmaculado mostrador de su cocina. Se me humedecieron los ojos de envidia cuando mi hermano apiló en su plato estofado, papas y cebollas, y roció Valentina por toda la comida. No era justo. Una vez que servimos nuestros platos, nos reunimos alrededor de la pequeña mesa circular —mamá, papá, Vera, yo, Johann, Mateo— con los codos doblados contra el cuerpo para no golpear al compañero de al lado.

Tía Vera se aclaró la garganta.

—Diego —dijo expectante, tendiendo la mano a mi padre.

Papá lanzó una mirada incómoda a mamá antes de tomar la mano de su hermana. Yo hice lo mismo y alcancé la mano de Johann.

—Es para una oración, ¿está bien? —pregunté.

—Por supuesto —contestó él, tomando mi mano y luego la de Mateo.

Mi hermano se quedó mirando asombrado sus dedos antes de sacudirse y mirar a mi madre. Mamá tenía las manos cruzadas sobre el regazo. Aquel enfrentamiento ideológico se mantenía desde que tenía memoria. Quizá continuaría hasta que una de ellas muriera y la superviviente se atribuyera la victoria.

Papá inclinó la cabeza.

—*Bendícenos, Señor, y bendice estos alimentos que nos vamos a servir, y que Tú nos das por Tu infinita bondad. Te lo pedimos por Cristo, Nuestro Señor. Amén.*

—*Amén* —repitió Vera—. Ahora, a comer.

Como siempre, los primeros minutos estuvieron desprovistos de toda conversación. Sólo se oía masticar y las botellas de Jarritos se levantaban y se dejaban sobre el mantel de vinilo. La comida de mi tía era una experiencia envolvente y merecía el momento de silencioso aprecio contemplativo que suscitaba. Ni siquiera mi madre podía encontrar defectos en la cocina de Vera.

—Está delicioso —dijo mamá, rompiendo el hechizo—. No sé cómo lo haces. Y sin seguir jamás una receta.

Tía Vera se encogió de hombros modestamente, rasgando su tortilla.

—No es tan difícil. Sólo se necesita sentido común —mi tía me miró y arrugó la frente—. *Mija*, ¿eso es lo único que vas a comer? —analizó mi plato de tortillas y frijoles—. No estás gordita, si eso es lo que te preocupa. De huesos grandes, sí. Robusta. Pero no gordita.

Intenté no sentirme tan expuesta cuando el resto de la familia levantó la vista de sus platos. Johann ladeó la cabeza con curiosidad.

—Se supone que no debo comer lo demás —le recordé en voz baja—. Por mi vejiga.

—Sí, sí, eso ya lo sé —dijo *tía* Vera, poniendo tres tortillas más en mi plato. En el centro de cada una de ellas había una leve huella de su mano en el lugar donde la había golpeado en el comal de hierro fundido para cocinarlas—. Pero tienes que comer más del resto para compensarlo. ¿Sabes? Hice los frijoles especiales para ti, ¡con la mitad de sal!

Sacudí la cabeza.

—La sal no es… —mirando su cara expectante, sin embargo, decidí no corregirla cuando estaba haciendo tal esfuerzo—. Quiero decir, gracias. Es estupendo.

—Y sabes que estaré encantada de cocinar esto para ti en todo momento —me tranquilizó mi tía—. Pero tenemos que curarte.

Suspiré.

—No hay cura, *tía*.

—Tengo una amiga —me dijo mi tía—. Tiene un don especial para curar. Quiero llevarte con ella.

—No llevarás a mi hija con una bruja, Vera —la voz de mi madre tenía una falsa ligereza, pero los pajarillos de sus orejas empezaron a temblar, como si presintieran la tormenta que se avecinaba y quisieran emprender el vuelo. No podía culparlos.

—Tu hija ha sido golpeada por una aflicción —respondió *tía* Vera.

Por la cara de papá, me di cuenta de que mamá le había dado una patada por debajo de la mesa. Lo habían metido en el cuadrilátero y no podía hacer nada para salir de él.

—No es una aflicción —empezó a explicar papá, pero se interrumpió él mismo dando un sorbo de su bebida—. Es una afección médica común, con muchas opciones de tratamiento.

Johann ya había dejado de comer y se estaba hundiendo ligeramente en su silla.

—Esta comida es maravillosa, señora Mendoza —dijo, mirando nerviosamente a su alrededor a medida que aumentaba la tensión.

—Gracias, Johann —*tía* Vera sonrió a su invitado antes de girar hacia mi madre—. ¿Y qué estás haciendo para tratar esta enfermedad?

—Tiene la dieta —replicó mamá—. Pero no vamos a intentar con nada más invasivo hasta que sea mayor.

Mateo se cubrió los ojos con las manos mientras Johann buscaba algo más que halagar.

—Y los platos en su pared. Vaya. Hermosos. Las flores.

—Ella necesita ayuda ahora —insistió Vera.

Mamá se acomodó el cabello detrás de la oreja.

—Aunque eso fuera cierto, ningún truco de magia supersticioso y *primitivo* va a arreglarlo.

Tanto mi padre como Mateo se estremecieron al oír la palabra *primitivo*. Vera, sin embargo, permaneció ilegible.

Me volví hacia mi madre.

—*¿Aunque eso fuera cierto?* —repetí con incredulidad—. ¿Qué, no crees que estoy sufriendo? ¿Que soy desgraciada? ¡Tú ya sabes lo que pasó en la escuela!

Johann estaba hablando consigo mismo a estas alturas.

—Y estos manteles individuales. Me gustan mucho. Sí.

Mamá suspiró.

—Dolores, ésa no es la cuestión. La cuestión es que tu tía se está metiendo en asuntos familiares personales y haciendo que todo gire en torno a ella —estrujó su servilleta de papel—. Esto es igual que con los bautizos.

—Allá vamos —murmuró Mateo en voz baja. Miró por encima a Johann y le dijo en un susurro—: *Lo siento.*

—Estaban a las puertas de la muerte, ¿qué se suponía que debía hacer? —preguntó mi tía.

—¡No es verdad! De hecho, estaban mejorando —la voz de mamá estaba tensa—. Pero eso no debería ser lo importante, no cuando sabías lo que yo sentía al respecto.

—Tú no eres creyente, ¿qué daño te hace?

Mateo se inclinó hacia Johann y bajó la voz.

—Dolores y yo tuvimos una gripe en verdad muy fuerte cuando éramos pequeños —explicó mi hermano con timidez—. Yo apenas lo recuerdo, y Dolores era una bebé, pero al parecer *tía* Vera decidió que estábamos en peligro mortal. Por lo general, sólo los sacerdotes pueden bautizar a alguien, pero en situaciones de peligro de muerte, cualquier persona que haya sido bautizada puede intervenir y utilizar lo que tenga a mano —Mateo tragó saliva—. Y eso fue justo lo que hizo *tía* Vera con una botella de agua Evian. Cuando mamá no estaba mirando.

—La botella está en un librero a la vuelta de la esquina, por si quieres verla —dije, todavía aturdida—. Al lado de una foto de familia y un objeto fálico de cerámica que Mateo hizo cuando estaba en primer grado.

Mi hermano me fulminó con la mirada. Era mi turno de recibir una patada en la espinilla.

Mamá negó con la cabeza en dirección a Vera.

—Ésa no era tu decisión.

Mi tía se levantó bruscamente de la mesa, haciéndome chocar con mi hermano. Recogió los platos vacíos y los colocó en el fregadero. Luego, se quedó en silencio con las manos sobre el mostrador, de espaldas a nosotros.

—Bueno, está claro que lo recordamos de manera muy distinta —abrió el grifo.

Ésa fue la señal. Todos —menos Johann— sabíamos lo que venía a continuación. Por instinto, todos empezamos a preparar el escenario. Mi padre acercó su silla a la mesa, dejando a mi madre el espacio suficiente para moverse detrás de él.

Mamá se levantó.

—La cena fue encantadora, Vera...

Mateo y yo nos dijimos en silencio las siguientes tres palabras de mi madre. *Odio hacer esto...*

—Odio hacer esto —continuó mamá—. Pero tengo que hacer unos mandados antes de que empecemos la semana. ¿Podrías...?

Mi tía se giró con expresión magnánima.

—¡Por supuesto, Abigail! No te preocupes por eso, para nada.

—Gracias. En verdad.

Mateo y yo levantamos la barbilla para que mamá pudiera besarnos la frente.

Dio un apretón de agradecimiento al respaldo de la silla de Johann.

El alemán miró inquisitivamente a su alrededor, quizá tratando de entender el repentino y dramático cambio de tono. O tal vez preguntándose cómo regresaría a su coche en la imprenta.

—Mmmm... ¿se va, señora Mendoza? —preguntó.

Nadie le respondió.

—Nos vemos en casa, mamá —murmuró Mateo.

Papá se quedó mirando el mantel, conteniendo la respiración hasta que mi madre cerró la puerta principal tras de sí. Entonces soltó una risita nerviosa y se levantó para ayudar con los platos.

—Está bien —Mateo le explicó a Johann—. Vera nos llevará de vuelta. Hemos estado haciendo estas cenas dominicales dos veces al mes desde que nací. En veinte años, mamá jamás se ha quedado al postre.

—Es una pena —añadí secamente—. Tía Vera prepara un flan buenísimo.

Capítulo seis

Baño #3: Casa de *tía* Vera. Como todo lo demás en las instalaciones, este baño está bien cuidado, limpio y repleto de recuerdos. El azulejo mexicano estampado y el gran espejo con marco de hojalata crean la ilusión de que hay más espacio del que existe en realidad. El amor de su propietaria por las plantas se mantiene en esta habitación, con dos potos colgantes que se arrastran desde sus macetas, atenuando la luz que entra por la ventana esmerilada. En un pequeño estante de madera hay una hilera de altas velas votivas con coloridas ilustraciones de santos en los vasos. El estante está justo frente al escusado, lo que siempre da la sensación de tener público. La mirada de san Judas es particularmente lastimera. Cuatro estrellas.

~~~~~~

Cuando el sol empezó a ponerse, Mateo, Johann y yo observamos las luciérnagas desde el porche de la casa de *tía* Vera. Las parpadeantes luces amarillas de los insectos recorrían perezosamente el jardín, zambulléndose entre las flores y los pies de san Antonio, sin prisa por llegar a ninguna parte.

—Como sea, ¿qué están haciendo? —le pregunté a mi hermano—. Las luciérnagas.

Mateo hizo una mueca.

—¿A qué te refieres? Están haciendo *eso*. ¿La fosforescencia no es suficiente para ti?

Me abracé las rodillas contra el pecho.

—No, o sea, ¿están cazando? ¿Polinizando? Están volando por ahí gastando toda esa energía, así que supongo que deben tener alguna motivación.

—Ellas no necesitan motivación —se burló Mateo, inclinándose hacia delante para recoger una tabla dañada por el agua—. No tienen que apuntalar un infierno capitalista. Pueden hacer algo sólo porque les da la gana. *Dolores*.

—Está bien, caray —me agarré al barandal y me levanté—. Perdón por preguntar.

Escuché el chirrido de la puerta al abrirse atrás de mí.

—Es una noche agradable —anunció mi padre, balanceando un paquete de seis cervezas por el asa de cartón.

Johann, que había estado sudando en silencio en el aire húmedo de la noche, miró a su alrededor, a la espera de que yo o Mateo le respondiéramos a nuestro padre. Cuando no lo hicimos, asumió la tarea.

—Sí —concedió, quitándose el flequillo empapado de la frente—. Muy agradable, señor Mendoza.

Papá asintió, satisfecho. Gimiendo, se hundió en una de las coloridas mecedoras que raspaban el revestimiento de la casa. Mamá siempre nos había advertido a Mateo y a mí que no debíamos sentarnos en ellas. Aquellas cosas eran más viejas que Vera y estaban cubiertas de capas de pintura desconchada que probablemente (sin duda) contenían plomo. Venenosas o no, supongo que papá había pasado toda su vida rodeado de ellas, así que no podía hacer mucha diferencia a esas alturas de cualquier manera.

—Lástima que su madre tuviera que hacer esos mandados —dijo papá, con tono reflexivo. Tomó una botella y usó un destapador para abrirla. Luego, la ofreció—: ¿Una cerveza, Johann?

—Sí, gracias —respondió Johann agradecido. Colocó de inmediato la botella fría contra su mejilla.

Mi hermano miró a su enamorado de veintidós años y luego a nuestro padre.

—¿Puedo tomar una cerveza? —preguntó con un tono de forzada despreocupación.

—Ay, Mateo, ya cállate —le dije—. Tú no tienes todavía edad para eso.

—La tendré en octubre —me espetó a espaldas de Johann, pero mantuvo un tono ligero mientras razonaba con papá—. Además, ya sabes, la edad legal para comprar alcohol en la mayoría de las otras partes del mundo es de dieciocho años. Incluido México —hizo una pausa y, con un dedo en forma de gancho, acercó lentamente el carrito de cartón a sus piernas—. Así que esta cerveza es mi derecho de nacimiento, en realidad.

Johann apoyó la botella contra su otra mejilla.

—En Alemania está permitido pedir cerveza o vino en un bar a partir de los catorce años —explicó—. Siempre y cuando estés con un adulto.

—¿Catorce? —repetí asombrada—. ¿Has estado bebiendo desde que tenías catorce años?

—En Europa, el alcohol no es la gran cosa como aquí —explicó, llevándose la botella a la frente.

Sin dejar de mirar a mi padre, Mateo levantó cautelosamente una botella marrón y la hizo rodar entre sus manos, la condensación hizo que sus palmas se volvieran resbaladizas.

—O sea que depende de ti, papá —dijo con desinterés forzado—. ¿Sabes? No me molestaré, de cualquier forma.

—Caray —refunfuñó papá, sacudiendo la cabeza—. No se lo digas a tu madre.

Mateo sonrió y, con un movimiento suave y practicado, utilizó el borde del escalón para abrir su botella. En la preparatoria, mi hermano había tomado teatro como clase optativa, y aquellos chicos eran salvajes. Durante sus dos últimos años, volvía a casa de un montón de fiestas oliendo como un bólido de whisky y marihuana, con una sudadera deportiva que seguramente no era la suya. Se quitaba los zapatos y subía la escalera en calcetines para colarse en el departamento a las dos de la mañana. Hubo un rumor en ese entonces sobre que Mateo tenía un tatuaje *handpoke* en alguna parte de su cuerpo. Aunque tal vez fuera sólo un rumor. Yo nunca lo había visto.

De ninguna manera ésta era la primera cerveza de mi hermano, pero había grandes posibilidades de que fuera la primera desde su graduación, cuando todos sus amigos se fueron a la universidad y empezaron sus propias vidas. Mateo dio un largo trago a la botella, se recostó y cerró los ojos. Tal vez estaba recordando sus despreocupados días de luciérnaga.

Eché un vistazo a las tres botellas que quedaban. El alcohol estaba en la lista de los peores desencadenantes de la cistitis intersticial. También el sexo. Sabía que esas restricciones no importaban en este preciso momento, pero las implicaciones para más adelante me hacían sentir más que nerviosa. Y no podía hablar de ello con nadie. ¿Cómo podría plantear algo así? *Hola, (inserta aquí el nombre), algún día, no ahora, me imagino que querré ser como cualquier otra adolescente y beber y tener sexo. Pero ¿y si no puedo? ¿Y si las cosas que otros estudiantes de secundaria experimentan no se aplican a mí? ¿Y si hay una parte de mí que está fundamentalmente rota?*

El ruido de la puerta al cerrarse me sacó de mis sombríos pensamientos. Papá había tomado el resto de las cervezas y regresado a la casa. En su ausencia, Mateo y Johann se habían desplazado para acercarse más en el porche. No tan cerca como habían estado en el coche, pero no tan lejos como lo habrían estado trabajando detrás del mostrador de la imprenta.

—Lamento todas esas cosas raras que pasaron durante la cena —dijo mi hermano, clavando los zapatos en el concreto—. Literalmente, esto ocurre cada vez que venimos. Debería haberte dicho que no vinieras. No sé por qué no te lo dije —dejó la cerveza en el escalón.

Johann miró a mi hermano con expresión dolida.

—¿No me quieres aquí?

El estúpido de Mateo no dijo nada. Seguía mirándose los pies, raspando, raspando, raspando las suelas sobre el concreto. El sonido de sus zapatos unido al vaivén de sus piernas evocaba la imagen de un gato usando una caja de arena. Dos años sin amigos habían convertido a mi otrora confiado hermano en un inepto social. Seguí a papá al interior. Sentir lástima por Mateo me incomodaba. Me gustaba provocarlo y reírme de él, no compadecerme de él.

Cuando llegué a la cocina, *tía* Vera estaba sola, de espaldas a mí, apoyada en el fregadero. La radio sonaba suavemente en un rincón, en la única emisora en español de la ciudad. Resultaba imposible seguir la melodía por encima del ruido del agresivo fregado de platos de mi tía.

—¿*Tía*?

Vera no levantó la mirada, sólo una mano enguantada.

—Un momento, *mija*. Ya casi termino —se ajustó las gafas sobre la nariz con la muñeca.

Me senté y tomé el borde del mantel de vinilo, ese lugar donde la superficie fría y lisa daba paso al reverso de franela. ¿Qué había venido a decirle exactamente? ¿Algo sobre los horribles mensajes que Shae me había enviado? ¿Sobre esa chica, Terpsícore, y mi total humillación en el taller? ¿Sobre mi *aflicción*? Mis problemas como una niña de catorce años recién cumplidos no se comparaban en absoluto con los que mi tía había tenido que afrontar con una madre muerta y una pandilla de hermanos pequeños a los que tuvo que criar. *¿Cómo me atrevo a sentir lástima de mí? Qué manera de autocompadecerte, Dolores.*

La *tía* Vera se dio la vuelta y se quitó los guantes, lanzando un chorro de pequeñas burbujas al aire.

—¿Qué pasa? —caminó decidida hasta sentarse en la silla frente a mí para prestarme toda su atención.

Apoyé la mejilla en el pliegue del codo, dándole la vuelta al mundo. La cocina, mi tía, mi reflejo en el mantel de vinilo… todo torcido en ángulo como una obra de M. C. Escher. A través de la pared, podía escuchar a Mateo y Johann hablando en voz baja. Intenté averiguar qué emoción me hacía rechinar los dientes de repente y me di cuenta, con sorpresa, de que eran los celos.

—Me siento cansada —dije finalmente—. ¿Crees que podrías llevarnos a casa pronto?

Mi tía asintió.

—Por supuesto. ¿Pasa algo?

—No es nada —respondí, siguiendo el ejemplo de mi madre—. Sólo un dolor de cabeza.

Mateo y yo llevábamos mucho tiempo especulando sobre adónde iba exactamente mi madre en sus "mandados" de los domingos por la tarde. No llevaba nada con ella ni regresaba con nada a casa. Para aumentar el misterio, prácticamente todo en la ciudad estaba cerrado los domingos por la noche, pero el Corolla nunca estaba cuando *tía* Vera nos dejaba en el departamento. Mi hermano y yo habíamos registrado la guantera, los asientos y el suelo, pero nunca encontramos ni una sola prueba de dónde había estado. La única pista que teníamos era el odómetro: dondequiera que fuera mi madre después de salir de casa de *tía* Vera, al llegar allí y volver a casa la cifra aumentaba trece kilómetros. Eso era lo único que sabíamos.

Después de subir las escaleras, los tres nos fuimos cada uno por su lado. Papá fue al baño a calentar el agua para darse un baño, una tarea que podía durar entre treinta segundos y veinte minutos, dependiendo de los caprichos de los dioses de las tuberías. Yo asalté la alacena y saqué una caja de Nilla Wafers, ya suavizados por la humedad. Mateo guardó lo que sobró de la comida en el refrigerador: arroz, carne y frijoles dentro de envases viejos de margarina y una pila de tortillas envueltas en papel de aluminio. Cuando estábamos saliendo de su Escort rojo, Vera le había pasado una bolsa idéntica de comida para llevar a Johann.

"Tienes que regresar pronto. Estás demasiado delgado", le había dicho. Y luego: "Tu madre está muy lejos. Pero a ella le gustaría saber que estás comiendo bien, ¿no crees?". Johann había parpadeado rápidamente ante eso antes de inclinar la cabeza en señal de gratitud y apresurarse a volver a su propio coche.

Mateo apoyó la cabeza en el brazo que sostenía abierta la puerta del refrigerador. Sus ojos estaban fijos en algo que había dentro. El refrigerador empezó a pitar.

—¿Qué estás viendo? —mastiqué una galleta y me paré de puntitas. El refrigerador tenía el mismo aspecto que esta mañana, lleno de productos casi líquidos y pizza seca.

—¿Qué? —Mateo me miró de nuevo—. Oh, sí, la leche se va. No te la bebas —hizo una pausa, cerró el refrigerador con un pie enfundado en calcetín y giró sobre el otro—. O hazlo, yo no soy la ley.

—¿Estás bien? —pregunté, retrocediendo fuera del espacio personal de giro de mi hermano—. Tú y Johann no dijeron nada en el camino a casa.

Mateo hizo un cuadrado de jazz, subiendo y bajando los hombros al compás de alguna música que sólo sonaba en su cabeza.

—Soy fantabuloso.

—Te estás desviando.

—¿Qué está sucediendo aquí? —dijo Mateo, adoptando una postura erguida y un acento formal—. ¿Quién es esta sucia pilluela callejera que se atreve a hablarme a mí de esta manera? Márchate o me veré obligado a tapar con cera tus oídos. ¡Largo de aquí!

—¿Qué estás…?

Siguiendo con su personaje, tomó una espátula sucia del mostrador y la puso delante de él.

—¡Largo! —cantó, dándome golpecitos a los lados de la cabeza.

Me agaché.

—¡Qué asco, Mateo, está toda llena de grasa!

Mateo volvió a su voz normal.

—No hay necesidad de ser tan crítica, Dolores. Tú también.

Levanté las manos en señal de rendición.

—Bien —repliqué—. Sólo estaba tratando de ser amable. Buenas noches, cara de tonto.

Mi hermano me hizo un gesto con la mano para que me fuera.

—Adiosito.

Y así, sin más, dejé de sentir lástima por Mateo.

Shae no tenía hermanos. Eso me hacía sentir tan celosa mientras crecíamos, del amor y la atención que sus padres le dedicaban sólo a ella. No tenía ningún hermano mayor que le robara el protagonismo, la tranquilidad o los productos para el cuidado del cabello. Pero no era sólo su condición de hija única lo que hacía mágica la vida de Shae. De niña, creía que la perfección y la opulencia de su mundo eran el resultado directo de que los Luden eran el tipo de personas que merecían cosas buenas. Cosas cómodas. Cosas fáciles. Mi familia no podía tener una casa, un coche o una vida como la suya. Nosotros no éramos *esa* clase de gente. Nosotros no lo merecíamos. De alguna manera, estaba segura de que lo estropearíamos todo.

~~~~~~~~

INTERIOR DEL DEPARTAMENTO DE LOS MENDOZA, ARRIBA DE LA IMPRENTA, DE NOCHE, SEIS AÑOS ANTES

Abrimos con un plano cenital. DOLORES y SHAE tiemblan una junto a la otra en una estrecha cama de hierro. Aunque se

supone que las niñas tienen ocho años,
son representadas por ellas mismas a sus
catorce, pero con pelucas y voces agudas.
Las niñas van vestidas con estilos opuestos
para reflejar sus diferentes estatus
económicos. La sucia pijama de DOLORES
está a punto de convertirse en harapos,
mientras que el camisón de seda de SHAE
capta el resplandor de la luz parpadeante
de la calle. Los únicos sonidos son el
viento helado y el ominoso crujido de las
paredes del edificio.

                    SHAE
          Nunca había estado en una casa
          como ésta.

                    DOLORES
          No es una casa. Es un
          departamento.

Afuera se escucha un alboroto en la calle.
Las chicas se incorporan para asomarse por
la ventana mugrienta. La cámara las sigue,
captando la vista desde detrás de sus
hombros. Aparecen dos BANDIDOS con máscaras
blancas, una ilustrada con una araña y la
otra con una lágrima. La pareja lleva a cabo
un atraco cinematográficamente coreografiado
de alguna pobre víctima invisible, a quien
empujan sobre un montón de nieve. Los

rufianes suben a las motocicletas que los
están esperando, aceleran el motor y se
adentran en la noche.

                    SHAE
          No parece un vecindario muy
          seguro.

                    DOLORES
          Podría ser peor.

SHAE, preocupada por su mejor amiga,
golpeada por la pobreza, le tiende la mano
a DOLORES y la sostiene con un sentido
de urgencia. El sonido de las sirenas de
la policía y de los gatos callejeros se
entremezcla con una tierna melodía en piano.

                    SHAE
          Quizá seamos hermanas en secreto.
          Quizá mi madre tuvo gemelas en
          realidad, pero algún malvado
          médico te entregó a tus padres
          por error.

                    DOLORES
          Eso no tiene sentido.

                    SHAE
          ¿Por qué no? Apuesto a que sucede
          todo el tiempo. Y si eso fuera

verdad, entonces podrías venir a
vivir conmigo. Podríamos estar
juntas todos los días, y podrías
compartir mi ropa y mi comida y
todo.

DOLORES
¡No nos parecemos en nada!

SHAE
Lily y Saanvi, de la clase de la
señora Edison, no se parecen en
nada y son hermanas.

DOLORES
Eso es porque Saanvi es adoptada.

SHAE
Bueno, puedo decirles a mis padres
que te adopten. Sé que lo harían
si se los pidiera. Me dan todo
lo que pido todo el tiempo, sin
ninguna excepción.

DOLORES mira con desolación un marco de
fotos agrietado en su buró, cubierto
de telarañas. La cámara se acerca a los
rostros estáticos de su padre, su madre
y su hermano adolescente, recortando a
DOLORES por completo.

                    SHAE (continúa de fondo)
               Podrías ser mi hermana. Para
               siempre. Para toda la vida.

DOLORES niega con la cabeza. Nuestra
protagonista sabe que nunca podría
abandonar a su familia, no cuando confían
tan profundamente en ella. Después de todo,
ella es el pegamento que los mantiene
unidos. De fondo, un oboe entona una
melodía lastimera mientras SHAE extiende
su meñique hacia DOLORES.

                         SHAE
               Entonces, júrame que serás mi
               hermana secreta. ¡Júralo! ¡Júralo!

                       DOLORES
               Lo juro.

Las dos entrelazan y cierran sus meñiques,
desatando un estallido de luz magenta y
el sonido de campanadas etéreas. El pacto
nunca, nunca debe romperse. El rostro
rubicundo de SHAE se ilumina con el
resplandor.

                         SHAE
               ¿Y me querrás para siempre? ¿Para
               toda la vida?

DOLORES
Para toda la vida.

~~~~~~~~~~~~~

Me senté en la cama y conecté el celular para cargarlo. Distraída, abrí el Instagram y me desplacé por la pantalla a través de remodelaciones de casas y granos reventados e improbables amistades con animales. Eché un vistazo a los anuncios de ropa que no podía pagar, modelados por mujeres que no se parecían en nada a mí. Salté hasta el final de un video en el que un trabajador de la construcción salvaba a una camada de gatitos. Y entonces, vi una publicación que me estremeció.

Reconocí la foto al instante. Dos chicas sentadas en la plataforma de un barco, sonriendo a la cámara. Ambas llevaban grandes camisetas sobre el traje de baño y lentes de sol en la cabeza. Era la misma foto que yo tenía como pantalla de bloqueo en mi celular: Shae y yo, dos veranos atrás en el lago, en el barco de sus padres. Pero algo estaba mal.

Porque en la foto no estábamos Shae y yo, como torpes preadolescentes, no había un microfleco ni frenillos. Eran Shae, de catorce años, y alguien más. Otra chica de nuestro grado: Emelia Ackerson. Y allí estaba ella en el barco. Nuestro barco. En nuestro viaje por el lago. Reviviendo nuestros recuerdos.

En el pie de foto, Emelia había escrito: *¡Tarde perfecta para un chapuzón en el lago! #nuevasexperiencias #nuevasaventuras #nuevasamigas.*

Sentí como si un puercoespín se me hubiera metido por la garganta para morderme el corazón. La foto dolía más que todo lo que Shae había dicho en aquellos mensajes. Necesitaba alejarse, de acuerdo, bien. Los últimos acontecimientos me habían dejado como una perdedora contagiosa. No podía negarlo. Tenía sentido que necesitara mantener nuestra amistad en secreto. Era lógico que no quisiera que la vieran conmigo. Pero había una gran diferencia entre ignorar pasivamente mi existencia y recrear nuestros recuerdos más felices con una compañera de clase cualquiera.

Pero, al parecer, eso no le importaba a Shae. Al parecer, lo único que le importaba era el hecho de que Emelia Ackerson nunca se había orinado en público. Emelia Ackerson nunca se había resbalado en un charco de su propia orina, ni se había quebrado el cráneo. Emelia Ackerson era alta y bonita, y procedía de una familia funcional que tenía productos frescos en el refrigerador y más de un solo baño.

Me sentía demasiado enojada para llorar. En lugar de eso, me quedé sentada, hirviendo de rabia, mirando al techo. Afuera, el Corolla entró en el callejón y el motor se apagó. Los pasos de mi madre en la escalera eran apenas distinguibles sobre el bajo y familiar rumor de la calle por la noche. Debía estar subiendo en calcetines, con los zapatos en las manos. La puerta principal se abrió y luego se cerró. Mamá deslizó el cerrojo en su sitio. La oí tropezar con la caja del televisor en la sala y reprimir una retahíla de maldiciones en voz baja. Recorrió la cocina cerrando gabinetes y apagando luces. La oí guardar la caja de Nilla Wafers en la alacena. Luego, avanzó sigilosamente por el pasillo y se detuvo justo delante de mi puerta.

Por un momento, pensé que entraría a verme. Me preparé para ello, imaginando la escena que se desarrollaría. Se daría cuenta enseguida de que estaba angustiada, se sentaría en el borde de la cama y me exigiría que le explicara lo que estaba pasando. No me daría otra opción. Tendría que decirle que me había convertido en un bulto de residuos peligrosos con forma humana y que Shae no podía arriesgarse a un envenenamiento por mi radiación. Que estaba aterrorizada por el futuro que mi vejiga dictaría para mí. Que nunca me había sentido tan insoportable y abrumadoramente sola.

Pero no entró. Tan sólo apagó la luz del pasillo y se fue a la cama.

Capítulo siete

—Dolores —la voz de Mateo sonaba molesta mientras golpeaba la puerta de mi habitación. Me incorporé. Era casi mediodía. No recordaba haberme dormido y, a juzgar por lo agotada que me sentía, probablemente no habían pasado más de diez minutos de eso. Entrecerré los ojos contra la luz brillante que entraba por la ventana. En los primeros instantes de conciencia, no podía recordar los detalles de la devastación de la noche anterior. Pero percibía un aura general de fatalidad.

—¡Dolores! —Mateo seguía golpeando la madera—. ¡Dolores, despierta! Hay alguien esperándote abajo. ¡Contesta el teléfono! —oí a mi hermano salir del departamento y bajar a la imprenta, sin dejar de murmurar para sí mismo durante todo el trayecto.

Shae.

De pronto, lo recordé todo. Salí corriendo de la cama y me puse unos pantalones deportivos y una camiseta de tirantes. Me recogí el cabello en un chongo y luché por encontrar mi desodorante entre el océano de ropa sucia del suelo. ¡Shae había visto el post de Instagram de Emelia Ackerson! Había venido a consolarme, a decirme que, después de todo, no me había sustituido. Que la foto del barco había sido tomada como parte de una broma y publicada en internet contra su voluntad. ¿Dónde estaba el desodorante? Al diablo, la lata de Febreze en el tocador tendría que funcionar. O mejor aún, tal vez Shae estaba aquí para decir que había cambiado de opinión sobre todo el asunto. Que no necesitaba apartarse de mí, que se había dado cuenta de lo mucho que me extrañaba y que era una idiota por poner en peligro nuestra amistad. Mis sandalias, ¿dónde estaban mis sandalias? ¡Ajá! ¡Allí, junto al sillón reclinable! Salí volando de mi recámara, atravesé la puerta principal y me lancé hacia las escaleras.

Fue un error. Había juzgado mal mi capacidad para frenar con calzado de suela lisa, así que me catapulté yo sola por encima del barandal y volé por los aires. La caída parecía ocurrir en cámara lenta, mis brazos y piernas se movían pesadamente contra la resistencia, como si estuviera caminando en el agua. También sonaba como estar bajo el agua, en un jacuzzi con el zumbido de los chorros. Una mancha de chicle seco de color malva crecía cada vez más frente a mí mientras la banqueta de concreto eclipsaba mi visión. Cerré los ojos, preparándome para el impacto, y en el último momento me di cuenta de que, una vez más, mi cráneo estaba orientado directamente hacia el suelo.

Plop.

Dolió. Pero no tanto como suponía. El concreto que golpeé olía a colonia de sándalo. Y estaba usando una camisa de algodón con botones. Se me abrieron los ojos de par en par.

—¡Te tengo! —jadeó Johann—. Está bien, Lola, te tengo.

Me abrazaba contra su pecho, respirando con dificultad. Su voz era a partes iguales de terror y alivio.

—*Vaya* —susurré.

—¡Jesucristo, Dolores! —gritó Mateo, corriendo hacia nosotros.

Volví a bajar la mirada hacia el fósil de chicle crujiente que era casi mi última imagen terrenal. Era tan pequeño. Tan triste. Tan crujiente.

Mateo seguía gritando.

—¿Qué eres, una niñita? ¿Tenemos que conseguir una puerta de seguridad de bebé para evitar que te mates? Si Johann no hubiera estado parado *justo* ahí...

Yo no podía respirar. Miré boquiabierta a Johann, que seguía sosteniéndome como si fuera un perrito faldero de seis kilos que él había arrancado de las fauces de la muerte de concreto. Me temblaba todo el cuerpo.

—Eres muy fuerte —le dije a Johann con voz chillona. Giré la cabeza para mirar a Mateo—. ¿Tú sabías que era tan fuerte? Yo no.

La cara de Mateo era de color rojo brillante.

—¡Voy a usar el cortador de papel gigante para cortarte esas estúpidas piernas! ¡Tal vez así no serás capaz de romperte el cuello siendo una idiota!

Johann rio de una manera entrecortada y temblorosa.

—Eso suena como si pudiera ser un cuento de hadas bávaro —lentamente me bajó al suelo y me apoyó hasta que pude hacer funcionar mis rodillas—. No te lo tomes tan a pecho, Lola —me dijo—. Asustaste mucho a tu querido hermano.

—¡Ya no estoy asustado! —chilló Mateo—. ¡Estoy enojado! *¡Furioso!*

Miré a mi hermano.

—Puedo ver las venas de tu frente —le dije—. Todas ellas. Están... palpitando.

Mateo se acuclilló contra el edificio y respiró hondo.

Johann se interpuso entre nosotros.

—Lo mantendré lejos de la cortadora de papel gigante, Lola —me tranquilizó—. Vamos a sentarnos, Mateo. Dolores puede vigilar la imprenta por unos minutos.

Mateo asintió y metió la cabeza entre las rodillas. Parecía haber perdido toda capacidad de hablar.

—Gracias, Johann —dije, sintiéndome más que un poco avergonzada—. Por salvarme la vida, probablemente. No volveré a hacer esto jamás.

—No, por favor. Una vez fue suficiente —Johann tomó las muñecas de mi hermano y tiró de él para ponerlo de pie.

La cara de Mateo estaba de espaldas a mí. Tal vez para que yo no pudiera ver sus venas estroboscópicas.

Hice un gesto de dolor.

—Lamento haberte asustado, Mateo.

Mi hermano gruñó en respuesta. Johann me miró y sus cejas se alzaron de repente.

—Oh, Lola, tu amiguita te está esperando dentro.

En algún punto de mi descenso, quizá cuando me encontraba a tres o cuatro metros del suelo, había olvidado la razón por la que estaba corriendo, en primer lugar. *Shae estaba aquí*. Había venido a hablar en persona, a explicarme lo de los mensajes, la publicación y las semanas de silencio. Abrí de golpe la puerta principal de la imprenta y la campana que había sobre mí anunció mi llegada. Allí estaba ella, oculta tras un expositor de rótulos de vinilo. Envalentonada por la adrenalina de mi experiencia cercana a la muerte, alcé la voz, pero mantuve un tono lo bastante frío.

—Así que viniste a disculparte, ¿no…?

Me interrumpí cuando la chica dio un paso y pude verla. Llevaba una blusa amarilla con un gran cuello y un pantalón verde oscuro. Su cabello rubio estaba recogido con una pañoleta.

No era Shae.

—Sí, así es —dijo Terpsícore. Su voz traicionó su sorpresa—. Es muy perspicaz de tu parte.

—Espera, tú eres...

—Terpsícore Berkenbosch-Jones —interrumpió la chica en ese tono robótico tan ensayado. Se detuvo un segundo y jugueteó con su anillo—. Nos conocemos.

Sacudí la cabeza.

—No eres quien esperaba.

Terpsícore giró su tobillo izquierdo. Luego el derecho.

—No sé qué decir a eso.

Era una respuesta justa. Ni yo sabía qué esperaba que dijera.

—¿Qué estás haciendo aquí? —pregunté, caminando detrás del mostrador y poniendo la voluminosa caja registradora entre nosotras.

Terpsícore se acercó al otro lado de la barrera.

—Ya lo dijiste. Estoy aquí para hacer las paces —por primera vez desde que entré, hizo contacto visual, ese mismo contacto visual pegajoso del taller—. He pensado en nuestro encuentro una y otra vez, y puedo ver que la forma en que actué no fue sensible a ningún sentimiento personal de pérdida que pudieras estar experimentando en ese momento —parpadeó. Me di cuenta de que estaba usando un rímel verde oscuro—. Mi comportamiento contribuyó a herir tus sentimientos —dijo finalmente—. No era mi intención. Tienes mis más sinceras disculpas.

Su voz era seria, aunque sus ojos me hacían sentir incómoda. Puse en orden una pila de notas sobre el mostrador.

—De acuerdo.

—Sólo vine a decir eso —dijo, sacando del bolsillo una fina cartera de tela—. Y también a comprar timbres.

—No tenemos timbres —respondí. No sabía por qué lo había dicho. No sabía si era cierto o no. Ni siquiera sabía si vendíamos timbres.

Terpsícore ladeó la cabeza.

—Supongo que eso es todo, entonces. Adiós, Dolores —la chica se dio la vuelta para marcharse.

—Espera —tampoco sabía por qué lo había dicho.

Terpsícore miró hacia atrás con interés.

—¿Encontraste los timbres?

—No —respondí.

Su cara se desencajó. Pero no se fue. En lugar de eso, abrió su cartera y revisó metódicamente un compartimento de billetes.

—Tengo diez dólares y no hay timbres —anunció. Volvió al mostrador—. ¿Tú tienes dinero?

—Nada —admití, sin saber por qué me hacía una pregunta tan extraña. No iba a robarme, ¿verdad? Tal y como habían ido las cosas últimamente, ni siquiera me habría sorprendido tal giro de los acontecimientos—. Tampoco hay nada en la caja registradora.

Terpsícore volvió a dirigir su intensa mirada a su cartera mientras contaba el dinero por segunda vez.

—¿Quieres un helado? —preguntó viendo la cartera.

De algún modo, esa pregunta me sorprendió más que un atraco. Pero no tanto como mi respuesta.

—Está bien.

Capítulo ocho

No podía abandonar la imprenta sin encontrar a alguien que me sustituyera. O, al menos, sin pedir permiso para colgar el cartel de "VOLVEREMOS PRONTO" y cerrar la puerta con seguro. Como se suponía que no podíamos dejar a ningún cliente desatendido en el local, le dije a Terpsícore que me esperara delante de la heladería. Todavía estaba un poco tambaleante por la adrenalina, pero me alegré de que nadie más hubiera visto mi casi caída desde el balcón.

Asomé la cabeza por la puerta lateral y miré alrededor, esperando que Johann y Mateo no se hubieran alejado demasiado. No se habían alejado nada. De hecho, los dos estaban de pie justo en el mismo lugar, en el callejón. Al oír el chirrido de las bisagras, los chicos se apartaron de un salto y miraron en direcciones opuestas. En circunstancias normales, habría pensado que estaban tramando algo.

—¿Qué, Dolores? —Mateo se pasó las manos por la cara, girando los ojos hacia el cielo y tirando de sus mejillas—. *¿Qué quieres?*

—Nada —respondí, apoyando la cabeza en el marco de la puerta—. Voy a salir. Sólo pensé que deberías saberlo.

Johann se agachó para juguetear intensamente con las cintas de sus zapatos. Su cara, o al menos lo que yo podía ver de ella, estaba totalmente sonrojada, como cuando *tía* Vera le había dado aquel gran beso rojo en la mejilla.

—Bueno... —lo provoqué.

Mateo tenía la boca entrecerrada y los puños cerrados en señal de exasperación. Supuse que seguía enfadado conmigo por el incidente del paracaidismo improvisado.

—¿No puedes sentarte detrás del mostrador durante diez... *veinte minutos*?

—Ya te lo dije, voy a salir —entrecerré los ojos—. ¿Qué estaban haciendo aquí atrás, de todos modos?

—Johann estaba... —Mateo alargó las palabras—. Él estaba viendo la marca de nacimiento que tengo en el cuello. Para predecir mi futuro. Es una cosa alemana, ¿verdad, Johann?

Johann se levantó, asintiendo como uno de esos muñecos cabezones sobre el tablero de un auto.

—Sí, eh... —se inclinó ligeramente hacia delante para estudiar el extraño lunar justo debajo de la oreja de mi hermano—. No crecerás más de lo que ya creciste hasta hoy —le dijo a Mateo con voz seria—. Pero tampoco encogerás.

Puse los ojos en blanco.

—Vaya, nos esperan muchas sorpresas. ¿Alguno de ustedes me va a sustituir?

Mateo tragó saliva.

—Mmm... no, no en este momento, no.

Desplacé mi peso con impaciencia, haciendo sonar la perilla de la puerta.

—*Entonces*, ¿puedo cerrar?

—¡Vamos, ya, vete de aquí! —mi hermano me empujó hacia atrás, dentro de la imprenta, y empezó a cerrar la puerta entre nosotros. Luego hizo una pausa y bajó la voz—. No se lo digas a mamá.

—A mamá no le cuento *nada* —metí la mano por la rendija de la puerta para despedirme—. Adiós, Johann.

Johann se puso de puntitas para responder.

—Adiós, Lol...

—¡Está bien, adiós! —interrumpió Mateo, empujando mi mano de nuevo en el interior y azotando la puerta entre nosotros.

Cerré la puerta principal de la imprenta con mi llave de empleada. Terpsícore se mantuvo erguida mientras me esperaba, con la mirada fija en la calle. Yo no sabía qué decir, en realidad, así que jalé varias veces la puerta para comprobar que estaba bien cerrada.

Me giré para mirarla.

—Entonces, supongo que...

Sin verme directamente, Terpsícore giró sobre sus talones y abrió la puerta de vidrio de la heladería. Dejó que se cerrara tras ella.

—Ya podemos ir —terminé—. Bueno, está bien, entonces.

La ráfaga de aire acondicionado que me recibió no era tan fría como en la mayoría de las otras tiendas de la Avenida Principal. Tenía sentido: después de todo, ¿no les convenía a Araña y Lagrimita mantener su negocio a una temperatura agradable para el consumo de helados? La estrategia funcionaba. A pesar de su limitada selección de sabores, el local estaba lleno, aunque no abarrotado; había gente sentada a lo largo del mostrador en taburetes de metal rosa y otros se encontraban en la hilera de gabinetes que se alineaban en la pared lateral opuesta. Terpsícore estaba parada atrás del mostrador, estudiando el pizarrón con el menú que colgaba del techo. Me acerqué a ella y pasé junto a una joven que estaba raspando un vaso de malteada con movimientos rápidos para enseguida llevárselo a la boca. Tenía una pierna fuera del gabinete, haciendo rodar una voluminosa carriola adelante y atrás con la punta de su sandalia.

—No puedes pedir nada que cueste más de cuatro dólares y cincuenta centavos —Terpsícore me miró, era bastante más alta que yo, y luego volvió al pizarrón—. Impuesto de ventas.

—Eehh, sí. Suena bien —torcí la boca hacia un lado—. Pediré un cono, entonces. De vainilla.

—Una sola bola —aclaró Terpsícore—. ¿Y la cobertura?

—Sencillo está bien.

Desde el interior de la carriola, el bebé empezó a gorjear de una manera inquietante. En respuesta, la mujer empezó a comer más deprisa y a mover la carriola con mayor intensidad.

—Deberías pedir una copa —me dijo Terpsícore, subiéndose las gafas por el puente de la nariz—. Los conos son un desastre.

—Un cono está bien, gracias —respondí.

Para entonces, el bebé había empezado a llorar.

Terpsícore se acercó a la caja para ordenar. Araña se acercó a saludarla, secando una cuchara para helado con el borde de su delantal a rayas. Vi cómo la chica se inclinaba hacia delante y señalaba el vaso, indicando los sabores que quería. Decidí aprovechar la oportunidad para ir al baño.

Baño #64: Heladería One Fell Scoop a la antigua usanza: situado en el rincón más alejado del establecimiento, hay que pasar junto a todos los demás clientes para llegar a estas instalaciones. Una vez completada la embarazosa caminata, el cansado viajero es recibido por dos cabinas individuales, cada una no más grande que un armario de escobas. Sin embargo, los minúsculos espacios están limpios, y los brillantes azulejos rosa y verde azulado continúan desde la entrada de la tienda hasta los baños, y hasta la mitad de la pared, creando un efecto innegablemente agradable. Manteniendo el sello de la marca, el jabón de manos en espuma tiene aroma de manteca de cacao. Sin embargo, el secador de manos expulsa el aire demasiado caliente. Tres estrellas y media.

En mi ausencia, Terpsícore había elegido un gabinete en un rincón tranquilo cerca del fondo. Me senté frente a ella en el mullido sillón forrado de vinilo rosa. Me ofreció el cono, que ya se había encargado de momificar por completo con servilletas.

—No quería que goteara —explicó.

—Bien. Entonces, ¿qué pediste tú? —pregunté, excavando mi helado.

Miró su bola de helado con forma de lata de aluminio.

—Brownie de chocolate con ositos de gomita.

Puaj, pensé.

—¿Por qué con ositos de gomita?

—No me gustan los postres crujientes —raspó su cuchara metódicamente por el borde de su cilindro—. Nunca había visto helado servido con esta forma.

—Sí, es una cosa con efecto retro —le di el primer bocado a mi helado y me sorprendió descubrir que, de hecho, estaba buenísimo.

Terpsícore miró por encima del hombro hacia la fachada del local.

—El negocio de tus padres está justo al lado. Lo vi en el folleto.

—Sip —confirmé. Todavía no estaba muy segura de cómo me sentía respecto a que Terpsícore supiera dónde vivía.

—¿Compran helado aquí con frecuencia?

—No, la verdad es que no —admití, acomodando la espalda contra el duro respaldo. Mi vejiga estaba enfadada por no haber encontrado un baño antes—. No tenemos mucho dinero para "extras"... es así como llama mi madre a cosas como ésta —bajé la voz—. Además, los dueños parecen algo sospechosos.

—¿Sí? —preguntó Terpsícore en un volumen más alto de lo normal—. ¿Cómo es que los dueños son sospechosos?

—¡Dios mío! Baja la voz —siseé, escondiendo la cara detrás de mi cono—. Te van a oír.

Accedió a mi petición, pero mantuvo una expresión confundida.

—¿Cómo es que los dueños son sospechosos?

—No lo sé —tartamudeé, ya que nunca me habían cuestionado esta suposición en particular—. Parecen un poco... rudos. Con esos piercings y tatuajes en la cara.

Terpsícore masticaba pensativa un osito de gomita.

—Yo planeo hacerme muchos tatuajes algún día —reflexionó.

No sé por qué me sorprendió. Después de todo, ni siquiera la conocía bien. Y ella no había dado ninguna indicación de que no le gustaran los tatuajes. Pero Terpsícore no parecía de ese tipo de personas. No con su maquillaje perfecto, su ropa perfecta, su cabello perfecto. Incluso los pocos mechones desordenados que se escapaban de su pañoleta eran armónicos, como si acabara de llegar sin aliento de un prado o algo así.

—Es un gran compromiso —dije, ocultando mi sorpresa entre sorbos de helado—. Quiero decir, ¿y si estás haciendo algo y no quieres que se vean?

—Sé cómo cubrirlos con maquillaje —explicó—. Es simple teoría del color.

Lamí el borde de mi cono.

—Tal vez eso es lo que hace mi hermano —dije—. Escuché un rumor en la escuela sobre que se había hecho un tatuaje cuando estaba en décimo grado. Pero no creo que sea verdad.

Terpsícore abrió los ojos con incredulidad.

—Ningún tatuador con buena reputación atendería a un menor de edad.

—Oh, no lo consiguió con buena reputación —vi cómo la cansada madre dejaba triunfalmente el vaso y la cuchara vacíos en uno de los carritos junto al bote de la basura antes de dirigir la carriola hasta la puerta. Lagrimita saltó rápidamente por encima del punto más bajo del mostrador y corrió a abrirla para ella. La madre rio agradecida y le correspondió el saludo a través del cristal—. ¿Tienes hermanos? —le pregunté a Terpsícore.

—No.

Mordí mi cono.

—Tienes suerte —dije.

—Tal vez —respondió, pasando la cuchara por el borde de su helado—. Podría haber tenido alguno, pero mi padre abandonó a mi madre después de que me diagnosticaron. No quería tener más hijos con ella por si también resultaban autistas como yo.

Me atraganté un poco y levanté la mirada, intentando leer su expresión. ¿Había herido sus sentimientos? ¿Intentaba hacerme sentir mal por decir algo tan estúpido?

—Lo siento —murmuré.

Levantó la mirada para sostener la mía.

—¿Por qué? Las disculpas son para cuando hiciste algo malo. Tú no has hecho nada malo.

No respondí, sólo me moví de nuevo en mi asiento, tratando de encontrar un lugar cómodo.

—Pero tengo un primo —continuó ella con naturalidad—. Casimir. Tiene seis años. Mi tía fue enviada fuera del país, así que él se está quedando en nuestra casa hasta que ella regrese, será alrededor de Año Nuevo —dio un mordisco—. Mi madre no estaba preparada para lo... enérgico que puede ser Casimir.

Como si surgiera de la nada, un equipo infantil de beisbol con camisetas naranjas invadió la heladería, todos sudorosos y gritando.

Terpsícore se tensó un poco, juntando los hombros como si quisiera esconder la barbilla. Luego cerró los ojos y se relajó lentamente, haciendo inhalaciones largas.

Los jugadores se empujaban unos a otros tratando de alcanzar el mostrador, pisando con sus zapatos los pies de los demás. Acompañaba a la ruidosa horda ese olor a cabra mojada que tienen los niñitos después de tostarse al sol durante unas horas.

—Goteaste.

Tragué lo que quedaba de mi cono.

—¿Qué? —dije.

Terpsícore se levantó y se inclinó sobre la mesa para mirarme la entrepierna.

—Goteaste helado en tus pantalones. Como te advertí —miró fijamente el montón de servilletas que antes habían envuelto mi cono.

—Ah, claro —tomé unas servilletas y encogí la pelvis bajo la mesa, fuera de su campo de visión—. No pasa nada. No te preocupes.

Terpsícore me ignoró y empezó a rebuscar en sus bolsillos, alineando el contenido a lo largo de la mesa. *Teléfono. Bálsamo labial. Audífonos. Protector solar. Paño de microfibra. Broches. Ligas para el cabello.*

—En serio, no pasa nada —le aseguré, con la cara enrojecida por la vergüenza. Miré alrededor para comprobar si alguien más nos estaba observando, pero la lucha de espadas con cucharas de plástico entre algunos de los sudorosos diablillos parecía acaparar toda la atención—. ¿Cómo es que tienes tanto espacio en los bolsillos?

Llaves. Cinta métrica. Alfileres de seguridad. Estuche para agujas. Hilo.

—Deberías cuidar tu ropa —me regañó Terpsícore. *Mentas. Pelota antiestrés. Navaja de bolsillo*—. Alguien pensó mucho en ella.

Miré la navaja con pánico.

—Mmm, en ésta no, te lo prometo.

—Sí, en ésa —*pequeña botella de spray. Pluma quitamanchas marca Tide.*

Recogió los dos últimos artículos y se acercó a mi lado del gabinete, dejándome atrapada.

—Está bien, Dolores, yo te ayudaré —levantó el quitamanchas, lista para apuntar a mi virtud.

Le agarré la muñeca.

—Puedo hacerlo sola —le expliqué, quitándole la botella de agua de los dedos con la otra mano. Todavía manteniéndola a raya, me rocié la parte delantera de los pantalones y sequé la gota de helado con las servilletas—. ¿Ves? Ya está mejor.

La solté.

Terpsícore examinó mi trabajo con escepticismo, luego se relajó y se sentó a mi lado. Exhalando lentamente, tapó el quitamanchas y lo colocó al final de la fila de objetos que había al otro lado de la mesa. Coloqué la botella de agua a su lado, pero estaba claro que no lo había hecho bien, porque Terpsícore tuvo que empujarla para alinearla.

Permanecimos un rato en silencio, con la mirada fija en los objetos que Terpsícore tenía delante.

En el mostrador, el entrenador de aspecto demacrado intentaba pagar a Araña con un pegajoso fajo de billetes. A su lado, el chico de la camiseta con el número once se estaba hurgando la nariz con la base de un cono de wafle. El entrenador sacó a la manada de niños por la puerta principal, dejando charcos de helado derretido a su paso.

—Afuera del taller —empecé con cautela—, cuando me seguiste por la calle…

La cara de Terpsícore se torció de incomodidad, como si acabara de comer algo agrio.

Tomé su copa de helado del otro lado de la mesa y la dejé frente a ella.

—Dijiste que necesitabas una mejor amiga urgentemente. ¿Por qué? —le pregunté—. ¿Qué significa eso?

Terpsícore jugueteó con su cuchara y la dejó en la copa.

—Mi madre cree que, debido a mi autismo, no podré entablar relaciones significativas ni desenvolverme en situaciones sociales sutiles. Estoy siendo educada en casa y, si por ella fuera, yo tendría que obtener un título universitario en línea, o tal vez ni siquiera obtener un título, y vivir en casa con ella hasta que se muera —tomó su pelota antiestrés y la apretó en rápidas ráfagas—. O me muera yo, pero en términos estadísticos es improbable que ella viva más, a menos que yo desarrolle alguna enfermedad rara y mortal.

—Entonces, ¿no quieres quedarte en casa con ella?

Hizo rodar la pelota entre sus manos.

—Quiero estudiar diseño de vestuario y trabajar en espectáculos de Broadway.

—Y hay mucho de eso por aquí —dije.

No debió captar mi sarcasmo, porque me lanzó una mirada indignada.

—¡No hay nada de eso! —dijo bruscamente—. Estoy intentando convencerla de que me deje ir a la Preparatoria Jackson en otoño como primer paso para ir a la universidad. Pero ella cree que seré blanco de burlas y que, sin amigos, el acoso dañará irreparablemente mi autoestima.

Recordé la gran marea amarilla, el eco de los abucheos y el grito de aquel violín desesperado. Me sacudí para salir de ahí.

—Ella tiene razón.

—¡Por supuesto que no! —Terpsícore empezó a guardar sus cosas en sus bolsillos mágicos de Mary Poppins—. Me sobra autoestima —murmuró.

—Pero no amigas.

—Sólo necesito una —insistió—. Ni siquiera una de verdad, sólo alguien que finja ser mi amiga delante de mi madre. Entonces, ella tendrá que inscribirme.

No podía creer que *quisiera* lo que más miedo me daba.

—Yo daría lo que fuera por recibir educación en casa —admití.

—¿Porque no tienes amigas?

—*Sí* tengo —respondí—. Una. Ella está... mmm... confundida en este momento. Pero volverá. Sólo tengo que ser paciente —me senté más derecha—. Y demostrarle que estoy prosperando sin ella.

Terpsícore me estudió con curiosidad, como a un espécimen bajo el microscopio.

—No parece que estés prosperando —decidió.

Me enfurruñé en la esquina.

—No lo estoy. Sólo tiene que pensar que sí.

—Eso es un engaño.

—Y, ¿cuál es tu plan? —repliqué, usando las servilletas que me quedaban como abanico para secarme la entrepierna—. Encontrar a alguien que finja ser tu amiga para convencer a tu mamá de que eres capaz de hacer amigos. Hay mucha ironía ahí.

La puerta se abrió y levanté un poco la cabeza para ver quién entraba.

—... no puedo creer lo bronceada que estás.

—No, en serio, fue increíble. Y los chicos de allí eran mucho más guapos. ¡Díselo, Shae!

Dios mío. Shae Luden había entrado en el local.

Capítulo nueve

A mi cuerpo le sobrevino una reacción involuntaria, como cuando una zarigüeya se asusta de un depredador y se desploma, paralizada. O cuando se les grita a esas cabras que se desmayan y se paralizan con las patas extendidas y sus redondas barriguitas hacia el cielo. Ante la amenaza de un peligro mortal, resultó que yo también poseía un mecanismo de supervivencia espontáneo que imitaba a la muerte. Sin previo aviso, todos los músculos de mi cuerpo flaquearon, lo que me permitió derretirme en el asiento y formar un montón sin estructura bajo la mesa.

—¡Dolores! —me llamó Terpsícore, retirando sus pies que habían quedado debajo de mí—. ¿Qué está pasando?

—*Es Shae* —susurré—. *¡Por favor, no dejes que me vea!*

Terpsícore se puso de pie.

—¿Dónde? —preguntó, su voz *no* era un susurro.

La agarré de la mano y tiré de ella hacia abajo.

—*¡Por favor! ¡Sólo finge, como si yo no estuviera aquí!*

Terpsícore me miró con el ceño fruncido.

—No soy buena para fingir —admitió.

—*Aprieta tu pelota antiestrés… estarás bien.*

Podía ver los zapatos acercándose. Reconocí enseguida los de Shae. Llevaba sus tenis favoritos, con teñido personalizado. Los había comprado un año antes. Había otros dos pares de zapatos que correspondían al par de voces que rápidamente se acercaron al mostrador: eran unos tenis de bota magenta y unas zapatillas planas de lona gris.

—Viene hacia acá uno de los dueños —murmuró Terpsícore por un lado de la boca.

—¿Qué?

—Está trapeando debajo de las mesas.

Me retorcí todo lo que pude contra la pared y contuve la respiración. En efecto, el trapeador de mango ancho y largo apareció frente a mí, se deslizó sobre el piso y me golpeó con fuerza la pierna. Luego retrocedió y volvió a golpearme, como un confundido perro pastor inglés. Araña miró por debajo de la mesa. Me llevé el dedo a los labios e hice una mueca.

El hombre enarcó las cejas: las tenía puntiagudas y arqueadas, con dos pequeñas hendiduras afeitadas.

—Por favor —le dije, señalando a las adolescentes que estaban delante de la caja esperando para pagar.

Araña le lanzó una mirada al grupo. Pareció comprender la gravedad de la situación, me hizo un rápido gesto con la cabeza, retiró el trapeador y se dirigió a la mesa de al lado sin decir palabra.

Me relajé contra la pared y me quedé mirando la parte inferior del gabinete.

Sólo un poco más, y luego se habrán ido.

—¡Hey, tú! —el par de zapatillas grises estaba justo delante de nosotras.

Terpsícore se puso rígida, a punto de hacer estallar su pelota antiestrés.

—Me gusta mucho tu ropa —continuó Zapatillas Planas Grises. Tenis de Bota Magenta la flanqueaba al otro lado. Estábamos totalmente rodeadas—. ¿Dónde la conseguiste?

—Yo la hice —respondió Terpsícore.

—¡No puede ser! —exclamó Tenis de Bota Magenta—. Es tan linda. ¡Me estás mintiendo!

Terpsícore tragó saliva.

—No tengo motivos para mentirte.

Los zapatos se movieron el uno hacia el otro, luego de vuelta al gabinete.

—Ah, bueno. Como sea, yo soy Lucie —se presentó Zapatillas Planas Grises. Enseguida supe que era Lucie Bernard, una de las chicas que vivían en el vecindario de Shae. Un año atrás, los padres de Lucie la habían sacado a ella y a su hermano de la escuela y los habían enviado al viñedo de sus abuelos en Francia. Supuse que ya había regresado—. Ella es Emelia, y ella es Shae —los tenis personalizados saltaron a escena.

—Lo siento, no sabía si pedir pretzels triturados o almendras —la cálida voz de Shae me cortó como un cuchillo—. Hola, ¿cómo te llamas?

—TerpsícoreBerkenboschJones.

—¿Cómo? —preguntó Shae.

Lucie rio.

—Creo que no entendí nada. Vas a tener que decirlo más despacio.

Un puñado de almendras empapadas cayó al suelo delante de la mesa.

—Puf —gimió Shae—. Se me está cayendo el helado por todas partes.

—Déjalo —dijo Lucie—. No pasa nada.

—No, ese tipo acaba de trapear. Lo limpiaré.

Mientras Shae descendía hacia mí, por primera vez en mi vida recé: *Dios, si eres real y te preocupas por mí como dice ese sacerdote, haz que supere esta interacción sin que me descubran. Intervén. En tu omnipotencia misericordiosa, ordena a una cucaracha que se escabulla por el suelo, empuja una cuchara sucia del carrito, cualquier cosa que la haga apartar la mirada antes de que ella...*

El corazón me latía en la garganta cuando vi la cara de Shae. Agachada, utilizó una servilleta para recoger los ingredientes caídos, la dobló por la mitad y la pasó una vez por el suelo. Estaba casi a salvo... lo único que ella tenía que hacer era volver a levantarse.

Entonces, arrugó la frente, como si presintiera algo. Alguna perturbación psíquica desagradable. Era como si nuestros años de devoción fraternal hubieran creado una conexión extrasensorial entre nosotras. Me pregunté si sería como esas historias sobre gemelos, en las que uno puede sentir cuando el otro está en peligro o herido. O muerto. Mamá había dicho que Shae y yo éramos como gemelas, ¿cierto? Apreté la mandíbula. *Por favor, Dios, por favor. Nunca volveré a pedir nada.*

Lentamente, con determinación, Shae levantó la vista. Nuestros ojos se encontraron.

Está bien, Dios. Ya veo cómo son las cosas. Mamá tenía razón sobre ti. Todopoderosa, la raya de mi trasero.

Me encogí, esperando a que Shae dijera algo. Que abordara la extraña situación que se estaba desarrollando a nuestro alrededor: *¿Dolores? ¿Qué estás haciendo? ¿Por qué estás debajo de la mesa?*

Pero no dijo nada.

En lugar de eso, volvió a mirar su mano, arrugó la servilleta en su puño y se levantó.

—¿Me repites tu nombre? —pidió Emelia.

—Terp, sí con acento, co, re. Terp-sí-co-re.

—Nunca conseguiré pronunciarlo —confesó Emelia.

Lucie rio.

—No lo tomes como algo personal. Em no es la más lista —explicó ella—. Es incapaz de pronunciar una palabra de más de tres sílabas.

—Soy lo bastante lista para saber cómo evitar que se me separe el flequillo —dijo Emelia.

—Oooh, así comienzan las discusiones —Shae rio.

—Es la moda en Francia —dijo Lucie.

—*La moda...* —repitió Shae—. No dejes que ella te engañe. Lucie habla como si fuera la dueña de París, pero sólo pasó un año en un pueblecito mugriento en medio de ninguna parte, en realidad.

Sentí náuseas. ¿Por qué Shae no había dicho nada? ¿Por qué no me había saludado? ¿Cómo podía fingir que yo no estaba allí?

—Mmm, ¿Shae? —la voz de Terpsícore era demasiado segura, demasiado alta—. ¿Eres Shae como Shae, la amiga de Dolores?

Le golpeé la espinilla por debajo de la mesa.

—¿Dolores? —la voz de Shae era un chillido—. ¿Qué Dolores?

—Ay, por favor, todo el mundo sabe que eras la mejor amiga de esa meona —se burló Lucie.

—Eso fue hace años —insistió Shae—. Éramos pequeñas.

—¿Meona? —preguntó Terpsícore, apartando las piernas de mí—. ¿Qué significa eso?

—Ella se orinó encima —explicó Emelia—. Durante los exámenes de fin de curso.

—Es el gran pesar de mi vida habérmelo perdido —dijo Lucie. Prorrumpió en una canción—: *"Había una vez una chica*

que se llamaba Dolores, que se orinaba por todos los alrededoores. Se
resbaló en la inundación, se golpeó la cabeza con gran precisión, ¡se
quedó tumbada con esos oloooores!".

Las lágrimas me nublaron la vista.

—Debes ser nueva aquí —dijo Emelia—. De lo contrario,
ya te habrías enterado.

Terpsícore intentó responder.

—En realidad...

Emelia la interrumpió.

—Deberías venir a la fiesta que organiza Shae dentro de
dos semanas. Conocerás a mucha gente. Incluso habrá algunos chicos de los últimos años.

—¡Hombres! —la corrigió Lucie con voz ronca. La oí dejar
algo sobre la mesa—. Graba tu número en mi teléfono, yo te
enviaré los detalles.

Terpsícore se removió en su asiento.

—Shae, realmente me gustaría saber más acerca de por
qué...

Clavé el codo todo lo que pude en la punta del botín de
gamuza de Terpsícore. Ella me dio una patada en el vientre.

—¡Auch! —grité.

Enseguida, me tapé la boca con las manos.

—¡Oh, mi Dios! ¿Dolores? —preguntó Lucie, dejándose
caer al suelo con Emelia—. ¡¿Qué estás haciendo debajo de
la mesa?!

—Está prosperando —anunció Terpsícore.

Hice una mueca. Lucie tenía el mismo aspecto de siempre, la cara delgada, la nariz fina, con la expresión de un hada
traviesa que hubiera defecado en tu café. Lo único que había
cambiado en Francia era que había vuelto con un corte estilo
bob. Y pechos.

—Eh, hola —dije, moviéndome hacia delante. Entonces me acordé de la enorme mancha de humedad que tenía en la entrepierna. Intenté bajarme la camiseta para ocultarla, pero la acción no hizo más que llamar su atención—. No es lo que parece. Yo no… —me enredé con las palabras, con el rostro cada vez más caliente—. Se me goteó el helado y traté de limpiarlo, y Terpsícore tenía una botella de agua…

—No te preocupes, chica, te creo —dijo Lucie—. Shae, estabas ahí abajo limpiando el piso como Cenicienta, ¿por qué no dijiste nada?

Shae apretó la mandíbula con fuerza. Cada músculo de su cuello se abultó mientras estudiaba su helado como si contuviera todos los secretos del universo.

—No la vi —dijo con voz tensa. Tiró de los brazos a las otras chicas—. Oigan, ya vámonos, que se me está derritiendo el helado y mamá se enfadará si algo de esto cae en el coche.

Emelia se levantó, pero Lucie se la quitó de encima y volvió su atención hacia mí.

—¿Sabes? Me alegro de haberte encontrado, Dolores —empezó a decir Lucie, llevándose el helado a la boca con pereza—, porque todo este asunto de la escuela con la pipí y la ambulancia, en realidad no es para tanto. Ahora puedes reírte de eso, ¿cierto? ¿Podemos reírnos de eso?

Estaba atrapada en el *Inferno* de Dante. A cada momento descendía a un círculo más profundo y frío del infierno.

—Definitivamente —susurré.

Lucie sonrió.

—Genial, bueno, en ese caso, deberías venir a la fiesta con *Tuirdípidi*, ¿no es así, Shae?

—En realidad, ni siquiera es una fiesta —Shae se encogió de hombros—. O sea, no creo que ella quiera ir.

—Claro que quiere —dijo Lucie, mirando a Shae de forma mordaz.

Shae suspiró y se encontró con mi mirada por primera vez desde que me descubrió metida debajo de la mesa.

—Deberías venir si quieres, Dolores.

Asentí, un rayo de esperanza se encendió en mi pecho.

—Está bien.

—Genial —dijo Lucie, poniéndose de pie—. Nos vemos pronto, chicas.

El trío atravesó la heladería y salió por la puerta principal. Yo conté hasta cincuenta y me escurrí lentamente de debajo de la mesa hasta el asiento frente a Terpsícore.

Mi compañera de asiento no dijo nada durante un rato. Era como si su cerebro necesitara tiempo para procesar la situación.

—No creo que debamos ir a esa fiesta —murmuró finalmente Terpsícore, apilando cuidadosamente las servilletas desechadas sobre la mesa.

—*Tenemos* que ir —dije—. No lo entiendes. Ésa es la única rama de olivo que Shae puede ofrecerme en este momento —dejé que mi cabeza golpeara la mesa—. ¡Oh, Dios, esa canción que cantó Lucie! Es horrible. ¡Tengo que hacer algo con toda esta situación antes del próximo otoño!

—Entonces, puedes ir sola. Yo no quiero ir.

—No es así como funciona. Me invitaron a ir *contigo* —giré la cara hacia un lado—. ¿En verdad quieres ir a la preparatoria?

—Quiero salir de casa algún día —respondió Terpsícore con firmeza—. Quiero ser independiente. Empieza con la Preparatoria Jackson y termina con un Tony al mejor diseño de vestuario.

—Un Tony —repetí. Araña y Lagrimita llevaban un carrito lleno de platos sucios por la heladería y nos analizaron a Terpsícore y a mí con miradas subrepticias al pasar. Me enderecé—. Acompáñame a esa fiesta, ayúdame a dejar atrás todo este asunto de la meona y te juro que empezarás a ir a la preparatoria en septiembre.

—¿En serio? —parecía en verdad sorprendida por la oferta.

—Seré la mejor amiga que tu mamá haya visto jamás —le juré—. Tengo años de experiencia.

Sonrió tanto que las mejillas levantaron sus gafas.

—No, no me mires así —le advertí—. Si me lo preguntas, yo creo que deberías olvidarte de todo eso y quedarte en casa para siempre. Pero si estás segura...

Terpsícore asintió con la cabeza de manera enfática. Por debajo de la mesa, su teléfono empezó a emitir una alegre melodía de calipso. Lo ignoró.

—¿Por qué no le dices a Shae que quieres volver a ser su amiga? —me preguntó.

—A estas alturas, ella tiene que pensar que es idea suya —le expliqué—. Y tú puedes ayudar. Si ella y los demás piensan que eres genial y que yo te agrado, entonces eso le da permiso para que yo también le agrade. Tiene sentido, te lo prometo —fruncí los labios—. ¿Vas a contestar?

—Es mi madre —dijo Terpsícore sombríamente, dejando su teléfono cantante en el bolsillo—. Está esperando en el coche, preguntándose dónde estoy. Le dije que iba a comprar unos timbres.

—Contesta —le ordené.

Se estremeció.

—Preferiría no hacerlo —me dijo.

—En serio, toma el teléfono —insistí.

—No —la melodía se cortó de manera abrupta y ella sacó el teléfono de sus pantalones—. ¿Ves? Ya dejó de sonar. Hey, ¿qué estás haciendo?

Le quité el teléfono de las manos y busqué sus mensajes.

—"Lo siento… se me fue… el tiempo" —mientras escribía, leía para ella en voz alta—. "Me encontré con alguien… que conocí… en el taller".

Terpsícore se desplomó contra el respaldo de su asiento.

—Yo uso frases completas.

—"Siento haberme demorado, se me pasó el tiempo" —revisé—. "Me encontré con alguien que conocí en el taller. Vive en el centro. Estamos comiendo un helado".

Terpsícore se burló.

—No lo va a creer —dijo.

Le entregué a Terpsícore su copa. Ya sólo quedaban ositos de gomita en una tumba de chocolate, hundidos en el fondo como pequeños cuerpos en un pantano.

—Sujeta esto —le dije.

—¿Por qué?

—Sólo hazlo —le ordené y salí de mi lado del asiento para sentarme a su lado. Sostuve su teléfono sobre nosotras—. Bien, ahora sonríe.

Terpsícore tensó los labios y entrecerró los ojos.

—Dios, no, así no, pareces una rehén.

—Nunca sonrío en las fotos —dijo Terpsícore—. Me parece poco sincero.

—Tiene que parecer que te estás divirtiendo. Mueve la barbilla hacia aquí… —usé mi mano para inclinar su cabeza hacia mi hombro—. Así está mejor. Y abre los ojos. Más. Más. Correcto, eso es demasiado, ciérralos un poco. Perfecto. Sostén la copa y mira a la cámara. Tres… dos… uno —bajé el teléfono para que pudiera examinar los resultados—. Es una linda foto, ¿cierto?

Terpsícore asintió. Volví a sus mensajes.

—Ya está. Le envié la foto a tu mamá y le dije que saldrías enseguida. Y también me la envié a mí, así que ya tienes mi número y yo el tuyo —le devolví el teléfono y me levanté.

—¿No deberías venir conmigo? —preguntó Terpsícore, saliendo del asiento detrás de mí—. ¿Para conocerla?

—Todavía no, es demasiado pronto. Tiene que ser algo natural —recogí la copa de helado y el montón de servilletas de Terpsícore—. De cualquier forma, tengo que regresar. A mi hermano no le hizo mucha gracia que lo abandonara.

Terpsícore asintió.

—Hey, mmm… —miré alrededor para ver si alguien estaba espiando—. Tengo un problema en la vejiga —expliqué, dejando la copa en un carrito y tirando las servilletas al bote de la basura—. Por eso fui al baño un montón de veces en el taller. Aquel día estaba a punto de estallar.

La expresión de Terpsícore no cambió ante esta noticia.

—¿Cómo se llama? —preguntó.

—Cistitis intersticial. CI para abreviar —tragué saliva—. Y ésa es también la razón por la que me oriné encima el año pasado —abrí la puerta para que pasara Terpsícore y la seguí fuera.

Terpsícore miró los coches que pasaban.

—Correcto. Mi madre se estacionó por allá —dijo, señalando en dirección contraria a la imprenta.

—Bien. Supongo que nos veremos después, entonces —añadí.

Asintió con la cabeza y se dio la vuelta. Sus largas zancadas la llevaron rápidamente a la esquina del edificio y se perdió de vista. Así, sin más, desapareció.

Me apoyé en la pared de ladrillo y dejé escapar una larga y lenta exhalación. Luego caminé hasta a la imprenta y tiré de la puerta. No se movió. Intenté con las llaves, pero me sorprendió ver que ya no tenía seguro. Ahuequé las manos sobre los ojos y me asomé por la ventana. Alguien había utilizado un palo de escoba para atrancar la puerta. Golpeé el vidrio.

—¡Mateo!

Mi hermano regresó de donde había estado colocando una fila de tubos para carteles.

—*No puedo escucharte* —dijo Mateo, llevándose la mano a la oreja y encogiéndose de hombros. Estaba solo en la imprenta.

Golpeé la ventana con más fuerza.

—Mateo, esto es ridículo... abre la puerta.

—Diez minutos, Dolores —gritó a través del vidrio—. Eso es lo único que te pedí. *¡Diez minutos!*

—Lo sé, y estoy aquí ahora —dije, tirando de la manija de nuevo—. Yo me encargo.

Mateo se acercó a la puerta y negó con la cabeza.

—Así no funciona.

—¿Por qué no?

—Porque no.

—¿Dónde está Johann? —le pregunté—. Él no está loco. Prefiero hablar con él.

—Yo también —dijo Mateo—. Pero se fue. Justo después de que te fuiste tú —mi hermano quitó la escoba y abrió la puerta—. Vete a bañar, Dolores. No puedes volver aquí hasta que hayas enjabonado hasta el último rincón de tu cuerpo —cerró la puerta de golpe y volvió a acomodar la escoba.

—¡Eres un idiota!

—*Así*, Dolores —dijo, haciendo pantomimas cada vez más obscenas de un baño contra el vidrio—. Te tallas todo *esto*... Y *esto*... Y *esto*, dos veces.

—¡Bien! —grité—. Me voy. ¡Pero ésta es la última vez que me ofrezco a ayudarte!

—*Oh, no* —se lamentó, aferrándose a perlas imaginarias—. ¿Cómo voy a salir adelante sin tus grandes sacrificios filantrópicos? Tiemblo de sólo pensarlo. Ahora vete, podrían venir clientes.

—¡Nunca hay clientes! —grité—. ¡Nunca!

Tomó uno de los tubos para carteles y lo golpeó contra el vidrio.

—No seas exagerada, Dolores. Vamos, ya vete.

Furiosa, pateé la puerta tan fuerte como pude, recordando demasiado tarde que aún llevaba sandalias.

—¿Sabes qué? —grité, saltando sobre un pie y sujetando el otro con las manos.

—¿Qué? —gritó.

—¡Johann es demasiado bueno para ti, de cualquier forma!

Mateo rio al escucharme, una verdadera carcajada.

—*¡Obviamente!*

Cojeando escaleras arriba, me di cuenta de que por fin había sucedido. El frágil, débil mental y uniceja Mateo había estallado. Si bien no estaba segura de poder atribuirme el mérito completo, no podía evitar sentirme al menos parcialmente responsable, aunque no entendiera del todo por qué.

Después del trabajo, Mateo se fue directo a su habitación sin comer nada. Puso la banda sonora de *Cats* a todo volumen en repetición continua durante las siguientes catorce horas. A las seis de la mañana, cuando regresé del baño con otra reproducción de "*Memory*" de fondo, le envié un mensaje a Terpsícore.

> Ganó Cats el Tony por mejor vestuario?

Podría haberlo investigado yo misma, supongo. Pero no lo hice. Esperé unos minutos a ver si me respondía, y entonces, decidí que ella todavía estaba dormida y volví a dejar el teléfono en la mesita. Justo cuando comencé a quedarme dormida, el teléfono zumbó.

Sí, la producción original en 1983. John Napier.

La burbujita se quedó ahí, en la pantalla bloqueada, justo sobre mi foto con Shae, tapando nuestras caras. Escribí una respuesta.

Gracias

Capítulo diez

Yo: ¿Está ahí, señor? Soy yo, Dolo… Espere, no, se supone que no debo decirle mi nombre.

Sacerdote: Puedes decírmelo si quieres, mi amiga Rey Rata. Es bueno escuchar tu voz.

Yo: No hay tiempo para cumplidos, señor. Necesito preguntarle algo.

Sacerdote: Por supuesto.

Yo: Si Dios es real, ¿por qué no responde a nuestras plegarias? ¿Es porque no puede o simplemente decide no hacerlo?

Sacerdote: Hoy no nos vamos a andar con rodeos, según veo.

Yo: Lo pregunto en serio.

Sacerdote: Oh, lo sé. *¿Por qué sufrimos si Dios es bueno?* Ésa es la gran pregunta, ¿no es así?

Yo: Creía que la religión se trataba de respuestas, no de preguntas.

Sacerdote: Lo es para algunas personas.

Yo: ¿Cómo?

Sacerdote: A algunas personas, la religión les da una lente clara y bien definida con la que pueden ver el mundo. Todo sucede o no sucede según la decisión de Dios. Sienten que la voluntad de Dios no es para que la entiendan o estén de acuerdo con ella, sino para que se atengan a ella. Se sienten seguros en la creencia de que todo en el mundo se mueve por la dirección de una única fuerza invencible.

Yo: Pero no todo el mundo piensa así.

Sacerdote: No. Muchos creen que Dios opera bajo un conjunto estructurado de reglas y convenios. Nosotros hacemos una cosa, Dios hace otra: acciones y reacciones establecidas en las Escrituras, la tradición o la revelación.

Yo: Entierra a san Antonio, encuentra tus gafas.

Sacerdote: Podría ser un ejemplo. Para estas personas, el consuelo reside en la creencia de que hay una manera correcta de pedir para conseguir favores y milagros. Sólo hay que encontrarla.

Yo: ¿Y la hay?

Sacerdote: No sabría decirlo. Nunca he enterrado a san Antonio.

Yo: ¿En qué cree usted entonces?

Sacerdote: Yo creo... que Dios te ama.

Yo: Ay, por favor. Ama reírse de mí, tal vez.

Sacerdote: No negaré que lo divino tiene cierto sentido del humor.

Yo: ¿Y eso es todo? ¿Eso es todo lo que tiene? ¿Mi cuerpo está destrozado, mi familia es un desastre, soy el hazmerreír de la comunidad, y Dios me ama?

Sacerdote: Eso es más o menos el meollo de la cuestión.

Yo: Eso no tiene sentido.

Sacerdote: Piensa en los santos. Dios los amaba ferozmente, y sus vidas estaban llenas de sufrimiento. Algunos de los peores y más violentos sufrimientos imaginables.

Yo: Si el objetivo aquí es convertirme, señor, usted no es muy bueno en su trabajo.

Sacerdote: Oh, no, hija, Dios es el que convierte a la gente. Yo sólo estoy aquí para sentarme contigo. Eso es todo.

Yo: Es usted una persona muy frustrante, ¿sabe?

Sacerdote: Eso me han dicho, sí.

Terpsícore y yo nos enviamos unos cuantos mensajes durante los siguientes dos días. Incluso la llamé por teléfono una vez, interrumpiendo a propósito una cena familiar. El plan consistía en acostumbrar poco a poco a su madre a la idea de que volviéramos a vernos, esta vez intencionadamente. Tendría que ser en su territorio, claro. Intenté imaginarme cómo era la casa de Terpsícore, pero siempre acababa pensando en algo parecido a la torre de Rapunzel, con un duende del tamaño de un niño de primer grado vagando por la base: Casimir, el primito problemático de Terpsícore. Su nombre sonaba como el de un personaje mítico que llevaba un garrote y obligaba a cualquiera que pasara por ahí a responder a tres acertijos. Finalmente, Terpsícore obtuvo el visto bueno.

Mi madre pasará por ti a las 11:00 am mañana.

Tal vez podría conseguir que
me lleven si me mandas tu dirección

No. Mi madre quiere ver dónde vives y
averiguar si provienes de una buena familia.

Buena familia?

Del tipo que no tiene armas, perros
enormes o tíos espeluznantes.

Somos buena entonces

Excelente.

～～～～～

Aquella noche me puse a hojear un libro que había sacado de
la biblioteca: *Santos y sacrificio: las tribulaciones de los santos már-*
tires. Era viejo y grueso, con el lomo roto y migajas encajadas
entre las grietas de sus páginas. Debo admitir que no era mi
material de lectura habitual. Sin embargo, lo había elegido
por las fotografías a página completa de estatuas, grabados en
madera y pinturas iluminadas con oro de los santos. Muchas
de las ilustraciones mostraban torturas gráficas, cosas que ni
siquiera sabía que se le podían hacer a un ser humano. Todo
aquello me revolvía el estómago más que un poco. Aun así,
me quedé despierta hasta mucho más tarde de lo debido para

leerlo, y acababa de volver a empezar cuando mamá llamó a mi puerta a la mañana siguiente.

Era el primer día libre de mi madre en mucho tiempo, y parecía dispuesta a hacer algo grande de eso, hasta el punto de que Johann se tomara libre el turno de la mañana en la imprenta. Nos dijo a mi hermano y a mí que nos vistiéramos y nos reuniéramos con ella en la cocina para desayunar en familia. Recogí la ropa menos sucia del piso, cepillé mi cabello y llevé conmigo el espeluznante libro de los santos a la mesa.

Papá estaba parado junto al mostrador, abriendo la tapa de aluminio de una lata congelada de concentrado de jugo de naranja mientras mamá sacaba una jarra de plástico de debajo del fregadero. Solía ser nuestra jarra para regar las plantas, en el tiempo en que teníamos una bonita colección de helechos y plantas mala madre por todo el piso. Pero hacía mucho que se habían secado. La puso al lado de papá y encendió la estufa.

Mateo salió del pasillo con la expresión de alguien que preferiría estar inconsciente. Zigzagueó por la sala, rodeó el televisor en su caja y tomó una manta de crochet del sofá. Se envolvió en ella como si fuera una capa con capucha y olfateó el aire.

Mamá tenía una manera especial de hacer panqueques, no especial en el sentido de que supieran mejor, sino especial en el sentido de que nunca había visto a otra persona abordar la tarea como ella lo hacía. En lugar de verter la masa de harina Krusteaz en pequeños círculos o corazones o cabezas con orejas a la Mickey Mouse, ella inclinaba el recipiente con la mezcla sobre la sartén hasta que la masa se extendía por los bordes. Y luego, lo hacía una o dos veces más. Mi madre juraba que estos panqueques tamaño goliat eran más eficientes, pero aún no he encontrado ningún artículo académico avalado por expertos sobre el tema.

Abrí mi libro de la biblioteca y me incliné hacia atrás, con la esperanza de que parecer ocupada me libraría de cualquier petición para que lavara los platos. Mateo se acercó y acechó detrás de mí.

—¿Quién es ése? —preguntó mi hermano, pinchando un cuadro pintado al óleo. La ilustración mostraba a un joven en taparrabos atado a un árbol. Bajo un flequillo desordenado, los ojos del mártir miraban al cielo, con las flechas clavadas en sus abdominales y cuádriceps.

—San Sebastián —respondí.

Mateo asintió, con el dedo aún sobre la página.

—Ése me gusta.

—¿Por qué? —preguntó mamá mientras metía una y luego otra espátula bajo su masa de panqueques con un poco de exagerada agresividad—. ¿Qué hay en eso que te pueda gustar?

Mateo se encogió de hombros.

—No lo sé, tiene algo especial —acercó una silla para sentarse a mi lado, acurrucándose en la manta.

—Bueno, escucha esto —dije—. Es el santo patrón de los arqueros.

—Uhhh —mi hermano se pasó la lengua por los dientes—. Macabro.

—Tú crees que eso está mal —retrocedí unas páginas—. Éste es san Casiano de Imola, que fue asesinado lentamente (y es en serio lo de lentamente) por sus alumnos. Patrón de los maestros de escuela —volví atrás otra vez—. San Lorenzo, asado vivo, patrón de los cocineros. Y san Bartolomé… —regresé a las primeras páginas, buscando una imagen muy concreta de una horrible estatua de mármol—. Ajá, san Bartolomé, desollado hasta la muerte. Patrón de curtidores, encuadernadores, carniceros y peleteros —sacudí la cabeza—. Es como si te atropellara un camión y te convirtieras en el santo patrón del transporte público.

Mateo me quitó el libro de las manos.

—Míralo —dijo, acercándose la foto a la nariz—. Sólo un musculoso hombre de pesadilla con un holgado traje de piel colgado del hombro.

—Nada de trajes de piel en la mesa, Dolores —gritó mamá, dándole la vuelta a la sartén—. ¿Y a qué se debe esa repentina fascinación por los santos católicos? ¿Vera te regaló ese libro? —enarcó las cejas mientras papá nos acercaba la jarra.

—No, es de la biblioteca —dije, a la defensiva—. Sólo pensé que parecía interesante.

Nadie sabía de mis visitas regulares a la iglesia ni de mis conversaciones con el cura invisible del armario. Y tampoco pensaba contárselo a nadie, porque sabía que me preguntarían *por qué* iba. Y no sabía qué responder, en realidad. No era para aclarar mi cabeza. Siempre salía de esas charlas más confundida. Mi última visita me tenía especialmente atribulada. *Piensa en los santos*, me había dicho. Cuánto los amaba Dios o como fuera.

Le quité el libro a Mateo.

—O sea, tal vez *tía* Vera me hizo pensar en ello —mentí—. Es sólo que es superdesastroso, la forma en que todos ellos murieron. O no murieron, al menos, no de inmediato —sacudí la cabeza—. Por lo que sé, los ángeles pueden salvar a estos tontos de palizas, quemaduras, mutilaciones y ahogamientos, pero no de decapitaciones. Las decapitaciones parecen ser definitivas.

—Algo así como los zombis —dedujo Mateo.

Papá se sentó y agitó la jarra de jugo de naranja rehidratado.

—*Mateo*.

—Dolores, ya guarda eso —nos regañó mamá, trayendo a la mesa los monstruosos panqueques sobre una bandeja para hornear galletas. Se inclinó para poner un tenedor frente a cada uno de nosotros. Dejé caer estrepitosamente el libro al suelo.

—Entonces, ¿qué está pasando? —preguntó mi hermano, observando con desconfianza el desayuno—. Estamos usando platos desechables de marca. ¿Alguien está muriendo?

Mamá lo fulminó con la mirada.

—No te pases de listo, Mateo. Nadie está muriendo.

Mateo se acercó a la mesa y partió un panqueque con las manos.

—Entonces, ¿por qué estamos todos aquí? —preguntó.

—Porque somos una familia —dijo mamá, sirviéndose un vaso de jugo—. Y estamos desayunando.

—Para ser justos —contraataqué, apuñalando el enorme resto de un panqueque y deslizándolo por la bandeja—, nunca desayunamos.

—Bueno, entonces —dijo mamá—, estamos haciendo un esfuerzo.

Mateo tomó la botella de jarabe y la examinó como si fuera una calavera y él, aquel personaje de *Hamlet*.

—Pero ¿por qué?

Bajo la mesa, sentí el zumbido del pie de mamá golpeando la espinilla de papá.

—Porque lo dice tu madre —añadió papá, de repente muy concentrado en masticar su comida.

—Eso no es lo que... —mamá se frotó la frente—. Porque nos amamos.

La boca de Mateo se contrajo.

—Pero ¿nos amamos?

—¡Mateo! —mamá y papá gritaron su nombre al mismo tiempo.

Mamá echó la silla hacia atrás, las patas chirriaron en el piso de linóleo.

—¿Cómo puedes decir algo tan horrible? ¿Cómo puedes pensarlo siquiera?

—Ay, no me miren así —Mateo dio un mordisco—. Quiero decir, ¿no estaríamos todos en otro sitio esta mañana si pudiéramos elegir? —se giró hacia mí—. ¿Tú qué dices?

—Yo… —todavía no había mencionado que tenía toda la intención de irme en menos de media hora.

—Claro que no —interrumpió papá.

—Cállate y cómete los panqueques —siseó mamá.

Aunque esta orden iba dirigida a Mateo, todos obedecimos. Durante varios minutos, lo único que se oyó fueron ruidos chirriantes de masticación y raspado de platos. Aguanté todo lo que pude.

—Santa Cecilia sobrevivió a una decapitación —empecé—. Pero sólo un poco porque no le cortaron la cabeza, en realidad: lo hicieron mal. Vivió tres días más, y sus seguidores empaparon sus pañuelos con su sangre para conservarla como reliquia —hice una pausa y rocié más jarabe sobre las migajas de panqueque que me quedaban—. Hay bastante de eso en este libro. Sangre derramada…

Mamá miró a mi hermano con los ojos entrecerrados.

—¿A qué te refieres con que estarías en otro sitio? —insistió ella.

—A nada en particular —refunfuñó Mateo—. Olvida que lo dije.

—Ya déjalo, mamá —le supliqué.

—No, no quiero mantenerlo aquí si se siente tan miserable —ella se cruzó de brazos.

Como si la estuviera imitando inconscientemente, Mateo apretó más la manta alrededor de su cuerpo.

—No era mi intención —insistió él—. No te preocupes.

Tragué saliva.

—Mmm, los panqueques están muy... porosos hoy.

Mamá me lanzó una mirada fulminante. Instintivamente metí las piernas debajo de la silla, fuera del alcance de sus pies.

—Es algo bueno —añadí—. Para el jarabe. Olvídalo.

Papá se aclaró la garganta y levantó una ceja.

—En realidad, me alegro de que estemos aquí todos juntos.

—*En realidad* —le dije a mi hermano en silencio, moviendo los labios—. *En realidad, me alegro.*

Mateo dejó escapar una pequeña carcajada, que disimuló como una tos.

—Porque tengo noticias para todos —terminó papá.

Mi hermano se enderezó.

—Lo sabía —dijo Mateo.

Sentí que mi cara se torcía en una expresión de pánico.

Papá asimiló nuestras reacciones y sacudió la cabeza.

—No, no, es algo bueno —prometió—. Algo que nos ayudará a poner de nuevo en marcha la imprenta —infló el pecho—. Verán, voy a hacer una inversión muy lucrativa para nuestro futuro.

El cuello de mamá tronó cuando volteó a verlo.

—¿Que tú qué?

—Escuché sobre esto cuando estaba ayudando a una de las amigas de Vera —anunció papá—. Su hija me lo explicó todo. Es una empresa donde puedes ser tu propio jefe, trabajar en tu propio horario…

—¿Y de dónde vas a sacar ese capital de inversión? —preguntó mamá.

Papá ya tenía preparada una respuesta para esa pregunta.

—Ésa es la cosa: en realidad, no va a costar dinero —dijo—. Ella, la hija, me va a facilitar todo el inventario inicial a cambio de haberle puesto los azulejos de su baño.

Mateo escondió la boca detrás de la manta.

—*Dios mío* —susurró—. *Papá está vendiendo Amway.*

Mi padre arrugó la frente.

—No, no es eso, es otra cosa.

—¿Mary Kay? —aventuré.

Papá suspiró y palmeó los bolsillos de sus jeans.

—No lo recuerdo, pero lo tengo escrito…

—¿Diego? —intervino mamá.

Papá sonrió.

—¿Sí, mi amor?

Mamá negó con la cabeza.

—Tú no vas a hacer eso —dijo ella.

—Ya llegué a un acuerdo —explicó mi padre—. Verás, ella no tiene dinero para pagarme por el trabajo que ya le hice, así que esto es lo que me puede dar. Dijo que pensara en ello como una oportunidad de crecimiento ilimitado de ingresos…

La voz de mamá sonó firme, pero carente de emoción.

—Niños. Abajo. Ahora —nos dijo.

—Sip —Mateo se levantó de su silla y salió por la puerta.

Ya sin capa y, por lo tanto, de manera mucho menos espectacular, lo seguí.

—No se le puede reprochar nada —le dije a mi hermano, siguiéndolo escaleras abajo—. Quiero decir, él confía en la

134

gente. Es dulce. Siempre intenta hacer lo correcto —pensé en lo que había dicho Terpsícore sobre cómo se había marchado su padre cuando ella era pequeña—. Hay peores padres.

—Nunca he dicho que no los haya —Mateo se sentó de lado en el último escalón, apoyando los pies en calcetines en el edificio y la espalda contra los barrotes metálicos—. Yo no he dicho *nada*.

Me senté unos escalones más arriba, frente a él. Su mirada estaba fija en una grieta en el cemento entre dos ladrillos. Salía una larga fila de hormigas de ella. Mateo parecía más triste de lo que nunca lo había visto, más triste incluso que cuando le dieron el papel del Hombre de Hojalata en su último año, en lugar del de Espantapájaros. Por supuesto, no había lágrimas esta vez. Pero yo estaba empezando a aprender que entre más grande te hacías, menos funcionaban las lágrimas como medida para cuantificar la infelicidad.

—¿Estás bien? —le pregunté.

—Por supuesto —respondió, sin dejar de observar a las hormigas.

Intenté encontrar las palabras adecuadas.

—Sabes que podrías decírmelo… si no lo estuvieras.

Giró la cabeza y me miró fijamente.

—¿*Tú* estás bien? —me preguntó.

—Entendido —respondí. Miré mi teléfono—. Demonios, son casi las once.

Mateo empezó a sudar en el calor de la mañana.

—¿Tienes una cita ardiente? —preguntó.

Me froté la espalda.

—Voy a casa de una amiga.

—¿Shae?

—No, alguien más.

—¿Alguien más? —se burló con incredulidad—. *¿Alguien más?* Nunca pensé que escucharía semejante blasfemia anti-Luden.

—Ya basta, no es para tanto —dije, estirando las piernas, tratando de aliviar el dolor sordo que poco a poco iba abarcando mi pelvis—. Se llama Terpsícore. Nos conocimos en esa cosa de niñas tristes.

Mateo asintió, recordando.

—El día que tiraste todos mis folletos a la calle.

Hice una mueca de dolor, en parte por el recuerdo, en parte a causa de mi vejiga.

—Sí, lo lamento.

—No estoy seguro de cuánto importe ahora —rumió mi hermano—. ¿Necesitas que te lleve?

—No —le contesté—. Su mamá va a pasar por mí. Al parecer, es un poco… protectora.

Ese día el dolor no era agudo ni punzante. Era como si tuviera un músculo anudado en alguna parte que no podía alcanzar. Deseaba poder desarmar mi cuerpo como un modelo anatómico, capa por capa, hasta encontrar al culpable. Tal vez entonces podría extirparlo. O exorcizarlo. Exhalé lenta y largamente por la nariz.

Mateo me miró, apartándose los rizos de la cara.

—Duele, ¿verdad? Esa cosa de tu vejiga.

Arrugué la nariz. Nadie me había preguntado eso nunca. Ni mamá. Ni Shae. Ni siquiera el urólogo-cangrejo con llantas. A diferencia de la lista de engorrosos acuerdos que la CI añadía a los que estaban a mi alrededor, mi dolor no repercutía en nadie más. Se lo había contado a la gente, claro. Pero siempre me sentía incómoda, ilegítima. Como si fuera una abogada intentando desesperadamente convencer a un jurado desconfiado.

—Sí —dije finalmente—. O sea, no es tan malo como ser desollada viva. Pero duele.

Mateo asintió.

—¿Ahora?

—Todo el tiempo —respondí—. Pero a veces puedo olvidarlo.

—Supongo que lo entiendo —concedió Mateo. No dio más explicaciones—. Hey, creo que ese coche ha dado tres vueltas a la manzana desde que estamos aquí —se levantó—. ¿Ya lo notaste? Ese verde. ¿Qué crees que quieran?

—¿Cuál? —pregunté, entrecerrando los ojos hacia la calle—. Ay, no, es ella. Llegó temprano —me levanté—. Deberíamos ir a la imprenta.

—¿Por qué? —preguntó Mateo—. Tendrás que volver a salir.

Me sacudí la tierra de mi trasero.

—Porque quiere ver qué clase de familia somos y dónde vivimos y esas cosas.

—*Puaj* —luego, Mateo lo pensó por un segundo—. Espera, no vivimos en la imprenta.

—Lo sé —le dije—, pero no quiero que vea dónde vivimos. Sólo compórtate como alguien normal. Y desaparece esa manta.

—No sé si podré hacerlo —dijo Mateo atándose la manta al cuello—. La manta me sienta bien. Creo que esto es lo que soy ahora.

Abrió la puerta y me dejó pasar.

—Eres un idiota, eso es lo que eres.

—Ése no es un lenguaje muy amable, familia Mendoza —dijo Johann. Estaba sentado detrás del mostrador, garabateando en un cuaderno de dibujo—. Saben que no me gusta cuando se pelean.

—Ella empezó —dijo Mateo, caminando hacia él—. Se está burlando de mi manta —mi hermano estiró el cuello para echar un vistazo a lo que Johann estaba trabajando.

El alemán cerró rápidamente su cuaderno de bocetos y lo cruzó con el brazo.

—Eso no está bien, Lola. No deberías burlarte de tu hermano —exclamó Johann.

Mateo se dejó caer sobre el mostrador, desanimado por el rechazo.

—¿Ves, Dolores? Deberías ser amable conmigo.

—Bien, como sea —murmuré, mirando a través de la puerta—. Ya se estacionaron. Pero, por favor, compórtate como un adulto responsable cuando entren. Por favor.

Mateo se encogió de hombros, se quitó la manta, la hizo bola y la lanzó detrás del mostrador.

—Está bien, ya te oí.

La señora Berkenbosch-Jones, como me habían dicho que la llamara aunque fuera divorciada, se parecía muy poco a la mujer que yo había imaginado. Era de mi estatura, incluso unos centímetros más baja, con un corte estilo pixie de color castaño claro y ojos grandes y nerviosos. Su cara redonda y su complexión redondeada contrastaban con los rasgos larguiruchos y angulosos de su hija. Mientras Terpsícore caminaba detrás de su madre, con la cabeza encorvada hacia delante, me di cuenta de que no eran tan distintas. Sus gafas de montura dorada eran idénticas y enmarcaban exactamente igual sus rostros.

—Hola, señora Berkenbosch-Jones —dije sonriendo. Disimuladamente me limpié la mano en la camisa y luego se la ofrecí—. Es un verdadero placer conocerla.

—Tú debes ser Dolores —me contestó, estrechándome la mano lentamente mientras me analizaba—. Sí, te reconozco de la foto. Yo también estoy encantada de conocerte —levantó la mirada—. ¿Y ustedes dos son?

Me di la vuelta.

—Oh, lo siento, claro, él es mi hermano, Mateo. Y ése es Johann.

La señora Berkenbosch-Jones frunció el ceño.

Terpsícore se inclinó hacia delante.

—No te preocupes —le dijo a su madre—. Son *gays* —miró a los chicos fijamente—. ¿Cierto?

Mateo parpadeó y luego movió su pulgar hacia arriba.

—Ehh, mmm, sip.

Johann lo miró y copió el gesto.

—*Ja*.

La señora Berkenbosch-Jones se relajó y sonrió.

—Ah, bueno, está bien, entonces. Encantada de conocerlos a ustedes también.

Me costó hacerme a la idea. Esta mujer apenas inspiraba el miedo o la frustración que parecía sentir su hija. ¿Ésta era la persona que se interponía entre Terpsícore y sus sueños? No podía ser. Su ropa parecía de Ann Taylor Loft.

La señora Berkenbosch-Jones se ajustó las gafas en el puente de la nariz e inclinó la cabeza para ver más allá de nosotros.

—Oh, ¿esto es todo? —preguntó—. Esperaba conocer a sus padres, intercambiar números, alergias alimentarias, tipos de sangre...

—Sí, claro —Mateo señaló hacia arriba—. Nuestros padres están justo...

Tosí ruidosamente en mi codo.

Mateo cambió rápidamente el gesto de su mano como si se rascara el cuello.

—En el trabajo —terminó la frase—. Nuestros padres están trabajando, los dos.

—¿No trabajan aquí? —preguntó la mamá de Terpsícore.

—No —respondió Mateo—. Me han dejado ese privilegio especial a mí.

—Bueno, Dolores —la señora Berkenbosch-Jones me miró como si se disculpara—. No estoy segura de sentirme cómoda llevándote con nosotras a casa sin haber hablado antes con tus padres.

—Pero… —dije.

Ella continuó a pesar de mi protesta:

—No quiero que ellos se molesten.

—Oh, no se preocupe por eso —dijo Mateo—. No se molestarán.

La señora Berkenbosch-Jones se giró hacia él.

—¿Cuando una desconocida se lleva a su hija a un lugar desconocido? —preguntó, con más que un matiz de juicio en la voz.

Mateo asintió.

—En serio, no les importará.

Era la respuesta equivocada. Abrí los ojos tanto como pude.

—Porque… —añadí de forma directa y decidida.

—Porque… —repitió él con la misma cadencia— porque me dijeron que me encargara de conseguir toda esa información con usted —tragó saliva—. Como su número de teléfono y su dirección. Porque soy un adulto responsable. Limpio la pelusa de la secadora cada vez que la uso.

—Ya veo —la señora Berkenbosch-Jones arrugó la frente y empezó a rebuscar en su bolsa—. Bueno, aquí tienes todo lo que necesitas saber —dijo, pasándole una tarjeta de cuatro por seis a mi hermano—. Puse toda la información en un imán para que puedas guardarla en un lugar accesible. ¿Quizás en el refrigerador?

—Muy creativo —comentó Johann—. Impresionante.

—Ah, claro, de acuerdo —Mateo trazó algo en un trozo de recibo en blanco—. Ése es mi número. Y obviamente, ya sabe dónde vivimos. No recuerdo su grupo sanguíneo en este momento, pero creo que O me suena —hizo una pausa y le entregó el papel a la señora Berkenbosch-Jones—. Sí, me parece que debe ser O.

—Tenemos que irnos —Terpsícore jugueteó con el anillo de su pulgar—. Dejaste a Casimir en el coche. Los niños mueren de esa manera.

—Terpsícore —espetó su madre. Volvió a mirar a mi hermano—. En realidad, él ya es lo suficientemente mayor para quedarse en el coche por sólo un momento —nos aseguró—. Las ventanas están abiertas. Y tiene su tableta.

—Él podría estar asfixiándose justo en este momento —la voz de Terpsícore sonaba fría y práctica.

—*Terpsícore*, puedo verlo a través de la puerta. Él está bien —la señora Berkenbosch-Jones sacudió la cabeza—. Ha sido un verdadero placer conocerlos, Mateo y Johann. Parecen una pareja encantadora. Sólo tengo unas cuantas pregunt...

—Oh, mmm, nosotros... —Mateo balbuceó una interrupción.

Terpsícore habló por encima de ambos.

—La muerte de Casimir creará una grieta permanente en nuestra familia —le dijo a su madre—. Tú irás a la cárcel. Yo me convertiré en una huérfana.

La señora Berkenbosch-Jones suspiró.

—De acuerdo, nos vamos. Por favor, siéntete libre de comprobar que ella está bien en cualquier momento —le dijo a Mateo—. Y si nadie puede pasar por ella, estaré encantada de traer a Dolores de regreso a casa antes de la cena.

—Más le vale que así sea —respondió Mateo, usando la voz de un viejo pirata—. Manejamos un barco de manera estricta por aquí —Johann arrugó la frente observando a Mateo, confundido, lo que sólo empeoró las cosas, porque entonces mi hermano balanceó su brazo sobre su pecho y añadió—: Camarada.

—Gracias, Mateo —dije rápidamente, y dirigí a las Berkenbosch-Jones hasta la puerta. En cuanto la madre se dio la vuelta, miré a mi hermano y le pregunté sólo moviendo los labios—: ¿*Camarada*?

Mateo levantó las manos, nervioso.

—¡*No lo sé*! —respondió también con los labios—. ¡*Entré en pánico*!

Capítulo once

El auto de las Berkenbosch-Jones estaba bien, era bonito, aunque no era nuevo. A través de la ventana pude ver a un niño de cabello negro en un asiento infantil clavando su dedo con saña en un iPad. La mamá de Terpsícore hizo clic en su llavero y su hija abrió la puerta del copiloto.

La señora Berkenbosch-Jones se aclaró la garganta.

—Terpsícore, ¿no quieres dejarle a Dolores el asiento delantero?

Terpsícore se estremeció.

—Entonces tendría que sentarme al lado de Casimir —respondió ella.

—Exacto —dijo su madre.

—No quiero —replicó Terpsícore.

—Está bien —dije, abriendo la puerta frente al chico—. No me importa ir en el asiento de atrás.

Casimir no levantó la vista mientras me deslizaba a su lado.

El coche estaba desordenado, más que los coches de mis padres, lo cual ya era mucho decir. Parecía haber migajas de varios años aplastadas en la alfombra: chispas de coche, como

Shae las llamaba cuando éramos pequeñas. Debajo de los asientos del conductor y del copiloto vi chicles sin envolver, un frasco de medicina vacío, una novela romántica con la portada casi arrancada y muchas monedas sueltas.

—¡Mueran, estúpidos flamingos! —gritó Casimir.

No entendí qué estaba jugando exactamente, pero tenía que ver con catapultas y animales de zoológico.

Terpsícore se tapó los oídos y dobló las piernas hacia arriba. Su mamá se inclinó y empujó sus piernas hacia abajo.

—Si se liberan las bolsas de aire, tus rodillas saldrán lanzadas a través de tu cráneo.

—¡Estúpido antílope! ¡Toma eso!

—Cas, cariño —dijo la señora Berkenbosch-Jones, mirando a través del espejo—, ¿puedes bajar el volumen?

El chico dio una patada contra el respaldo del asiento del copiloto y gritó más fuerte de lo que yo creía posible para alguien con unos pulmones del tamaño de bolsitas de golosinas de fruta.

—¡Basta, Casimir! —suplicó Terpsícore—. ¡Cállate!

—Cas, ¿por qué no le enseñas a Dolores tu juego? —dijo la señora Berkenbosch-Jones.

—No quiero —contestó él, dejando caer la tableta en la rendija entre su asiento y la puerta. Aún podía oír la monótona música del juego, sólo ligeramente amortiguada—. ¡Es mi juego, no es de ella!

Casimir hizo un puchero, apretando su redonda mejilla contra el cinturón de seguridad.

—Está bien. Depende de ti. Terpsícore, rodillas *abajo* —la señora Berkenbosch-Jones suspiró y echó un rápido vistazo por encima de su hombro—. Y entonces, Dolores, Terpsícore me contó que vas a ir a la Preparatoria Jackson en otoño.

—Sí, así es.

—Ya debes tener un grupo de amigos muy unido —dijo—. Los chicos con los que has crecido. Imagino que sería bastante solitario para alguien que acaba de empezar.

—No, la verdad es que no —estudié a Terpsícore, que estaba acurrucada contra la puerta, con los dedos en las orejas. Parecía una persona totalmente distinta—. Creo que la mayoría de la gente quiere hacer nuevos amigos.

—Bueno, ¿no te preocupa ese gran campus? —la mamá de Terpsícore presionó—. ¿Que te puedas perder o que no consigas encontrar tu salón? —la mujer sacudió la cabeza—. Imagino el mar de adolescentes golpeándose unos contra otros en el pasillo, todo el ruido que debe haber, y el olor. Los atletas, los fumadores...

—Bueno, es así tan sólo por un par de minutos al día —dije, moviéndome incómodamente. Casimir me miraba ahora sin pestañear, y se parecía mucho al niño de *La profecía*—. La mayor parte del tiempo estás sentada en clase.

—Es que... —la señora Berkenbosch-Jones frunció el ceño—. Me pregunto cómo serán los profesores. Ya no es como en la primaria o en la secundaria; no miman a sus alumnos. Y les pagan tan poco..., así que no tienen incentivos para no abusar de su poder. Imagino que serán todos muy estrictos —puso la direccional—. Exhaustos. Poco complacientes.

Empezaba a entender la extraña relación de Terpsícore con su madre. No era que la mujer fuera intimidante. No era que dijera cosas malas. Pero todo lo que la señora Berkenbosch-Jones tenía que "preguntar" era dónde estaban los botes salvavidas, y estaba segura de que podría convencer a una rata para que se quedara a bordo de un barco que ya se estaba hundiendo.

—Mi hermano la pasó muy bien en la preparatoria —mantuve mi voz desafiantemente alegre—. Y era un estudiante terrible. Pero creo que a sus profesores les caía bastante bien.

—Bueno, estoy segura de que no tuvo las mismas dificultades que otros estudiantes —concluyó la señora Berkenbosch-Jones—. Socialmente, estoy segura de que es muy inteligente. ¿Sabes? No te envidio, Dolores, siendo una adolescente en el sistema escolar público hoy en día. Los chicos son tan crueles. Encuentran cualquier debilidad o excentricidad y la convierten en...

El peso de la negatividad de la mujer se acumuló alrededor como una nube, difuminando mi visión en una bruma gris de penumbra. Sentí que mi mente divagaba.

<hr>

EXTERIOR DE LA ESCUELA SECUNDARIA SUSAN
B. ANTHONY, POR LA TARDE, OTOÑO DEL AÑO
ANTERIOR

Abrimos con una toma del edificio desde
la calle, con una larga fila de autobuses
amarillos haciendo sonar el claxon,
cada uno buscando avanzar más que
los otros. Los conductores gritan
palabrotas por las ventanillas abiertas
y golpean sus volantes. Por fortuna,
el paisaje sonoro superpuesto de voces
adolescentes, timbres de la escuela y
mucho tráfico ahoga cualquier improperio
que pudiera resultar demasiado

problemático. La escena evoca el ajetreo y el bullicio de una calle de Nueva York, un caos intrigantemente peligroso que podría hacer pedazos a nuestra protagonista si no tiene cuidado. ¿Y dónde está ella? Allí, apoyada con frialdad contra el edificio de ladrillo, la cámara capta a la elegante estudiante de octavo grado en un tranquilo momento de contemplación. DOLORES viste un abrigo oscuro, una pañoleta con nudo inglés alrededor del cuello y un sombrero fedora mientras mastica un chicle con aire sofisticado. SHAE se acerca, ingenua y de ojos brillantes, con grandes aretes y un voluminoso peinado.

> SHAE (acercándose)
> ¡Dolores, ahí estás!

> DOLORES
> Aquí estoy.

Dolores se quita el sombrero y se lo apoya en una pierna. Se sacude el cabello.

> SHAE (gesticulando alrededor)
> ¿Lo puedes creer? Alumnas de octavo grado. Durante los próximos nueve meses, nosotras dirigiremos este lugar.

                    DOLORES
          No seas tan creída, Shae.

Dolores se saca el chicle de la boca y lo
pega a la pared con el pulgar, aumentando
el mosaico de lunares quebradizos. Un
reflexivo ostinato de viola acompaña un
primer plano del sabio rostro de Dolores.

               DOLORES (continúa)
          La fortuna cambia en un abrir y
          cerrar de ojos por estos lares.

De repente, Dolores da un respingo y cae
con fuerza contra el edificio. Se tambalea
hacia delante con el brazo del sombrero
sobre el bajo vientre, contraída por el
dolor. Shae intenta ayudarla.

               SHAE (jadeando)
          ¡Estás herida!

Dolores aparta la mano de Shae con el
sombrero y sacude la cabeza.

                    DOLORES
          No es nada que no pueda soportar.

                    SHAE
          Pero…

DOLORES

Escucha, Shae. No puedo dejar que
vean que soy débil. Que estoy
dañada. Me convertirá en un blanco
fácil. No, debo seguir como
siempre, o arriesgaré la posición
de ambas.

SHAE (con dolorosa admiración)
Eres tan valiente.

DOLORES
Lo sé, lo sé. Ahora vete o
llegarás tarde a clase.

SHAE
¿Y tú?

DOLORES
Dudo que logre llegar a tiempo
alguna vez, no como estoy ahora.
No con mi…

Dolores mira brevemente por el objetivo de
la cámara.

DOLORES (continúa)
Aflicción.

La pobre Shae se torna inconsolable y
el plano se acerca a su expresión de

desesperación histérica y temblorosa. La
viola se vuelve más apremiante y va *in
crescendo* hasta desembocar en el estruendo
de un platillo.

>   SHAE
>   ¡Entonces déjame decírselo a los
>   profesores!

>   DOLORES
>   No, maldición, ¿no escuchaste lo
>   que te dije? ¡Nadie puede saberlo!
>   Mejor ser vagabunda que una
>   inválida.

>   SHAE
>   ¡Oh, Dolores!

〜〜〜〜〜

—Dolores. ¡Dolores!

—¿Qué? —me enderecé y miré alrededor. El coche se había estacionado a la entrada de una casa, al final de una calle cerrada de aspecto ordinario.

Terpsícore estaba afuera, sosteniendo mi puerta abierta.

—Ya llegamos —dijo.

La señora Berkenbosch-Jones ya no estaba en el coche. Había subido al porche y estaba abriendo la puerta principal. Casimir saltaba de un lado a otro entre los adoquines, sosteniendo precariamente bajo un brazo su tableta recuperada.

—Oh. Correcto —me desabroché el cinturón de seguridad—. Tu mamá —empecé, todavía tratando de disminuir mi ritmo cardiaco—. Dios mío, ¿siempre es así?

—No —respondió Terpsícore, bajando la mirada y haciendo girar el anillo en su pulgar—. A veces duerme.

Capítulo doce

Terpsícore la condujo hasta su recámara y, ahí, sacó una llave del bolsillo.

—Casimir me robó el cúter giratorio la primera semana que estuvo aquí —explicó Terpsícore—, y se hizo una modificación bastante atrevida en la punta del pulgar izquierdo. Mamá actuó como si fuera lo peor que podría haber pasado, pero con la cantidad de tiempo que el chico pasa sin pantalones, es un milagro que no se haya circuncidado él solo —abrió la puerta—. Después de ti.

Si la habitación de Shae era un hotel de cinco estrellas y la mía un motel de mala muerte, la de Terpsícore era una cómoda de la cadena Days Inn: acogedora, familiar y con baja criminalidad.

—Sabes que hay gente que cuelga carteles —dije, mirando los edredones que cubrían todas las paredes.

—Lo sé —dijo Terpsícore—. Pero nunca he encontrado carteles de edredones.

Reí.

—Ja, eso es gracioso.

—¿Lo es? —preguntó ella, enarcando una ceja.

Analicé su rostro, intentando leer su expresión.

—¿Tal vez? —sacudí la cabeza—. Es muy folclórico, lo reconozco. Una especie de mezcla entre *Los pioneros o La familia Ingalls* y *Atrapado sin salida*. Deme una celda acolchada, pero que sea extravagante.

Sonrió.

—Gracias —dijo Terpsícore, sacando una silla de madera de un escritorio esquinero. Había una máquina de coser en un costado y una pila de libros en el otro, con títulos como *Ve en pos de esa prenda, Vestuario histórico, Costura para el escenario, Sueños de costuras* y *Sastrería sin complicaciones para principiantes*, de Susan Carlson. Los libros estaban repletos de notas adhesivas de colores.

Me di la vuelta.

—Oh, vaya. ¿Quién es la aterradora dama sin cabeza que está sobre tu cama?

Su sonrisa se desvaneció.

—Mi modelo para la ropa —respondió Terpsícore con desgana, sentándose—. Y no la mires. Estoy profundamente insatisfecha con mis progresos.

Entrecerré los ojos mirando el vestido verde prendido al maniquí.

—¿Por qué? Parece bonito.

Terpsícore pareció erizarse ante la palabra.

—Ése es el problema —dijo, apoyando el codo en el escritorio—. En mi cabeza, el vestido es impresionante. Pero lo mejor que puedo hacer es algo *bonito*. Lo odio —se frotó las uñas de los dedos pulgar y medio—. Es… deficiente. Mediocre. Un desperdicio para tan hermosa tela.

—No deberías ser tan dura contigo misma —le dije—. Está bien. Si yo supiera algo de ropa, tal vez podría decirte que está muy bien. Pero lavo mi ropa clara con la oscura, todo junto, si eso te dice algo.

153

Me miró, rompiendo su trance melancólico.

—No deberías hacer eso sin un captador de color.

—¿Qué es eso? —pregunté—. ¿Un villano de los Osos Cariñositos?

—No. Es como un paño que metes en la lavadora junto con la ropa —Terpsícore suspiró—. Absorbe cualquier mancha de color, para que las telas claras no lo hagan —se sacudió las manos, como si se las estuviera secando—. Sólo quiero coser las cosas que imagino en mi cabeza. Exactamente como las imagino. La disonancia me frustra.

—Sí, ya lo veo. Estás toda agitada —sacudí la cabeza—. Escucha, quizá no subas a recibir tu Tony pronto, así que tienes tiempo para practicar —reí—. No puedes esperar ser una experta a los catorce años.

—*Sí* puedo —respondió ella. La fuerza de su convicción pareció sorprenderla un poco. Se sonrojó y se ajustó las gafas en el puente de la nariz—. Quiero decir, puedo esperarlo —dijo, con voz más suave—. Eso no significa que pueda… lograrlo.

—Nadie puede lograr algo así. Es matemáticamente imposible —añadí, y me acerqué a un estante lleno de diferentes cajas: hilo, cintas, patrones, alfileteros, muchas otras cosas que no reconocía, la mayoría afiladas—. Puedes ser más lista que tu madre, seguro, pero el Padre Tiempo…

Al otro lado de la puerta, oí a Casimir corriendo por la sala, arrastrando tras de sí algo extremadamente ruidoso y traqueteante.

—Eso debe ser la olla de cocción lenta —Terpsícore suspiró, tapándose los oídos—. La saca del gabinete y tira de ella con una cuerda. La llama Perrolla —esperó a que el ruido se trasladara al otro lado de la casa y volvió a bajar las manos—. ¿Quieres ver algo interesante?

Se levantó, se acercó a una cómoda y abrió el cajón superior, mostrando una hilera de pantaletas de algodón cuidadosamente dobladas y una pila de sostenes copa A. Algo en la ubicación de la "interesante" posesión me puso nerviosa. ¿Qué tipo de cosas guardaba la gente en los cajones de la ropa interior? ¿Drogas? ¿Armas? ¿Materiales ilícitos?

—Aquí está —anunció, sacando una bolsa Ziploc del tamaño de una jarra de cuatro litros, rellena de algo lanoso y raído. Y a cuadros.

—Es, eh, mmm… —me di cuenta de que estaba un poco decepcionada de que la revelación no hubiera sido nada escandaloso—. Lo siento, Terpsícore, en verdad no sé lo que es.

Esto no ahogó su entusiasmo.

—Está hecha a mano a partir de un patrón de Simplicity que salió a principios de los años 1940 —dijo, abriendo la bolsa y dejando el contenido sobre su escritorio: un saquito y una falda a juego—. Compré esto en la misma subasta donde encontré mi máquina de coser, aunque el conjunto es bastante anterior a mi máquina, así que no comparten historia —sostuvo el saco contra la luz—. Mira, mira qué bien hecho está. Las costuras planas de los brazos, las esquinas afiladas de los puños. Y por dentro, el precioso forro y la cinta al bies —contempló el interior rasgado con profunda admiración—. Nadie más lo vería nunca, Dolores, pero lo puso ahí de todos modos, sólo para ella —insatisfecha con mi apatía, Terpsícore tomó mi mano y pasó el dedo por el borde del cuello—. Mira la costura superior aquí, y por la solapa. Y los bolsillos ribeteados.

—Eehh, sí —dije, preocupada porque mi mano sudaba por todo el precioso conjunto—. Son muy ribeteados.

Terpsícore rio. Me di cuenta de que nunca la había escuchado reír. Tenía una risita entrecortada que casi sonaba falsa, pero supe instintivamente que no lo era.

—Así es como se llaman —dijo—. No es un adjetivo.

—Te dije que no sé nada de ropa.

Terpsícore seguía sosteniendo mi mano. La guio por la costura hasta el borde de la falda.

—No necesitas saber nada para apreciar la coincidencia del patrón. ¿Sabes lo difícil que es?

—No.

—Es muy difícil —dijo—. Y te toma mucho tiempo —Terpsícore soltó mi mano y recogió el saco con expresión melancólica—. Creo que era mi alma gemela en la costura. La mujer que se hizo este conjunto.

Me burlé.

—De acuerdo, dejando de lado que crees que tu alma gemela llevaba hombreras, ¿cómo sabes que se lo hizo ella?

—Nadie pondría tanto empeño en algo que va a regalar —explicó Terpsícore—. La gente es demasiado egoísta.

Bien, tenía razón.

—Bueno, ¿y qué estás esperando? —le pregunté—. Póntelo.

—Ni siquiera se acerca a mi talla. Nadaría ahí dentro —Terpsícore movió los botones metálicos—. ¿No es triste? Ella murió y su familia sólo vació su casa y tiró sus cosas —su voz sonaba indignada—. ¿Te lo imaginas? Es como desechar una escultura o un cuadro.

Un cuadro deshilachado, pensé, *que huele a naftalina y raciones de guerra*. Pero no iba a decir eso en voz alta, no cuando estaba claro lo mucho que Terpsícore valoraba la historia que había tejido: la costura perfecta, una tensión cuya rigurosa atención al detalle provenía del hecho de que era una persona concienzuda y no con una fijación retentiva anal.

—Es como si todavía hubiera un poco de ella aquí, en las costuras —continuó Terpsícore, doblando el conjunto de lana y metiéndolo de nuevo en la bolsa.

—Si te gusta tanto la ropa antigua, ¿por qué no haces de algo como eso tu carrera? —le pregunté.

—Pensé en la conservación histórica textil —afirmó Terpsícore—. Pero no quiero trabajar en un museo con objetos que nadie ve en realidad. Lo que me encanta de este conjunto de lana es que cuenta una historia, y eso es lo que quiero lograr con todas las cosas que hago: contar una historia.

—Entonces, ¿disfraces para el teatro? —pregunté, recordando su fijación por Broadway.

—Son parte de un personaje —explicó ella—, una extensión de su identidad. Te dicen quién es el personaje y por lo que ha pasado, y más que eso, te lo hacen creer —miró la forma del vestido—. Si el diseñador lo hace bien, claro. El problema con el vestido verde es que no sé cuál es su historia. Estoy atascada.

—¿Mi ropa cuenta una historia? —pregunté, lanzándome una mirada.

—La de todo el mundo, sí —respondió Terpsícore, todavía examinando su trabajo.

Esperé para ver si elaboraba su respuesta. No lo hizo.

—¿Y bien? —le pregunté.

Suspiró y volvió a mirarme, con los ojos escrutándome intensamente del cuello para abajo.

—Bueno, si fueras un personaje en un escenario, pensaría que el diseñador de vestuario intentaba transmitir varias cosas sobre ti al público.

—¿Cómo?

Terpsícore hizo una pausa.

—Bueno, para empezar, eres pobre.

Me reí, ligeramente asombrada por su franqueza.

—¿Qué te hace gracia? —preguntó la chica arrugando la frente.

—Nada, lo siento —tragué saliva—. Por favor, continúa.

—Priorizas la comodidad. O estás deprimida —inclinó la barbilla—. Tal vez ambas.

—¿Qué más?

Terpsícore se echó hacia atrás.

—Vistes ropa de chico —respondió finalmente—. Así que es probable que no estés obsesionada con los roles tradicionales de género. Esta suposición también es apoyada por tu vello corporal sin afeitar…

Mi cara se sonrojó y me di cuenta de que en realidad era un juego terrible.

—Cambiemos de tema —interrumpí, asegurándome de que mis axilas de erizo quedaran por completo ocultas.

Terpsícore adoptó un tono de voz educado y ligeramente ensayado.

—¿Qué quieres hacer cuando seas grande, Dolores?

—Shae y yo hicimos un plan: íbamos… —hice una pausa—. No, nosotras vamos a recorrer Europa como mochileras después de la preparatoria.

—Me refería a un trabajo o vocación —Terpsícore frunció el ceño, perturbada por mi respuesta—. ¿Qué te apasiona?

—Eh… —eché un vistazo a la recámara de Terpsícore, un santuario dedicado al objetivo de su vida. Sabía exactamente lo que quería y todos los pasos para conseguirlo—. Shae tiene todas las grandes ideas, así que ya se le ocurrirá algo.

—¿En serio? —preguntó ella—. ¿Tú no piensas en lo que *tú* quieres? ¿Sólo Shae?

—¿Honestamente? No, la verdad es que no —me crucé de brazos—. Por lo general, Generalmente intento no pensar en cómo será mi vida después de la preparatoria.

—¿Por qué? —preguntó Terpsícore.

Examiné los edredones de la pared, todas las formas cosidas en ellas: flores, casas, molinetes, estrellas.

—Bueno —suspiré—. Tengo la sensación de que no seré muy feliz.

Terpsícore volvió a reír, pero esta vez las notas entrecortadas parecían agujas.

—Pero ¿eso no depende de ti? —preguntó.

Tosí, aclarándome el nudo de la garganta.

—¿Dónde está tu baño?

—A la vuelta de la esquina.

~~~~~~~

Baño #65: Casa de las Berkenbosch-Jones. Este estrecho cuarto de baño completo es estructuralmente anodino y contiene una bañera, un inodoro, un lavabo independiente y un armario de blancos. Sin embargo, uno es plenamente consciente de que este baño está dominado por un niño pequeño que marca su territorio. La gran cesta de juguetes de baño malolientes, el taburete de madera y las salpicaduras de pipí en la parte inferior de la tapa del escusado afectan considerablemente la experiencia en general. El papel higiénico es de calidad media en el mejor de los casos, y hay una barra de jabón común que permanece perpetuamente húmeda. Una estrella.

Abrí la puerta del baño y me encontré con una gran sonrisa amenazadora.

—Hola, Dolores.

Prácticamente me sobresalté.

—Ay, ehh, hola, señora Berkenbosch-Jones —dije—. Me asustó —respiré hondo y volví a apagar la luz del baño—. ¿Necesita algo?

La mujer colocó su cuerpo entre la habitación de su hija y yo.

—Sólo quería apartarte para charlar un poco.

—De acuerdo —miré alrededor, esperando que Casimir eligiera este momento para hacer acto de presencia. Me lo imaginé dando vuelta en la esquina con su Perrolla a cuestas. Pero, por desgracia, el pequeño gremlin no apareció.

La señora Berkenbosch-Jones bajó la voz.

—Terpsícore padece un trastorno del espectro autista —pronunció las palabras con tono grave, como si estuviéramos fuera de la habitación de un enfermo de cáncer discutiendo cuánto le quedaba de vida.

—Sí —me moví un poco para ver si podía maniobrar alrededor de la mujer—. Ella lo mencionó. ¿Qué hay con eso?

—Bueno, sólo me estoy asegurando —la señora Berkenbosch-Jones bloqueó mi ruta de escape. Era como si estuviéramos enzarzadas en un incómodo enfrentamiento en el patio de recreo—. ¿Sabes algo sobre el autismo, Dolores?

—La verdad es que no —admití.

—No pasa nada, yo tampoco lo sabía —dijo sin aliento—. No hasta que Terpsícore fue diagnosticada. Tenía seis años, por lo que era más pequeña que muchas niñas en el espectro, pero había estado manifestando problemas. Después de que el padre de Terpsícore se marchó —la mujer abrió los ojos, resaltando el significado de la afirmación—, y estoy segura de que ella también lo mencionó. Cuando él se fue, me dediqué de lleno a comprender el trastorno. En eso consiste mi vida.

Estoy bastante segura de que ella nunca le pidió que lo hiciera, quise puntualizar. Pero eso no encajaba en mi rutina perfecta de educada mejor amiga. Y si yo no ayudaba a Terpsícore, no tendría ninguna posibilidad de ir a esa fiesta y volver a estar bien con Shae.

—Es muy generoso de su parte —dije finalmente—. Debe haber sido difícil adaptarse.

Su madre asintió, complacida por mi respuesta.

—Sí, bueno, el cerebro de Terpsícore funciona de forma diferente al de la mayoría de la gente. Pero yo creo que eso es un don. Es tan inteligente, creativa y práctica, todo al mismo tiempo, ¿no crees?

—Sí, claro —respondí.

La señora Berkenbosch-Jones frunció los labios.

—Pero a veces, y por eso te estoy contando todo esto, Dolores, las señales sociales pueden ser más difíciles de captar para ella. Puede que no sepa si alguien se está burlando de ella o si ella está haciendo una pregunta que podría considerarse inapropiada —hizo una pausa, esperando algún tipo de afirmación por mi parte.

Como no ofrecí respuesta, continuó con una expresión más sombría.

—Así que te hago saber todo esto —añadió—, porque es mi trabajo protegerla de cosas que no puede manejar. Podría meterse en un buen lío.

—De acuerdo —respondí.

Esperando que la conversación hubiera llegado a una conclusión, hice otro movimiento hacia la puerta de Terpsícore.

La señora Berkenbosch-Jones me atajó de nuevo.

—¿Has jugado alguna vez a los bolos, Dolores?

—Sí —respondí, tratando de mantener la molestia fuera de mi voz.

—Seguro que cuando juegas a los bolos no usas los protectores para las canaletas, ¿cierto? —ella sacudió la cabeza y rio—. No, no los necesitas, ¿cierto?

—Mmm...

—Bueno, Terpsícore no es como tú —la señora Berkenbosch-Jones extendió la mano y me sujetó los brazos por encima de los codos—. Ella necesita los protectores para las canaletas. Ella siempre necesitará los protectores para las canaletas. ¿Entiendes?

De repente, su agarre fue demasiado firme y sentí sus uñas demasiado afiladas.

Me retorcí.

—Sip, entiendo.

—¡Seguro que sí! —la señora Berkenbosch-Jones sonrió al tiempo que me soltaba—. Ahora, vamos a darte un regalo.

Capítulo trece

Volví a la habitación de Terpsícore con un plato de galletas y una sensación de confusión.

—Hey, ¿tu mamá y tú pasan mucho tiempo jugando a los bolos?

Terpsícore estaba sentada de nuevo en su escritorio.

—No, odio los bolos —dijo—. Es demasiado ruidoso y muy poco higiénico. ¿Crees que desinfectan los agujeros para los dedos de las bolas? No, nunca. Todo el esquema parece diseñado para ser una especie de experimento sobre la incubación y propagación de enfermedades.

Miré alrededor en busca de otra silla, pero no había. Estaba la cama individual contra la pared, pero sentarse allí me parecía mal, sugería una intimidad casual que Terpsícore y yo aún no conquistábamos. Además, algo me decía que Terpsícore era el tipo de persona a la que no le importaban las migajas de galleta en sus sábanas.

—Mira, yo tampoco podía imaginarte como jugadora de bolos —aclaré, sentándome en el suelo con las piernas cruzadas—. Pero es que tu madre parece pensar que tienes intención de ir mucho a jugar.

—Eso no tiene sentido —Terpsícore sopló algunas pelusas de colores que se habían acumulado en los remolinos metálicos de su máquina de coser.

Me encogí de hombros.

—Sí, no estoy segura de qué estaba hablando —me quedé mirando las galletas que tenía en el regazo y jugueteé con el plato. La señora Berkenbosch-Jones no había mencionado si eran de algún sabor. ¿De limón, quizá?

—Puedes quedártelas —dijo Terpsícore, jugueteando con una esfera.

—¿Eh?

—Supongo que por eso dudas —continuó sin mirarme—. Te preguntas si puedes comértelas. Sí puedes —pulsó algo en la parte trasera de la máquina—. Busqué cistitis intersticial, lo que significa que mamá buscó cistitis intersticial conmigo, porque, ya sabes, estaba en internet.

—¿No te permiten usar internet? —pregunté, ignorando el hecho de que la señora Berkenbosch-Jones probablemente ahora sabía más sobre mi condición de la vejiga que mi propia madre—. Eres una chica adolescente, ¿ no es eso… algún tipo de delito?

La luz de la máquina de coser se encendió.

—Puedo usar todo el internet que yo quiera —dijo con indiferencia—. Siempre y cuando sea con supervisión. Mamá tiene todo protegido con contraseña.

—Pero ¿y tu teléfono?

—No tiene acceso a internet.

Le di un mordisco a la galleta.

—Eres *amish*.

—¡Claro que no! —dijo—. Veo videos en YouTube, tengo una cuenta en Pinterest, puedo investigar lo que quiera —pasó un hilo rojo por la máquina, lamió el extremo y lo deslizó por el ojo de la aguja—. Y tenemos un televisor en la sala, ya lo viste.

—Sí, pero...

—Mi madre no quiere que un pedófilo de internet se aproveche de mí —espetó—. ¿Eso resulta tan difícil de entender?

—Bien, como quieras —me limpié la boca—. Pero no puedo imaginar vivir así.

—Como sea, sólo hay pruebas anecdóticas que apoyan la dieta CI —dijo Terpsícore con tono despreocupado—. No hay estudios científicos reales. E incluso la evidencia subjetiva varía drásticamente sobre qué alimentos podrían causar molestias y cuáles no. Algunas personas notan poca o ninguna diferencia siguiendo la dieta o ignorándola.

—¿Qué? —salieron migajas de galleta de mi boca, pero no me importó—. ¿Según quién?

—La Mayo Clinic —continuó Terpsícore—. El enfoque de tratamiento preferido parece incluir varias terapias, estrategias de control del dolor y medicamentos. Pero supongo que tú ya sabes todo esto.

—No. No lo sé... —dije. Me limpié la boca con el brazo—. Supongo que pensé... No sé lo que pensé. Mi urólogo no me dijo nada al respecto. No me dijo nada y punto —me pasé las manos por la cara y gemí—. ¡Dios, él ni siquiera podía *decir* "periodo"!

Terpsícore se ajustó las gafas en el puente de la nariz.

—Tienes una enfermedad crónica. Deberías tomarte un tiempo para entender e investigar tu diagnóstico.

—¿Eso es lo que haces con el autismo? —le pregunté.

Terpsícore se estremeció. Se giró en su silla para mirarme.

—El autismo no es una enfermedad, Dolores —pronunció las palabras de forma lenta y articulada, como si se lo estuviera explicando a una niña—. Es una diferencia neurológica, con muchas formas únicas. Mucha gente la ha tenido y nunca se la han diagnosticado. No está mal. No me hace daño a mí ni a nadie. Es sólo una divergencia.

Pensé en el tono que había empleado la madre de Terpsícore en el pasillo, como si *fuera* una especie de enfermedad.

—Pero ¿no te gustaría no tenerla? —pregunté.

Se frotó las manos por los pantalones.

—Es la forma en que funciona mi cerebro, cómo entiende el mundo —explicó—. Si tuviera otro cerebro, sería otra persona. Y yo, esta yo, estaría *muerta*. Así que no —se volvió hacia la máquina, pero no la tocó.

—Fue una pregunta estúpida —dije—. ¿Verdad?

—Sí, mucho —respondió tajante.

Asentí con la cabeza.

—Lo siento —exclamé. Luego levanté el plato lentamente como ofrenda de paz—. ¿Una galleta?

—Que sean dos, gracias.

～～～～～

Terpsícore pasó el resto de mi visita revoloteando entre proyectos que yo no entendía. Siguió dándole vueltas al vestido verde, dibujando en la tela con tiza. Luego se acercó a la mesa y empezó a dibujar algo. Recortó el dibujo con unas tijeras y tomó tela de su estante.

Durante ese tiempo hablamos poco, sobre todo de lo que estaba haciendo. Empezaba a explicarse y luego se interrumpía en mitad de una frase, con el rostro concentrado. Sin embargo, no me trataba como a una intrusa, así que me sentí cómoda simplemente sentada contra la pared durante un rato, observando su trabajo. Sin embargo, al final se me entumió el trasero y empezó a dolerme la vejiga, así que le mandé un mensaje a Mateo para que viniera a buscarme.

—Mi hermano llegará en unos minutos —anuncié poniéndome de pie. Terpsícore se inclinó para mirar por la ventana—. Gracias por invitarme.

No contestó. En su lugar, se presionó alrededor del escritorio para poder mirar hacia el patio.

—Es Casimir —dijo—. Su madre estaría furiosa con él por provocar ese incendio.

—Espera, ¿qué? —crucé la habitación. ¿Te refieres a un fuego… literal?

—No es metafórico —reflexionó Terpsícore.

Me coloqué detrás de ella para mirar por la ventana. Casimir estaba en cuclillas, tranquilamente, con un encendedor de parrilla en alto mientras observaba una caja de tampones en llamas.

—Terpsícore, ¡tienes que encargarte de eso!

—¿Por qué? —preguntó, apartándose de mí—. No voy a hacerla de niñera.

—¡Eso no importa! —protesté—. Él podría hacerse daño.

—¡Mamá! —gritó Terpsícore, cubriéndose los oídos—. Casimir te necesita en el patio trasero.

Oí la voz de la señora Berkenbosch-Jones desde el otro lado de la casa.

—¡Dile que ya voy!

—Eso no… —gemí.

Terpsícore liberó el cerrojo de la ventana y la abrió de un empujón. La brisa hizo entrar el olor a humo en la habitación.

—¡Casimir, aléjate del fuego! —exclamó ella.

El niño chilló como una *banshee* y pateó la caja humeante contra la casa, enviando una ráfaga de pequeñas brasas rojas al aire.

—¡Tú! ¡No! ¡Eres! ¡Mi! ¡Mamá! —gritó el niño.

—Seguro que le quitan la tableta por esto —murmuró Terpsícore.

Pude oír cómo se abría la puerta trasera. La señora Berkenbosch-Jones debió batir un récord olímpico con su carrera hasta el pequeño pirómano.

—Mira, Dolores, los macizos de flores húmedas lo apagaron —dijo Terpsícore—. Problema resuelto.

Mientras yo estaba tratando de comprobar que el fuego ya no ardía, Terpsícore cerró la ventana de golpe, giró sobre su propio eje y entonces se produjo… *el choque.*

Juraría que ocurrió en cámara lenta, como la repetición de una colisión mortal entre coches de carreras. Y aunque el momento se alargó eternamente, décadas, en realidad, me sentí totalmente impotente para detenerlo. Mi rodilla chocó con la suya. Mi mejilla chocó de lleno con la parte superior de su cuello y barbilla. Y lo peor de todo, mi mano derecha se estrelló contra su pecho izquierdo. Su pecho izquierdo sin sostén. ¿Por qué no llevaba sostén? ¡Su maldito cajón estaba lleno de ellos!

—Dios mío, lo siento mucho —balbuceé, saltando hacia atrás horrorizada—. No era mi intención… Sólo intentaba ver por la ventana… y entonces tú… Yo no… Yo sólo… —las palabras se desvanecieron en una sola nota de dolor que escapó a través de mis dientes apretados.

Terpsícore se quedó mirando al suelo, conmocionada. No podía culparla. Una vez había visto a un pájaro con ese aspecto justo después de estrellarse contra una ventana, quieto y aturdido. Y entonces, murió.

—Creo que hoy he llegado a mi límite social —dijo sin emoción—. ¿Tu hermano ya va a llegar?

—Sí, él está justo a la vuelta de la esquina —me di cuenta de que ya había empezado a sacarme de la habitación—. No estás enfadada, ¿verdad?

Terpsícore ignoró la pregunta.

—Esperaré una llamada mañana. Entonces podremos repasar los detalles de nuestro próximo encuentro —se mordió el labio—. Sé que ocurrió al mismo tiempo, Dolores, pero que te pida que te vayas no tiene nada que ver con que me hayas tocado el pezón a través de la camiseta —hizo una pausa—. Quizá no nada, pero muy poco, como sea. El manoseo contribuyó sólo una cantidad trivial.

Presa del pánico, intenté encontrar una palabra, una frase que reconociera su afirmación y nos ayudara a superar este ridículo incidente como adultas maduras.

Moví el brazo hacia delante en mi mejor gesto de "aquí vamos, *camarada*".

Y así, sin más, me quedé mirando la puerta principal cerrada de la residencia Berkenbosch-Jones. Agaché la cabeza avergonzada y vi la alfombra marrón de bienvenida bajo mis zapatos.

SÓLO BUENOS MOMENTOS AQUÍ, prometía.

Mateo me recogió en el coche de mamá.

—¿La pasaste bien? —me preguntó.

Me dejé caer en el asiento del copiloto y apoyé la frente en el tablero. Mateo pulsó un botón junto a mi oreja, y la guantera se abrió de golpe, golpeándome en la cara.

—¡Ay! ¿Por qué hiciste eso?

—Por nada —mi hermano metió la mano en la guantera y sacó un sobre—. Vera dejó esto para ti.

Lo tomé. Pesaba más que una carta y estaba un poco abultado en la parte de abajo.

—¿Qué es? —pregunté.

Mateo frunció los labios como un pato.

—¿Luce como si ya lo hubiera abierto yo?

Sacó el coche del estacionamiento.

Puse los ojos en blanco, rasgué el sobre por un lado y deslicé con cautela el contenido en la palma de mi mano. Era una pulsera de plata con cuentas de cristal azul. Cada una tenía una diana blanca y negra.

—Está bonita —dije acercándola a la ventana—. Pero no sé por qué me la regaló. Mi cumpleaños fue hace más de un mes.

Mateo llegó a un semáforo y dio un vistazo. Luego se echó a reír.

—¡*El mal de ojo!*

Lo fulminé con la mirada.

—¿Qué significa eso?

—El mal de ojo —repitió con voz silbante y fantasmal.

—¿Por qué *tía* Vera me dio un mal de ojo? —pregunté.

—No, tonta, ella no te dio un mal de ojo —aminoró la marcha cuando un coche se cruzó delante de nosotros—. La pulsera te protege de eso. El mal de ojo es cuando la gente está con malos pensamientos sobre ti, y te maldice. ¿Tienes muchos enemigos, Dolores?

—Muy gracioso, Mateo. No voy a caer en eso.

—No, lo digo en serio —insistió—. Apuesto a que tía Vera piensa que ésa es la raíz de tus problemas de vejiga —sonrió—. ¿Sabes? Ella me dio una también cuando obtuve una C en Historia Universal. ¡Ja! Mamá estaba tan enojada.

Levanté la pulsera. Ahora podía reconocer las formas de los ojos, allí en el cristal, mirándome. Por supuesto, era una baratija supersticiosa.

—Qué decepción —gemí—. Y además, me gustaba.

—¡Pues póntela! —dijo Mateo.

—Pero es estúpido.

—Ten cuidado, Dolores —me advirtió mi hermano—. Estás empezando a sonar como mamá.

Él sabía que ése era un golpe bajo.

—Bien —dije, envolviendo la pulsera alrededor de mi muñeca—. Me la pondré, aunque no ayudará en nada.

—No con esa actitud —Mateo me miró—. Entonces, ¿cómo te fue con tu amiga no-Shae?

—En realidad no sé si ya somos amigas —aclaré.

—Vaya voto de confianza.

—No quise decir eso, verás… —dije, forcejeando con el broche de mi pulsera—. Intento ayudarla con algo. Su mamá cree que ella es una inútil vulnerable que no puede desenvolverse en el mundo real. Como un huevo Fabergé.

—¿Y ella es un huevo Fabergé? —preguntó Mateo.

—En realidad no lo sé, ¿tal vez? —me llevé un lado de la pulsera a la boca—. Pero me parece mal no dejarla saltar y ver si se hace añicos —murmuré—. Si eso es lo que ella quiere hacer, quiero decir.

Mateo entornó los ojos.

—Creo que estás revolviendo tus metáforas de huevo allí, Humpty Dumpty.

—Ja, ja —dejé caer la pulsera de mi boca, dándome por vencida.

Mateo se detuvo en el callejón junto a la imprenta.

—Ya llegamos —declaró—. Otra vez en casa, yupi…

Apreté los párpados.

—Letoquéunpecho.

—¡¿Qué?!

—Fue un accidente. Aunque creo que seguimos siendo amigas —abrí los ojos y miré a mi hermano—. ¿Crees que ella tenga que tocarme el pecho para que estemos a mano?

Mateo se quedó con la boca abierta.

—No —dijo con decisión, desabrochando mi cinturón de seguridad—. No voy a hablar de esto contigo. Sal del coche.

Abrí la puerta, pero no me moví.

—¿Sabes? Hace rato… creo que Johann te ocultó su cuaderno de dibujo porque estaba avergonzado. No porque no quisiera que lo vieras. Es posible que le gustes. Nunca se sabe.

Mateo me empujó.

—Fuera, Dolores.

—Yo sólo decía —suspiré y alargué el brazo para que abrochara la pulsera—. ¿Me ayudas?

—Iuu —exclamó, pero la sujetó alrededor de mi muñeca—. Está toda babeada. Listo. Vete. Fuera.

Esa noche, me quedé leyendo el libro de los santos aterradores en mi habitación. Resultó que me había equivocado en parte cuando le dije a Mateo que nadie sobrevivía a las decapitaciones. No era supervivencia en sí. San Dionisio era el ejemplo más famoso. Había sido tan bueno convirtiendo paganos que el gobernador romano lo arrestó a él y a dos de sus amigos y los decapitó a todos en la colina más alta de París. Sin inmutarse, san Dionisio recogió su cabeza cortada, que seguía hablando, y caminó con ella kilómetros, dando un sermón durante todo el trayecto. Y entonces, en algún lugar del camino, cuando su cabeza había dicho lo que tenía que decir, sus dos partes cayeron al suelo, muertas. Esto le ocurrió a tantos santos que se acuñó un término para representarlos: *cefalóforos*. Portadores de cabezas. Después de pasar por la espada o el hacha o lo que fuera, estos hombres y mujeres recogían sus cabezas y continuaban con su misión hasta completarla. Todos tenían motivaciones diferentes: terminar un salmo, predicar un sermón, llegar a la confesión, a la tumba, a la iglesia, o incluso arrojar su cabeza río abajo como reliquia para los fieles. Todos tenían un propósito tan apremiante que no podían descansar hasta conseguirlo. Imagínatelo.

Eso me hizo preguntarme, sin embargo, sobre los otros dos tipos que estaban con san Dionisio. ¿Por qué ellos no habían levantado su cabeza y bajado también la colina? No me parecía justo que algunos tuvieran esa gran convicción que les impulsaba a seguir adelante y otros se quedaran allí sangrando.

Papá tocó sobre el marco de la puerta abierta.

—Hola, papá —dije, parpadeando. De repente, sentí como si me quemaran los ojos. Miré el celular. Eran las dos de la mañana.

—¿Estás bien? —preguntó en voz baja.

—Claro —dije, cerrando el libro y dejándolo en el suelo.

—Bien, bien —asintió, luego se quedó allí, como si estuviera esperando algo.

—¿Y cómo estás tú? —pregunté.

Agitó la mano.

—Estoy bien, *mija*.

—¿Conseguiste que mamá estuviera de acuerdo con tu emprendi...?

—Oh, todavía no, pero ya se convencerá.

—Mmm —exclamé. Me recosté de lado, todavía de cara a la puerta—. Cuando tenías mi edad —le pregunté—, ¿qué querías ser? Quiero decir, ¿cuando fueras grande?

Se le iluminaron los ojos.

—A tu edad, bueno, yo quería ser estrella de cine. Pero eso cambió. Luego, el sueño fue ser cantinero. Luego camionero, peón de rancho. Vera quería que uno de nosotros siguiera el camino del clero, por supuesto.

—Por supuesto —repetí.

—Pero yo sabía que quería una familia —se pasó el pulgar por la mandíbula—. En realidad, eso es lo único que siempre he sabido con certeza. Niños que crecen con un padre y una madre, padres que siempre están cerca —se encogió de hombros—. Fue entonces cuando me decidí por un negocio familiar. No me importaba lo que fuera, siempre que pudiéramos estar juntos todo el tiempo.

Suspiré.

—Es una idea linda.

—Tu madre también lo pensaba —ladeó la cabeza—. ¿Por qué lo preguntas, *mija*?

—Por nada —respondí bostezando—. Un peón de rancho, ¿en serio?

Papá rio.

—¿No me imaginas? ¿Vestido con sombrero vaquero y espuelas? —hizo la mímica de enderezarse el ala de un Stetson—. Debes recordar que yo era delgado en ese tiempo, como Mateo.

Y tenía todo mi cabello. Era muy apuesto.

—Es verdad —dijo mamá, apareciendo en la puerta a su lado—. Era muy guapo.

—¿Era? —preguntó papá juguetonamente.

—¿Tú qué querías ser, mamá? —le pregunté.

Ella sacudió la cabeza.

—Te vas a reír de mí —respondió.

—No, no lo haré —prometí, incorporándome un poco.

—Yo quería ser piloto —dijo mamá.

—¿En serio? —pregunté.

Ella asintió.

Arrugué la frente.

—Pero nunca habías dicho nada de eso.

—Nunca habías preguntado —respondió, recogiéndose el cabello con una pinza—. De todos modos, no era compatible con la forma en que queríamos criarlos. Pero no es que tener hijos me haya detenido. A decir verdad, no era lo suficientemente inteligente o decidida para hacer algo así —esbozó una media sonrisa—. Simplemente me gustaba la idea. Y los trajes. Me parecían… elegantes —tomó la perilla de la puerta—. Ya duérmete, Dolores.

—Buenas noches, *mija* —susurró papá.

Oí el chirrido de la puerta al cerrarse, pero no la vi. Ya estaba en otra parte, de pie en lo alto de una colina sosteniendo una aguja y un hilo. Desde el otro lado se acercaba una larga fila de gente que conocía, todos con la cabeza bajo el brazo: mamá, papá, Mateo, Vera, Johann. Marchaban hacia mí y sacaban sus cabezas, exigiendo que se las volviera a colocar en su sitio. Pero en cuanto se las cosía, las cabezas volvían a desprenderse y caían colina abajo mientras los cuerpos corrían detrás de ellas. Casi me había dado por vencida cuando se me acercó una Shae decapitada. Pero ella sostenía dos cabezas, una feliz y cálida, la otra fría y distante. No sabía qué hacer, así que intenté coser las dos, pero no había espacio suficiente en el cuello, y al final las cabezas salieron rodando colina abajo, con todas las demás. Pero el cuerpo de Shae se quedó ahí, como esperando algo.

Apareció Terpsícore.

—No la mires —ordenó—. Estoy profundamente insatisfecha con mis progresos.

Shae decapitada llevaba el vestido verde de la habitación de Terpsícore, clavado con alfileres como una muñeca de vudú.

—Está todo mal —continuó Terpsícore, sacando unas tijeras—. Nada que ver con lo que imaginaba.

Se abalanzó sobre el cuerpo de Shae con las tijeras, pero el cuerpo huyó, tropezando con el vestido verde. En su pánico ciego, la forma sin cabeza se abalanzó sobre mí. Perdí el equilibrio y ambas caímos hacia atrás, no al fondo de la colina, sino hacia ese oscuro y retorcido olvido al final de una pesadilla, un gran túnel negro vacío que revuelve el estómago.

Capítulo catorce

Yo: ¿Usted qué cree que eso signifique?

Sacerdote: Me temo que la interpretación de los sueños no fue una parte importante de mi formación en el seminario.

Yo: Eso es un tanto patético, sin ofender. Hasta la vidente Layla de la cristalería de la esquina puede decirle lo que significa un sueño.

Sacerdote: ¿Intentaste pedirle ayuda?

Yo: Aparentemente, ella cobra un mínimo de veinte dólares.

Sacerdote: Ya veo. Bueno, tal vez su sueño era sólo un sueño.

Yo: Supongo. Oiga, los católicos no creen en el divorcio, ¿cierto?

Sacerdote: Hay católicos en todo el mundo que viven innumerables contextos. Imagino que hay una gran variedad de opiniones sobre el tema.

Yo: Me parece que está evadiendo la pregunta.

Sacerdote: Absolutamente, eso es correcto. ¿Por qué lo preguntas, hija? Supongo que eres soltera.

Yo: Mis padres.

Sacerdote: ¿Están divorciados?

Yo: No, pero…

Sacerdote: ¿Pero?

Yo: Es algo que dijo mi hermano el otro día. Sobre que quizá nuestra familia no se quiere o algo así. Que todos huiríamos si tuviéramos la oportunidad.

Sacerdote: ¿Y tú crees eso?

Yo: Nunca se lo he contado a nadie, pero solía pensar que si a mis padres les pasaba algo malo, la familia de mi mejor amiga me adoptaría. Su vida es tan glamorosa. Tienen una señora que va y se lleva su ropa sucia y luego la devuelve planchada y doblada. Incluso la acomoda ella misma en los cajones.

Sacerdote: Eso suena glamoroso.

Yo: La cosa es: ¿y si no fuera un pensamiento tonto? ¿Y si, en el fondo de mi subconsciente, quisiera que le pasara algo malo a mi familia? ¿Y si yo fuera parte de la razón por la que mis padres son tan infelices? ¿Que en lugar de ser una buena hija e intentar que todo el mundo se lleve bien, estuviera tramando en secreto su muerte en algún terrible y trágico accidente? *¡Ay, Dios mío!* ¿Y si le eché el mal de ojo a mi familia?

Sacerdote: De acuerdo, espera un momento. En primer lugar, ¿tú crees que por comportarte o creer de una determinada manera puedes hacer que la gente se lleve bien?

Yo: Quiero decir, podría intentarlo.

Sacerdote: Pero, en última instancia, la gente tomará sus propias decisiones, ¿correcto? ¿Independientemente de tus acciones?

Yo: Supongo.

Sacerdote: ¿En verdad crees que puedes desearle a alguien que se encuentre en circunstancias difíciles, ya sea consciente o inconscientemente?

Yo: No lo sé.

Sacerdote: Te lo explicaré de esta manera: ¿crees que el divino Creador del Universo le daría a una niña de catorce años ese tipo de potestades?

Yo: ¿Y qué me dice de santa Juana de Arco? Ella tenía catorce años.

Sacerdote: ¿Te preocupa que pudieras ser una santa?

Yo: Bueno... no.

Sacerdote: Bien. Me agradas mucho más como tú misma.

Yo: Y entonces, ¿qué pasa con eso de rezar? ¿Está diciendo que eso no hace nada? ¿Es eso lo que usted cree?

Sacerdote: Creo... que Dios te ama.

Yo: Otra evasiva.

Sacerdote: Tal vez.

~~~~~~~

Como había prometido, Lucie le envió a Terpsícore la información sobre la fiesta de Shae.

—¿Cuáles son las palabras *exactamente*? —pregunté, bajando la voz. Odiaba hablar por teléfono en el departamento. Las paredes eran básicamente de papel maché, pero menos sólidas estructuralmente. Se parecían más al material con el que se hacen los nidos de avispas, que creo que es sobre todo saliva de insecto.

—"Espero que puedas venir" —leyó Terpsícore. Sonaba aburrida.

—Esto es importante —le dije, tropezando con la zona de guerra que era el piso de mi recámara para llegar al clóset—. Ahora, ¿hay un signo de exclamación al final o una cara sonriente?

—Ninguna de esas cosas —respondió ella—. Es un GIF.

Repasé mi ropa en busca de algo apropiado para la fiesta.

—¿Un GIF de qué?

—Parece ser uno de esos hombres-tubo inflables que tienen fuera de las agencias de coches —Terpsícore hizo una pausa—. Es verde limón.

—De acuerdo, entonces, ¿es una especie de baile o un baile *de verdad*?

—Dolores —suspiró Terpsícore—. No puedo descifrar los giros indiferentes de objetos inanimados.

—¡Entonces, mándamelo! —insistí.

—No.

—¿Por favor? —intenté una táctica diferente—. ¿Qué te parece esto? Te dejaré usar mi computadora para que busques todo lo que tú quieras. Sin control parental.

Terpsícore se quedó callada un momento.

—Bien —dijo rápidamente—. Ya está.

Me aparté el teléfono de la oreja.

—De acuerdo, entonces sí es un baile de verdad. Eso es bueno.

—Si tú lo dices —de fondo, oía a la madre de Terpsícore susurrar algo, intentando colarse en nuestra conversación.

Momento para soltar el tema de las fiestas de la escuela.

—¿Crees que a tu mamá le parecerá bien que volvamos a salir pronto? —pregunté en voz muy alta—. Ella es genial, y me lo pasé muy bien en tu casa.

—Voy a consultarlo —Terpsícore se apartó del teléfono, pero aún podía oírla—. ¿Mamá, te parecería bien que Dolores y yo...?

La señora Berkenbosch-Jones interrumpió:

—¡Oh, por supuesto! Parece una chica encantadora.

—Esta vez me invitó a su casa —dijo Terpsícore.

Me quedé boquiabierta. Era mentira. Yo no había hecho tal cosa.

—¿Estás segura? —la mamá de Terpsícore parecía inquieta ante la perspectiva—. ¿Y si te sientes abrumada? ¿O tienes un ataque de ansiedad? ¿Y si necesitas...?

—Entonces, puedo llamarte para que vayas por mí —contestó Terpsícore—. ¿Verdad, mamá?

—Bueno, supongo —la señora Berkenbosch-Jones sonaba poco convencida.

—¿Hoy? —preguntó Terpsícore—. ¿A las cinco?

Sacudí la cabeza.

—Espera, yo nunca dije...

—Te veré entonces —continuó ella.

—Espera... —el teléfono emitió un pitido.

Miré alrededor de mi recámara, viéndolo todo con ojos nuevos. Había una pila de platos sucios en mi mesita. Los residuos del fondo de los platos hondos habían dado a luz a unas criaturas plateadas y peludas que olían a... Olfateé una taza de cereales y luego me doblé, jadeando. Jamón, olía a jamón. Vomité en el bote de la basura.

Mateo abrió la puerta de golpe.

—Cielos, Dolores, dime que no estás incursionando en la bulimia.

Negué con la cabeza. Los pequeños y esponjosos invasores de moho me habían hecho cosquillas en la nariz y bailaban tap en mi campanilla.

Mi hermano palideció.

—No estarás... embarazada, ¿verdad?

Me limpié el sudor de la cara con la camisa.

—No, idiota. No a menos que sea la Virgen María.

Mateo exhaló y se relajó contra el marco de la puerta.

—Uf. Bueno, entonces...

—¿Cómo me has permitido vivir así? —exigí, gesticulando alrededor de mi habitación.

—¿Cómo te he permitido yo? —se burló mi hermano—. ¿Cómo te he permitido *yo*? Asumamos un poco de responsabilidad aquí, señorita. ¿Cómo te has permitido *tú* vivir así?

Hice un inventario de la ropa sucia y la basura que cubría el piso.

—Nunca me había parecido tan asqueroso... hasta ahora.

—Cuando abrí tu puerta, una cucaracha salió corriendo —dijo Mateo—. No entró. Salió. Como si estuviera buscando asilo.

—¿Me ayudas? —pregunté.

—Por supuesto que no —Mateo esbozó una sonrisa condescendiente—. Nunca me perdonaría haberte quitado tu momento de más bajo nivel. Es una oportunidad para aprender —extendió las manos para aplaudir con cada palabra—. Crecer. A. Través. De. Vivir. Lo. Que. Hay. Que. Vivir.

—*Ma-te-o* —gemí.

—*Do-lo-res* —se burló, dándose media vuelta para desaparecer por el pasillo—. Creo en ti. ¡Poder de chicas!

Miré el reloj. Tenía dos horas hasta que ella llegara. Dos horas. Había tardado un mes, más que eso, en llegar hasta este punto en mi habitación, y tenía ciento veinte minutos para hacer que dejara de ser un peligro biológico. Era imposible.

Pero ¿cuál era la alternativa? ¿Arriesgarme a que Terpsícore me viera como la patética basura humana que era? Jamás. Tomé un montón de cestos de ropa vacíos, toallitas de papel, bolsas de basura y todo tipo de productos químicos que pude encontrar bajo el fregadero. Luego arrastré todo por el pasillo, como una rata a su nido.

Mamá pasó por allí una hora más tarde con su uniforme azul de conserje.

—Mira nada más —dijo, anonadada.

—¿Qué? —escupí, usando un recogedor para arar el campo de porquería junto a mi cama.

—Nada, yo sólo...

—¿Sólo qué?

Mamá levantó las manos, rindiéndose.

—Sólo nada. Igual que tú.

—Oh, eehh, espera —hice una mueca, dándome cuenta de que tal vez no debería haber sido tan impertinente antes de pedir un favor—. Terpsícore va a venir. Esa chica que conocí en el taller. ¿Está bien?

—Seguro —contestó mamá—. Sí, está bien. Papá y yo también estaremos por aquí esta tarde.

—No es necesario que ustedes estén aquí —dije—. No es... mmm... la gran cosa.

—Podemos hacer que sea la gran cosa —se ofreció.

—Por favor, Dios, no lo conviertas en la gran cosa.

—Creo que deberíamos hacerlo la gran cosa —dijo con decisión—. Iré a hablar con los chicos, a ver si tienen planes.

—¿Por qué? —pregunté—. ¿Por qué harías eso? —arrojé un zapato con fuerza a un montículo al otro lado de la habitación.

—Será divertido —insistió mamá—. Noche de juegos en familia. Solíamos hacerlo todo el tiempo cuando Shae venía.

Y ahora Shae no quiere hablar conmigo, pensé, metiendo los platos de papel en una bolsa de basura.

—Vamos, Dolores, ha pasado una eternidad —mamá ladeó la cabeza—. Solíamos pasarlo tan bien.

—Mira —dije, usando mi muñeca para quitarme el cabello de la cara—, no puedo hacer mucho para detenerte en este momento, ¿cierto?

—Cierto —respondió ella—. ¿Quieres que ponga algo en la lavadora por ti?

Señalé los tres cestos de la ropa sucia que había alineado contra la pared.

—Eso.

—Bueno, bueno, esa oferta es válida por una carga, así que sólo voy a tomar esto de aquí… —mamá tomó la cesta más pequeña y salió de la habitación—. Y te dejaré a ti con todo… —hizo un círculo con la palma de la mano en el aire— eso.

No sé exactamente cómo ocurrió. Debo haber torcido las leyes del tiempo y el espacio, hecho un trato con el diablo, entrado en la Dimensión Desconocida, pero de alguna manera, para las 4:57 de la tarde, mi habitación había vuelto a tener un estado seminormal. De acuerdo, mi colchón no tenía sábanas, pero nadie es perfecto, ¿verdad?

La escalera vibró contra el ladrillo mientras Terpsícore y su madre ascendían. Por supuesto, la señora Berkenbosch-Jones acompañaría a su hija al interior; yo ya estaba preparada para eso. Había dejado a mi madre estacionada en la sala para que las recibiera, mientras yo metía en el clóset las dos cestas de ropa sucia que quedaban.

Pude oír a mi madre saludar a la pareja en la puerta.

—¡Hola! Adelante. Soy Abigail, y éste es mi marido, Diego.

—¡Hola! —dijo mi padre.

—Encantada de conocerlos —dijo la señora Berkenbosch-Jones—. Dolores es una niña maravillosa.

El tono de mamá era escéptico.

—Oh, bueno, me alegro de que piense así —le dijo.

Salí corriendo por el pasillo antes de que mi madre pudiera arrojar más sombras sobre mi carácter.

—¡Hola, señora Berkenbosch-Jones! —saludé alegremente—. Gracias por dejar venir a Terpsícore con tan poca anticipación —miré disimuladamente a la culpable—. En verdad, fue con *muy* poca anticipación.

—Hola, Terp-sí-co-re, ¿es así? —mamá me miró en busca de validación. Asentí con la cabeza—. ¡Es un placer conocerte!

Sin palabras, Terpsícore le entregó un ramo de flores de supermercado.

—Oh, ¿flores? —preguntó mamá.

Terpsícore frunció el ceño.

—Mi madre me obligó.

—*Terpsícore...* —espetó la señora Berkenbosch-Jones.

—Me parece excesivo —continuó Terpsícore.

—Son preciosas. Las pondré en agua —mamá se metió en la cocina y alzó la voz por encima del sonido de la llave abierta—. Tengo entendido que ya conocían a Mateo y Johann.

—Sí, así es —la señora Berkenbosch-Jones saludó a los chicos, que estaban sentados en el suelo frente a la mesa de centro, algo bloqueados por la caja del televisor.

—*Hallo!* —respondió Johann.

Mateo levantó su botella de agua como si estuviera brindando.

Mamá regresó, limpiándose las manos en los pantalones.

—Bueno, nos estamos acomodando para una noche de juegos, por si quieren unirse a nosotros —tomó la lata de dominó de la mesa de la cocina—. ¿Conoces el Tren Mexicano?

—A mi madre no le gustan los juegos —contestó rápidamente Terpsícore.

La señora Berkenbosch-Jones dudó.

—Bueno, podría...

—Dejó a mi primo en el coche —interrumpió Terpsícore—. Es muy peligroso dejar a un niño pequeño en un coche caliente.

Yo estaba empezando a notar un patrón en la forma en que Terpsícore se deshacía de su madre.

—El coche no es... olvídalo, no importa —la señora Berkenbosch-Jones se dirigió a la puerta—. Gracias a todos por la invitación, pero no. Volveré a las ocho y media, si les parece bien.

—Claro, claro —contestó papá—. ¡Aquí estaremos!

—Genial —la mujer se quedó en la puerta—. Terpsícore. *Terpsícore.*

186

Terpsícore levantó la cabeza.

—¿Qué? —respondió.

La señora Berkenbosch-Jones le dirigió a su hija una significativa mirada.

—Cuídate.

—Sí, madre —respondió la chica.

Entonces, Terpsícore tomó la perilla y cerró la puerta con rapidez y firmeza.

—¿"Cuídate"? —repitió Mateo—. ¿Espera que te ofrezcamos heroína?

Mamá y papá volvieron a la cocina para terminar de servir las papas fritas de la tienda de un dólar y una mezcla de cereales tipo Chex de marca libre en tazones de plástico. Yo no entendía a quién querían engañar con tantas preparaciones. No éramos gente de tazones de papas fritas. Difícilmente éramos gente de platos de comida siquiera. En el último mes, había visto a Mateo comerse una quesadilla entera directo del suelo. Nuestra familia estaba a la par con los pollos de granja.

Terpsícore se quedó en la ventana observando cómo se alejaba su madre en el coche. Satisfecha, se sentó en el sofá e hizo un ruido de pánico mientras se hundía en el marco.

—Está bien, así es ese sillón —le expliqué—. No puedes simplemente sentarte. Necesitas rodar sobre él y dispersar tu peso. Como si fuera hielo fino.

Terpsícore extendió los brazos.

—No, no, no te resistas —advirtió Mateo—. Te tragará si te resistes.

—¿Dolores? —gimoteó Terpsícore.

—Toma —le tendí mis manos, que ella agarró con tanta fuerza que nuestros nudillos se pusieron blancos—. Hey, ¿cuál es tu problema, de todos modos? —le pregunté, levantándola de un tirón—. Le dijiste a tu mamá que yo te había invitado. Pensé que no podías mentir.

—Soy autista, Dolores, no Pinocho —Terpsícore se sacudió y se enderezó las gafas, que se le habían torcido durante la terrible experiencia—. Odio tu sofá. Nunca volveré a sentarme ahí.

—En realidad no es tan malo cuando te familiarizas con sus peculiaridades —dije—. Pero entiendo a lo que te refieres. Puedes quedarte con el sillón reclinable.

Terpsícore negó enérgicamente con la cabeza.

—No quiero que ninguno de tus muebles tapizados me toque —se sentó en el suelo frente a Mateo y Johann—. Puedes preguntarme otra vez en un rato más, pero probablemente no cambiaré de parecer para entonces.

Mis padres salieron de la cocina.

—Muy bien —anunció mamá, poniendo los tazones de botana sobre la mesita—, tenemos papas fritas, nachos con queso, revoltijo de cereal y galletas con chocolate. Además de otras cosas que encontré por ahí.

—Dime sinceramente, madre querida —suplicó Mateo—. ¿Cuánto tiempo llevaban esos cacahuates en el fondo de la alacena?

—No lo sé, Mateo —respondió ella—. ¿Y cuánto tiempo llevas tú siendo un charlatán sabelotodo?

Mateo rio y le envió un beso por el aire.

—¡Lo heredé de *mamá*!

Terpsícore miró nerviosa entre mi madre y mi hermano, como si estuviera esperando que alguno soltara un puñetazo.

—No, no, está bien —le expliqué, sentándome a su lado—. ¿Ves? Mi familia es muy parecida al sofá.

—¿Un desastre? —preguntó Terpsícore.

—No, me refería a que tienen algunas peculiaridades. Pero te acostumbras a ellas.

La chica sacudió la cabeza.

—¿Están peleando?

—No, no, están en su mejor momento, en realidad —respondí—. Además, te enterarías si estuvieran peleando.

Mateo golpeteó sobre la mesa.

—Muy bien, comencemos con esto.

—No he jugado al Tren Mexicano —dijo Johann—. ¿Cómo lo hacen?

—Con dominó —respondió mi hermano, tomando un puñado de cereal—. Es sólo un juego de parejas con algo de estrategia ligera —Mateo tomó una ficha de dominó y la puso sobre la mesa—. Muy bien, Terp-sí-co-re, tengo una pregunta muy importante para ti. Cuando tú ves el dominó, ¿ves números, colores o formas?

Terpsícore arrugó la frente.

—No te entiendo.

—Mamá ve números —explicó Mateo mientras examinaba la ficha—. Ella ve esto y ve un cinco, mientras que yo veo primero el color: gris-azul. Dolores ve aquí una X.

—¿Por qué es importante esta pregunta? —preguntó Terpsícore.

—Bueno, Terps —respondió mi hermano—, creo que se puede saber qué tipo de persona es alguien por lo que ve primero.

—Yo veo el número —dijo Johann—. ¿Eso qué significa?

—Que tú te guías por la lógica —respondió Mateo—. Si ves el color, la emoción es lo que te motiva. Y si ves la forma... —mi hermano me miró y sonrió—. Eso significa que te gusta oler tus propias flatulencias, ¿verdad, Dolores?

Le mostré el dedo.

—Ya madura, Mateo.

—Eso no parece encajar temáticamente con los otros dos —observó Terpsícore.

—¡Sólo estoy bromeando! La gente que ve la forma tiene un sentido más comunitario —dijo Mateo, dirigiéndose hacia mí—. Ves las cosas en función de la gente que te rodea. Las cosas dentro de su amplio esquema.

—Qué bien, Lola —dijo Johann, estirando sus largas piernas debajo de la mesita.

Terpsícore tomó la ficha de dominó.

—Veo un cinco azul en forma de X —dijo, frotándolo entre el pulgar y el índice—. ¿Eso qué significa?

—Significa que deberíamos empezar a jugar —contestó mamá, trayendo una silla de la cocina.

Papá se acomodó en el sillón, suspirando pesadamente mientras levantaba los pies.

—No te duermas, papá —dijo Mateo—. Mamá te expulsará de la partida. Es despiadada.

—¡No me voy a dormir! —prometió papá, cerrando los ojos—. ¿Por qué no empiezas por explicar las reglas, Abigail?

—Debería advertirte… —susurré a Terpsícore—. Mi madre es tremendamente competitiva. La sociedad humanitaria local le prohibió la entrada a las noches altruistas de bingo que organizan cada mes.

Capítulo quince

Terpsícore aguantó con nosotros las cuatro primeras rondas antes de que los gritos y las acusaciones de hacer trampas la hicieran cubrirse los oídos. Pero eso fue más de lo que consiguió papá. Él ya se había apagado como una vela antes de que hubiéramos terminado de revolver las fichas de dominó en la mesita.

—Creo que necesito un descanso —anunció Terpsícore, poniéndose de pie—. ¿Puedo usar tu computadora, Dolores?

Estudié el dominó en juego.

—¿Qué?

Terpsícore movió su peso con impaciencia, estirando un tobillo y luego el otro.

—Me dijiste que podía usar tu computadora.

—Oh, sí, claro. Espera —me levanté—. Hey, Johann, asegúrate de que ninguno de estos tramposos mire mis fichas. Llevo la delantera por una vez en la vida.

Mamá y Mateo fulminaron al alemán con la mirada. Johann hizo un ruido nervioso, de no compromiso, en la parte posterior de su garganta.

—De acuerdo —dije, caminando hacia mi habitación, señalando a un lado y a otro entre mamá y Mateo—. Si alguno de los dos mira, le sacaré los ojos, ¡así que ayúdame, santa Lucía!

—¡Tómate tu tiempo! —dijo mamá—. ¡No hay prisa!

Cuando volví un minuto después, con mi laptop, la puse en la mesa lateral, a una distancia prudencial del juego. Papá empezó a roncar.

—Tu hermano miró tus fichas mientras no estabas —informó Terpsícore, acercando una silla—. Tu madre le preguntó cuáles eran, pero él no lo dijo.

—Vamos, Terps —gimió Mateo—. ¿Por qué me hiciste eso?

—Porque *ella es una buena persona* —dije, tecleando mi contraseña—. Como te lo prometí. Toda tuya.

—¿Estás trabajando en un proyecto, Terpsícore? —preguntó mamá, bajando una ficha de dominó.

—¡Ése era mi sitio! —protestó Mateo, golpeándose el codo contra la caja del televisor.

Papá resopló en sueños y ladeó la cabeza.

—Es un viaje de autodescubrimiento —respondió Terpsícore.

Pude ver el reflejo de la pantalla en sus gafas.

—Eso está bien —dijo mamá—. A todos nos vendría bien más de eso —se oyó un pitido desde la cocina—. Oh, Dolores, ya está lista tu ropa, por si quieres ir a sacarla.

—No, no quiero sacarla —dije, colocando dos fichas en la línea delante de Johann—. De hecho, creo que me quedaré aquí, para asegurarme de que ninguno de ustedes me traicione.

—Dolores no separa su ropa sucia para lavarla —sonrió Mateo satisfecho, como si esto fuera un chisme de primer nivel—. Por eso todas sus cosas acaban siendo de color beige. Es una salvaje.

—Terpsícore dijo que ni siquiera es necesario hacer eso —espeté—. Puedes usar esa cosa de la lavadora que se llama recolector de color.

—¿Qué es eso? —preguntó mi hermano, bajando una ficha de dominó—. Suena homofóbico.

Johann sonrió un poco ante la broma de mi hermano y jugó una ficha.

—No es homofóbico —dijo Terpsícore—. Es como un paño para secadora.

Papá despertó sobresaltado.

—¿Empezamos?

—No te preocupes —dijo mamá, escudriñando la mesa en busca de movimientos—. ¿Nada? ¿Nada para un dos?

—¿Un verde, quieres decir? —Mateo negó con la cabeza—. No, créeme, ya lo habría encontrado yo.

Mamá apretó la boca y sacó una ficha.

—¿En serio? —tomé una ficha—. Ésta ya la tengo. Este juego apesta.

—Tu cara apesta —murmuró Mateo.

—Espera —dijo papá, inclinándose hacia delante para estudiar las líneas astilladas de las fichas—. ¿Te saltaste mi turno?

A partir de ese desafortunado empate, las cosas fueron rápidamente cuesta abajo para mi puntuación. Dos rondas más tarde, mi ventaja se había convertido en un triste último lugar.

—El mal de ojo —bromeó Mateo, cuando mamá contó los puntos.

—No puede ser —le dije—. Tengo la protección.

Mi madre miró la pulsera que llevaba en la muñeca, pero no dijo nada para reconocerlo directamente.

Después de casi media hora en silencio, Terpsícore se dirigió a la sala.

—El internet es un desperdicio para ti, Dolores —reflexionó—. Toda la riqueza del conocimiento humano perpetuamente al alcance de tus dedos, ¿y esto es lo que eliges mirar? —le dio la vuelta a mi laptop para ponerla frente a la mesa.

Mateo se echó las manos a los ojos.

—¡Ah! ¡Porno!

—¡Cállate, Mateo! —me giré hacia mi familia, con las mejillas sonrojadas por la vergüenza—. No es porno. Papá, no es porno.

Mi padre se rascó la barbilla y miró al techo. Era mi proverbial mala suerte que hubiera conseguido mantenerse despierto para este momento.

—En verdad, Dolores —murmuró papá—. Eso no es asunto mío.

—No es pornografía, no —dijo finalmente Terpsícore—. Es un cuestionario llamado "Desbloquea tu pasión".

Mateo resopló.

—Está bien, admito que estaba bromeando, pero eso sí suena a porno —bajó una ficha de dominó.

La cara de mamá era seria.

—Dolores —dijo—, eres demasiado joven para andar desbloqueando tu pasión.

—Sí —añadió Mateo—. Mantén esa música bajo control hasta que tengas al menos quince años.

—¡Mateo!

Papá se aclaró la garganta y bajó el reposapiés del sillón reclinable.

—Voy a la cocina por agua; ¿alguien necesita algo? —se levantó—. ¿Johann?

—Sí, por favor —Johann, sintiendo la importancia de asignar al hombre una tarea, revisó la mesita, y luego le entregó el único tazón vacío—. Y podría llevarse esto, señor Mendoza.

—Por supuesto —dijo papá, con cara de alivio—. Encantado de ayudar.

Algo me decía que se quedaría lejos de la sala por un rato.

—Y creo que ahora es mi turno —continuó Johann, tomando una de sus fichas de dominó—. Voy a ir aquí, creo.

—*Lo juro por Dios, Mateo* —susurré, una vez que papá estuvo fuera del alcance del oído—. Te voy a asesinar.

—Curiosamente —dijo Terpsícore sin levantar la mirada de su búsqueda sin restricciones en Google—, el fratricidio es la primera muerte en la Biblia.

Mi madre enarcó las cejas.

—¿Eres religiosa, Terpsícore? Dolores mencionó que te educaban en casa, así que no sabía si era una de esas... —se interrumpió, buscando la palabra adecuada— esas... mmm... situaciones. Ay, mira, hay un lugar para mi doble tres.

Apoyé la cabeza en la mesita.

—¡Mamá!

—¿Qué? No quiero decirlo como si fuera algo malo, sólo creo que sería útil saber si ése es su contexto particular —mamá se encogió un poco de hombros—. Y si necesitamos esconder nuestros fósforos y libros de Judy Blume.

Terpsícore siguió tecleando.

—No, mi madre y yo no somos religiosas —respondió—. Pero me gusta estar informada sobre referencias culturales, y en un país predominantemente judeocristiano...

—¿Es mi turno? —interrumpió Mateo.

—Le toca a Dolores —dijo mamá.

Mi hermano puso los ojos en blanco.

—¡Apresúrate, Dolores!

—¡Dame un segundo! —me mordí el labio inferior—. ¿En serio no hay un cuatro abierto?

Al otro lado de la habitación, mi computadora emitió un pitido. Terpsícore me miró por encima de la pantalla.

—Dolores —dijo—, tienes un mensaje.

Había olvidado que mi laptop estaba sincronizada para recibir mis mensajes. Busqué en mis bolsillos del pantalón y recordé que había dejado cargando el celular en la recámara.

—¿De quién es? —pregunté—. Porque no me pienso levantar si es *spam*. Tengo las piernas entumecidas.

Terpsícore se ajustó las gafas en el puente de la nariz.

—Es de Shae.

Se me fue el alma al suelo.

—¿En serio?

Ella asintió y empezó a frotarse los bordes de las uñas.

Me paré tambaleante, jadeando ante el hormigueo que me recorría de la cadera a los pies.

—Ahora regreso —dije.

—¿Por qué no le contestas más tarde? —me gritó mamá, viéndome cojear por el pasillo hasta mi recámara—. La mamá de Terpsícore no tarda en llegar.

—¡No me tomará mucho tiempo! —tomé mi teléfono de la mesita donde lo había enchufado para que se cargara.

Vas a venir el sábado?

Mi corazón latía con fuerza en mi pecho. Era el primer mensaje de texto que Shae me enviaba desde el día del taller, aquel terrible "te quiero" que zumbó por mi cerebro como una canica plateada en una máquina de pinball.

Me quedé mirando las palabras. ¿Por qué me lo preguntaba? No había forma de conocer su tono. Al principio, lo interpreté como tierno, casi de disculpa, como cuando me había pisado accidentalmente con su *scooter* Razor cuando teníamos ocho años. Pero ¿y si no quería ser amable? ¿Y si quería ser antipática y distante, como había sido en la heladería?

No la vi, le había dicho a Lucie. Como si yo fuera un insecto, una mancha o un letrero de no obstruya el paso. Una ardilla que se había puesto delante del coche que conducía. *No la vi.*

~~~~~~~~~~

MUELLE EXTERIOR DE LA CASA DEL LAGO DE LOS LUDEN, DE NOCHE, TRES VERANOS ANTES

La cámara se desplaza lentamente sobre el lago negro e inmóvil, el agua oscura refleja una multitud de estrellas que titilan agresivamente. SHAE, de once años, sigue siendo interpretada por su homóloga de catorce, pero con frenillos y un par de colitas. Sentada en el extremo del muelle, sostiene unas afiladas tijeras plateadas sobre la cabeza. Las hojas brillan amenazadoras a la luz de la luna.

SHAE
Ya es hora.

La cámara gira, mostrando a una DOLORES con
los ojos muy abiertos, sentada frente a su
mejor amiga. DOLORES se lleva el dorso de
la mano a la frente.

> DOLORES
> ¡No puedo!

> SHAE
> ¡Debes hacerlo! ¿En verdad crees
> que puedes convertirte en mujer
> sin dejar algo atrás primero? Ya
> no somos niñas, Dolores. ¡Somos
> estudiantes de secundaria!

> DOLORES (agarrándose el cabello)
> Pero…

> SHAE
> Lo prometiste. Juraste por nuestra
> hermandad que me dejarías hacer
> esto.

> DOLORES
> Lo juré.

DOLORES se prepara y respira lentamente
mientras SHAE apunta las tijeras hacia
su cara. En cuanto SHAE hace el primer
recorte exagerado, los ojos de DOLORES se
ponen en blanco. Cae de espaldas al muelle,

inconsciente. Su mano cuelga por el borde hasta dejar sus dedos arrastrándose por el agua. Mientras vemos cómo se desplazan las ondas, oímos el nítido sonido de corte de la cuchilla, una y otra vez. Aturdida, DOLORES abre los ojos.

                    SHAE
          Está hecho.

De espaldas a la cámara, DOLORES se gira lentamente para estudiar su reflejo en el lago, oculta al público. SHAE aparece junto a su hombro.

                    SHAE
          He aquí a una Dolores reinventada.
          ¿No es perfecto?

DOLORES guarda silencio. Lenta, deliberadamente, se gira hacia la cámara. Lleva una peluca irregular, el flequillo cortado a trozos, asimétrico, peinado hacia atrás para crear una horrible diadema. Deja escapar un grito espeluznante…

$$\sim\!\!\sim\!\!\sim\!\!\sim\!\!\sim$$

—¿Qué te dijo? —Terpsícore estaba parada en la puerta de mi recámara, mirando fijamente el lugar donde el linóleo del pasillo daba paso a la alfombra beige que alguna vez fuera blanca.

—¿Eh? —sacudí la cabeza, procesando su pregunta. Luego miré mi teléfono—. Oh, sí, claro. Sólo preguntaba si estaría en la fiesta del sábado —me encogí de hombros—. Supongo que eso es algo bueno. ¿No crees?

—*Santos y sacrificio* —Terpsícore leyó el título del libro en mi mesita de noche—. Inusual lectura nocturna.

—¿Lo es? —pregunté, llevándome la mano a la nuca—. Honestamente, sólo he leído los pies de foto —me preocupó parecer estúpida y añadí rápidamente—: Pero hay muchas fotos, así que...

Terpsícore no intervino. Estaba demasiado ocupada estudiando mi habitación, sus ojos iban y venían de una pared a otra como si estuviera buscando a Wally.

—¿Por qué no tienes sábanas en el colchón? —preguntó, señalando con la barbilla mi cama deshecha—. ¿Es por tu problema de vejiga?

Tardé un segundo en entender lo que me estaba preguntando. Entonces, me sonrojé.

—No, no, Dios no —tartamudeé—. Sólo estoy lavando la ropa. Lo normal —reí, a la defensiva—. Yo no mojo la cama.

Terpsícore enarcó las cejas y sus gafas se deslizaron un poco por el puente de la nariz.

—No me importa eso, Dolores. Sólo preguntaba —se acercó al calendario de animales bebé de mi pared, que se había estancado permanentemente en marzo de este año: un grupo de patitos de aspecto especialmente petulante.

—A mí sí me importa —dije. Mi cara empezaba a sentirse caliente—. En verdad no quiero que pienses que hago eso.

—¿Por qué? —Terpsícore hojeó los meses metódicamente hasta llegar a junio—. Eso no te hace mejor que alguien que sí lo hace —me miró por encima del hombro, sonriendo de repente—. Es un gatito en una maceta. Qué lindo.

—Sé que eso no me hace mejor —mentí.

—Bien —Terpsícore se dio la vuelta—. Me gusta tu habitación —su voz sonaba decidida.

—¿En serio? Ehh, quiero decir, gracias —sacudí la cabeza—. Shae nunca estuvo muy impresionada. Siempre decía que era marrón y desordenada.

Terpsícore se enderezó las gafas.

—Tu habitación es un reflejo de ti.

—¿Marrón y desordenada?

La chica frunció el ceño y puso los ojos en blanco.

—Es sentimental y funcional —explicó Terpsícore—. Pero descuidada.

Abajo, en la calle de entrada, oí un coche que subía por la grava. Miré la hora en mi teléfono.

—Probablemente ésa sea tu mamá.

—Casi seguro —Terpsícore volvió a mirar al gatito del calendario y sonrió—. Es tan lindo.

—Hey, ¿por qué no lo tomas, entonces? —le dije—. De cualquier forma, se quedará en esa página hasta enero.

Terpsícore lo pensó por un momento y sacudió la cabeza.

—¿Qué te parece esto? —propuso ella—. Si me sigues invitando a intervalos regulares, mantendré tu calendario en el mes correcto.

No dije nada por un segundo.

—¿Tal vez…?

—Ay, eso es tan dulce —Mateo asomó la cabeza en mi recámara y arrugó la frente—. Dolores, ¿escuchaste eso? Puede que no lo reconozcas, porque a estas alturas eres básicamente una duendecilla ermitaña, pero ella te está ofreciendo su *amabilidad*. Y la respuesta apropiada a eso es "gracias".

—Dios mío, *cállate*, Mateo —gemí.

Mi hermano sujetaba los brazos por encima de su cabeza, estirando los hombros en el marco de la puerta. Tenía que ponerse de puntitas para alcanzar la viga superior.

—Esto me gusta —dijo Mateo, asintiendo con benevolencia hacia nosotras—. La energía aquí se siente saludable. Cuentan con mi bendición.

—¿Por qué no te vas a molestar a Johann? —pregunté con los dientes apretados.

Mateo bajó la voz.

—Se fue al baño.

—¿*Nuestro* baño? —pregunté. Baño #1 en el C.A.C.A. Una experiencia de una estrella—. ¿Lo dejaste usar *nuestro baño*?

—¿Qué le pasa a su baño? —preguntó Terpsícore.

—*¡No tuve elección!* —se lamentó mi hermano, ignorando su pregunta—. *Nunca volveré a verlo* —Mateo apoyó la cabeza en su hombro y nos dedicó una sonrisa afligida y agridulce—. *He renunciado a encontrar la felicidad para mí. Pero ustedes dos, puedo vivir indirectamente a través de lo que sea esto. ¡Ay, Dolores!*

—¡Te dije que te callaras!

Mateo saltó sobre un pie:

—¡Tus talones no deberían ser tan puntiagudos! Eres un fenómeno de la naturaleza, ¿lo sabías? Una rarita con pezuñas de cabra...

—Probablemente debería ir a ver a mi madre al coche —dijo Terpsícore, colándose entre nosotros—. Prefiero que no se entere de esta situación. O que tenga la tentación de ir al baño, por lo visto.

—Adiós, Terps —Mateo vio cómo Terpsícore se alejaba por el pasillo y se giró para decirme en silencio—: *¿Vas a abrazarla para despedirte?*

—*¿Por qué la abrazaría?* —respondí, también con los labios.

—*Porque son amigas.*

—*Ella no quiere un abrazo.*

—*¿Ya se lo preguntaste?*

La puerta principal se abrió, luego se cerró, y pudimos oír los pasos de Terpsícore bajando la escalera.

—Todo el mundo necesita un abrazo a veces, Dolores —dijo Mateo sentenciosamente.

Se oyó una descarga en el baño.

Bajé la voz.

—Johann va a necesitar un abrazo después de enfrentarse a la ligera capa de vello púbico en la parte inferior de la tapa del escusado.

Mateo sacudió la cabeza.

—Eres tan grosera —replicó.

Le mostré la lengua y cerré la puerta de un portazo. Luego saqué mi teléfono.

Sí ahí estaré

Al mirar el mensaje, sentí que le faltaba algo. Así que añadí el GIF del hombre del tubo verde bailando. Luego hice clic en Enviar.

La respuesta de Shae llegó casi de inmediato.

Ok

Capítulo dieciséis

—Repítemelo todo —dije, acercándome el teléfono a la oreja. Me había escabullido hasta el callejón en pijama para atender esta llamada de estrategia mañanera. Era primordial que nadie en la lata de sardinas de los Mendoza pudiera oír mi conversación.

—Tengo que decirle a mi madre que voy a pasar la noche en tu casa el sábado —la voz de Terpsícore sonaba pesimista—. Se supone que no debo mencionar que asistiremos a una fiesta esa noche.

—Correcto —confirmé—. Definitivamente, se va a poner aprensiva si usas esa palabra —me recargué contra la pared—. Aunque sea una reunión de comer pizza y jugar a la botella. No una para beber e ir por ahí haciendo daños a la propiedad ajena.

—En realidad, dudo que acepte que me quede a dormir contigo, Dolores.

Me eché el cabello hacia atrás. El tráfico había empezado a aumentar en la Avenida Principal, con la gente que se dirigía a su trabajo. Desconocidos en sus autos que salían a hacer sus vidas.

—No podemos irnos de la fiesta temprano. ¿No hay nada que puedas hacer para convencerla?

Terpsícore hizo una pausa.

—No estoy segura. Y tal vez sea algo bueno, ya que sigo sin querer ir. Si mi madre descubre que le mentí sobre dónde estaba, nunca más me dejará salir de casa.

—¿Y si yo paso la noche en tu casa primero? —le pregunté—. Así no le parecerá tan raro cuando se lo cuentes, ¿no?

—Supongo —concedió.

—¡Genial! Baja uno de tus edredones para mí.

—No lo haré —dijo Terpsícore con firmeza—. Están colgados con mucho cuidado. Tal vez Casimir tenga algunas sábanas que podrías usar.

Una perspectiva aterradora.

—Yo llevaré mis cosas —le dije—. Nos vemos pronto.

—Hey, necesito un favor —dije, pulsando el interruptor de la luz en la habitación de Mateo.

Mi hermano se refugió en su edredón como una tortuga amenazada.

—Apaga la luz. Dios, ¿qué hora es? —metió el teléfono en su capullo—. ¿Las seis y cuarto? ¿Me estás despertando a las seis y cuarto? ¿Te volviste loca?

—Johann todavía estaba aquí cuando me fui a la cama —levanté las cejas con suspicacia—. ¿A qué hora se fue?

—No sé. Tarde —murmuró Mateo—. Temprano.

—Ramera.

—Estuvimos *platicando*, Dolores, *literalmente*.

—Golfa.

—Eres una niña.

—Zorra.

—¿Ya…? —Mateo se quitó la sábana de la cara para mirarme—. ¿Ya terminaste?

—Necesito que seas mi coartada para el sábado —dije, bajando la voz—. Lo único que tienes que hacer es decirle a mamá que nos vas a llevar a Terpsícore y a mí al cine. Y quizá a jugar bolos después.

—¿Qué vas a hacer realmente? —preguntó Mateo. La estática y el sueño habían hecho cosas de otro mundo a su cabello, en las que incluso su uniceja se había visto involucrada.

—Vamos a ir a una fiesta que organiza Shae. Nos invitaron —traté de mantener mi voz fría y casual—. Nos dejas, nos recoges, regresamos todos juntos a casa, y nadie se entera. Trae a Johann para que te haga compañía.

Mateo parpadeó ante los adhesivos de estrellas que brillaban en su techo.

—Soy demasiado viejo para estas tonterías.

—No veo por qué es para tanto —me crucé de brazos—. Tú fuiste a mil millones de fiestas en la preparatoria.

—Sí, pero era invitado por mis amigos —explicó Mateo, clavándose los pulgares en las cuencas de los ojos—. Gente a la que yo le agradaba, gente que a mí me agradaba.

—Yo le agrado a Shae —repliqué, sacando mi teléfono del bolsillo—. Ella me quiere. Puedo enseñarte sus mensajes.

Mateo abrió los ojos de súbito.

—Te juro por Dios, Dolores, que si invades mi espacio personal, tiraré tu cepillo de dientes al escusado.

—Bien, si vas a comportarte como un bebé por esto —regresé mi teléfono a su sitio—. Y a tus amigos ni siquiera les agradabas tanto —le dije—. Nunca han regresado a verte.

—Puedo ver que estás tratando de lastimarme, Dolores —Mateo rodó sobre su costado—. Pero entiendo cómo funciona. Que ahora no seamos íntimos no significa que no lo fuéramos en ese entonces. La gente sigue adelante.

—¿Nos llevarás o no? —pregunté.

Mi hermano levantó la cabeza.

—No vas a soltar esto, ¿verdad?

—Mateo, es importante. Todo el mundo piensa que soy una broma después de lo que pasó. Escribieron una canción sobre ello.

—Está bien, sólo vete. ¡Déjame dormir!

~~~~~~~

Mamá estaba en la cocina con su uniforme de conserje y el cabello sin peinar. Puso un filtro limpio en la cafetera.

—Te levantaste temprano.

Fui a la sala y jalé una de las sillas de la cocina alrededor de la caja del televisor, entre el sofá y el sillón reclinable, y de vuelta a su sitio en la mesa de la cocina.

—¿Puedo quedarme a dormir mañana en casa de Terpsícore? —pregunté, sentándome.

—Claro, me da igual —respondió ella con desdén. En el mostrador, el café había empezado a gotear en la cafetera. El olor fresco y relajante fue suficiente para sacar a mi hermano, tambaleándose, de su cueva. Todavía llevaba puesta la misma ropa de la noche anterior.

—Te ves horrible —observó mamá.

—Gracias —respondió él.

—¿Qué hiciste anoche? —preguntó ella.

—¡Nada! Sólo estuvimos platicando, honestamente, ustedes... —Mateo metió una taza de plástico en una bolsa de hielo del congelador.

Mamá suspiró y removió el café con el meñique.

—¿Dónde está papá? —preguntó Mateo, vertiendo café en su taza. El hielo crujió.

—Vistiéndose —contestó mamá, pasándole a mi hermano la jarrita de leche—. Le dije que hoy es el día que va a cobrar el dinero de esa señora de la estafa piramidal. Él hizo todo ese trabajo, ahora merece que le paguen.

Mateo tomó un sorbo de su bebida, luego hizo una mueca.

—Vaya —exclamó, tragando—. Que te paguen por hacer un trabajo. Qué idea tan novedosa.

—Con la familia es diferente —dijo papá, apareciendo por el pasillo—. Ser propietario de un negocio es el sueño americano.

—Eso me han dicho —dijo Mateo. Echó otro chorro de leche en su taza y empezó a silbar *"America"*, de *Amor sin barreras*.

—Deja de hablar de tu vida tan dura, Mateo —le advertí—. Al menos puedes beber café —*y alcohol*, añadí en mi cabeza. *Y todo lo demás que tu vejiga normal te permite.*

Mamá frunció los labios.

—¿Sabes? Si eres infeliz en la imprenta, Mateo, podríamos intercambiar. Tú puedes ir a trapear pisos y recoger ampolletas de esteroides, y yo puedo sentarme detrás de un escritorio todo el día entregando a la gente sus pedidos de impresión en cajitas blancas... —mamá se interrumpió. Alguien estaba subiendo por las escaleras metálicas.

La puerta se abrió de golpe.

—Ay, *mijos*, no deberían dejar la puerta sin llave —regañó *tía* Vera—. No con esos dos *cholos* que se encargan de la heladería de al lado.

—¡Vera! —exclamó papá, cruzando la habitación para saludarla.

La expresión de mamá se puso rígida.

—Vera, qué entrada tan inesperada —señaló el mostrador—. ¿Puedo ofrecerte algo? ¿Un café? ¿Algo de comer?

—No, no te molestes —dijo Vera, agitando un pequeño sobre acolchado—. No puedo quedarme mucho tiempo. Pronto empezará *El corazón palpitante*, y la pianista Juliana está a punto de despertar del coma para descubrir que el malvado cirujano don Carlos le ha robado las manos —mi tía me puso el sobre en la mano—. Vengo a dejar esto para Dolores.

—¿Qué es? —pregunté.

—Ábrelo —me dijo—. Llegó hoy… de internet.

Dentro, había un frasquito de cristal con gotero. Leí la etiqueta en voz alta. "Aceite de san Vitalis de Asís".

—Prefiero de canola —murmuró Mateo sobre su café—. Tiene un mayor punto de humo.

—*Bah*, no se cocina con él —dijo *tía* Vera, tomando el frasco de mi mano—. Se usa en la barriga —desenroscó la tapa.

—Tía, mira —levanté la muñeca, preparándome para las miradas fulminantes de mi madre—. Estoy usando la pulsera, ¿ves? ¿No es suficiente?

—No, esto también ayudará —insistió, llenando el gotero y lanzándose sobre mi abdomen. Retrocedí. El aceite era amarillo y tenía un fuerte aroma a clavo.

—No, Vera —exclamó mamá, exasperada—. Le manchará la ropa.

Vera volvió a poner el gotero en el frasco y lo dejó sobre el mostrador.

—Úsalo. Todos los días. Prométemelo. Prométemelo, *mija*.

—Está bien, está bien —dije—. Te lo prometo.

—Mi sobrina perfecta se merece un milagro —*tía* Vera suspiró y luego miró a mi hermano, que estaba apoyado en el mostrador medio dormido y masticando un pastelillo con franjas como de cebra—. Mateo —le habló mi tía—. Mateo.

Él miró a nuestra tía, pestañeando.

—¿Por qué estás tan cansado? —preguntó Vera—. Eres un hombre joven. ¿Dónde está tu energía? ¿Tienes esa enfermedad del beso? ¿El Epstein-Barr? —sacudió la cabeza.

Reí.

—De hecho, tienes que besar a alguien para tener mononucleosis —dije.

—¡Dios mío! Lo único de lo que estoy enfermo es de que todo el mundo se meta constantemente en mis asuntos —espetó, recogiendo su café y su pastelillo.

Salió del departamento dando un portazo.

—Bueno, está bien, entonces —murmuró papá.

Vera levantó las manos.

—¿Sabes? Él no trae esto de nuestro lado de la familia —dijo mi tía.

Mamá frunció la boca.

—Ni siquiera se te ocurra empezar… —le advirtió ella a *tía* Vera.

Podía oír el *pum, pum, pum* de los zapatos de mi hermano en las escaleras metálicas. Y luego, *pom, pom, pom*, más rápido, más fuerte, ascendente. La puerta se abrió lo suficiente para que Mateo metiera su cabeza rizada de nuevo.

—Mmm, siento que eso salió agresivo —explicó mansamente—. En realidad, yo iba para pasivo-agresivo.

Mi madre asintió.

—Gracias por aclararlo —dijo ella.

Mateo hizo una mueca.

—Bien, genial. Porque en realidad no quiero estar afuera, así que, sí —mi hermano se deslizó de nuevo en el departamento, se fue por el pasillo y cerró la puerta de su habitación suavemente detrás de él.

—Intenta no parecer tan engreída, Dolores —me advirtió mi madre—. Compartes ADN con ese chico.

Me estremecí.

—Iuu. No me lo recuerdes.

***

Yo: Entonces, creo que eso lo pone al día de lo que ha pasado.

Sacerdote: Ya veo.

Yo: Me quedan cuatro días para arreglarlo, para demostrarle a Shae y a todos los demás en esa fiesta que no soy sólo ese episodio vergonzoso. Que soy una persona, no un chiste, no una estúpida broma.

Sacerdote: Te estás presionando mucho para cambiar la opinión de los demás. ¿Es eso algo que realmente puedes controlar, siendo realistas?

Yo: No me venga con esa porquería de terapia. Piense en esto como un trabajo de misión. Ir y convertir a la gente a mi perspectiva. No puede actuar como si eso fuera descabellado, señor, no desde donde está sentado.

Sacerdote: Si te refieres al colonialismo de la Iglesia Católica, que lo hayamos hecho no lo hace correcto. Y espero que no tengas la intención de cometer un genocidio para transmitir tu punto de vista.

Yo: Por supuesto que no. Sólo voy a… ¿por qué siempre hace esto?

Sacerdote: ¿Qué, hija?

Yo: Hacerme sentir que estoy haciendo algo estúpido. Tengo un plan. Ya se lo dije, no voy a ir sola, tengo a Terpsícore. Ella es mi boleto de entrada.

Sacerdote: ¿Crees que ella quiere eso?

Yo: Creo que ella quiere ayudarme. Como yo quiero ayudarla a ella.

Sacerdote: Y si tú restauras tu amistad de la infancia a su antigua gloria, ¿qué pasará con esta chica entonces?

Yo: Ella también habrá conseguido lo que quiere y podremos separarnos. Usted está haciendo de esto un problema más grande de lo que es.

Sacerdote: Bueno, parece que lo has pensado detenidamente.

Yo: Usted no lo aprueba. Me doy cuenta por su tono de voz.

Sacerdote: ¿Te importa mi aprobación?

Yo: No… Es sólo que… En realidad, no es *usted*.

Sacerdote: Es lo que represento.

Yo: ¿Sabe? Si hay un Dios, me gustaría que ese, no sé, ser, fuerza o lo que sea estuviera de acuerdo con lo que yo esté haciendo. Para que Dios pudiera engrasar las ruedas, supongo.

Sacerdote: ¿Y si las ruedas están atascadas y chirriantes?

Yo: Yo era feliz cuando era amiga de Shae. ¿No quiere Dios que yo sea feliz?

Sacerdote: Dios no promete a nadie la felicidad. Piensa en…

Yo: Claro. Los *santos*. Toda una pandilla de locos alegres. Tengo que irme, señor.

~~~~~~~

Aquella noche, cuando saqué mi maleta de debajo de la cama, descubrí que estaba llena de polvo. ¿Cuándo había sido la última vez que me había quedado a dormir en casa de Shae? Seguro que no había pasado tanto tiempo. Me senté en la cama e intenté recordar.

~~~~~~~

INTERIOR DE LA MANSIÓN LUDEN, POR LA NOCHE, DIEZ MESES ANTES

La cámara nos lleva a través de las opulentas texturas del mundo de los Luden: pisos de mármol, barandales de hierro forjado, cortinas de seda. CRIADAS con largos vestidos negros y suaves gorros y delantales blancos suben y bajan por la escalera doble, puliendo y lavando al son de la música de un alegre clavicordio. Seguimos a una CRIADA hasta la recámara de SHAE. Ella abre la puerta y descubre una cama king-size con un dosel gigante, cubierta con telas extravagantes y borlas. SHAE y DOLORES están sentadas una al lado

de la otra, apoyadas contra los numerosos
cojines decorativos, comiendo chocolates
de una caja dorada.

                    SHAE
          ¡Ahí estás, Glenhilda, el fuego se
          ha enfriado! Podríamos morir en
          esta habitación tan grande.

SHAE da unas palmadas. La CRIADA agacha
la cabeza y se ocupa obedientemente de la
chimenea frente a la cama. El fuego crepita
cuando ella lo atiza con uno de esos palos
de metal retorcidos. DOLORES observa cómo
se marcha la CRIADA y se vuelve hacia su
amiga.

                  DOLORES
          No tienes ni idea de la suerte que
          tienes.

        SHAE (tirando con gesto distraído
            su collar de diamantes)
          ¿Mmmm? Oh, supongo.

SHAE se echa hacia atrás sobre las
almohadas y tira la caja de costosos
chocolates al suelo. Las envolturas oscuras
y brillantes de las golosinas esparcidas
reflejan el resplandor del fuego. DOLORES
frunce el ceño.

DOLORES

Yo todavía estaba comiendo. ¿Qué
te pasa, Shae?

SHAE

Nada. Todo. Ay, Dolores, es
demasiado para explicarlo. Pero
tal vez...

DOLORES

¿Tal vez?

SHAE

Tal vez podría explicarlo mejor
si tu apuesto hermano estuviera
aquí.

Dolores jadea cuando un tambor suena
dramáticamente.

DOLORES

¿Mateo? Tú ya sabes que su corazón
le pertenece a Johann, el guapo
artista alemán. El amor de mi
hermano por él es no correspondido
y, sin embargo, inquebrantable.
Además, tú eres una chica.

SHAE

¡Pero piensa, Dolores! Si Mateo
y yo nos casáramos algún día,

entonces tú y yo seríamos hermanas
de verdad.

DOLORES se levanta, necesita despejar
su cabeza. Se agarra a un pilar tallado
de la cama con dosel. Sus uñas se clavan
en la madera. De cara a la cámara, regaña
a su delirante amiga.

                    DOLORES
          Imposible. Debes superar tu tonto
          enamoramiento de colegiala.

                    SHAE
          Está bien. Pero no puedo quedarme
          aquí sentada ni un momento más.

SHAE se levanta y avanza decidida hacia el
clóset. Tira al suelo espléndidos vestidos
y finas blusas con creciente frustración.
DOLORES la sigue. Confundida, intenta
recoger el vestuario desechado.

                    DOLORES
          ¿Qué estás haciendo?

                    SHAE
          Lucie, calle abajo, está dando
          una fiesta de despedida. Nos
          dejaría entrar. Y siempre hay
          chicos allí.

DOLORES ríe. SHAE se paraliza y se gira
para mirar a DOLORES por encima del hombro
con una ira latente. Empuja a su amiga y
vuelve a la recámara principal, donde se
arroja sobre su cama. Una vez más, DOLORES
la sigue.

> DOLORES
> Espera, pensé que estabas
> bromeando. ¿Lo decías en serio?

> SHAE
> ¿Y qué si así fuera?

La cámara se detiene en el puchero de SHAE.
Seguimos su mirada hacia el otro extremo de
la habitación, donde un punto de la pared
está enteramente dedicado a la conmemoración
de la amistad de las dos chicas. Talones de
billetes y recuerdos, fotografías, mechones
de cabello. Las imágenes cobran vida,
creando un montaje de recuerdos reproducidos
sobre una tierna banda sonora. Podemos
ver a las niñas tal y como eran cuando
se conocieron (todavía interpretadas por
sus versiones actuales), niñas de cuatro
años en preescolar, hurgándose la nariz la
una a la otra. Las vemos crecer mientras
aprenden a montar en bicicleta. Construyen
un volcán de papel maché. Van de picnic
al parque. Se suben a una montaña rusa.

Tienen su primer periodo. SHAE se incorpora bruscamente, poniendo fin a la música y a la emotiva presentación de diapositivas. Habla despacio, con voz pesada.

                    SHAE
          ¿Nunca te cansas de esto, Dolores?

DOLORES sacude la cabeza. Se apresura a tomar la mano de su amiga mientras se arrodilla junto a su cama.

                    DOLORES
          ¿Nunca me canso de qué? ¿De ti?
          Nunca. Tú ya lo sabes.

                    SHAE (débilmente)
          Pero nos conocemos desde siempre.
          ¿Cómo sabes que no hay mejores
          amigos para ti allá afuera?

DOLORES se lleva cariñosamente la mano de su amiga a la mejilla.

                    DOLORES
          Estás histérica. Deja de
          preocuparte. No me iré a ninguna
          parte. Te lo prometo.

                    ~~~~~~~

Habíamos dejado de tener pijamadas. No recordaba exactamente por qué, pero sentía que estaba relacionado con mi vejiga. Mi diagnóstico. Quiero decir, las noches eran siempre las peores, recostada en la cama mirando al techo e intentando no pensar en que tenía que hacer pipí. Incluso cuando me deshidrataba, los síntomas seguían ahí. Tuve que explicarle todo esto a mi madre después de que me quedé dormida con una almohadilla eléctrica en los pantalones y desperté con los genitales tostados. Mamá me dijo que tenía suerte de no haberme hecho barbacoa al llevarme de vuelta al departamento. Después de eso, me hizo cambiar a una bolsa de agua caliente, pero no funcionaba y ni siquiera merecía la pena el esfuerzo. Nada de eso encajaba con una pijamada.

Tiré del cierre atascado de mi maleta. ¿Y si hacía algo embarazoso mientras estaba en casa de Terpsícore? ¿Y si no podía dormir? ¿Y si no desempeñaba bien mi papel de mejor amiga modelo? ¿Y si había algo intrínsecamente malo en mí que había hecho que Shae dejara de…?

Decidí que ya era suficiente de darle vueltas a todo. No tenía sentido pensar en ello por ahora.

Capítulo diecisiete

Al día siguiente, mamá me dejó en casa de los Berkenbosch-Jones. Casimir estaba empujando uno de esos cochecitos rojos y amarillos de Fisher-Price para niños pequeños por el camino de la entrada. Las ruedas del cupé de plástico hacían un ruido estrepitoso contra el cemento. No era un ruido agradable.

—Hola, Casimir —dije al pasar junto a él, con mi maleta de lona sobre un hombro.

—¡Quítate del camino! —gritó él—. ¡Te voy a atropellar!

Terpsícore estaba sentada en el porche. Se veía miserable, tenía los dedos tapándose las orejas. La puerta principal estaba abierta detrás de ella, y podía oler algo dulce horneándose dentro.

—Parece que Casimir está jugando a furia al volante.

Recogí la pelota antiestrés de Terpsícore, abandonada en el escalón de al lado, y me senté con la maleta en el regazo.

—Es ruidoso y está dañado y huele a queso y sus manos están *siempre* pegajosas —continuó Terpsícore, estremeciéndose—. No parece posible que una persona pueda encapsular todas las peores experiencias sensoriales, pero él lo consigue. En verdad, lo logra.

Me había dado cuenta de que cuanto más tiempo pasaba con Terpsícore, menos me miraba, de hecho. Su mirada penetrante e inquebrantable se reservaba ahora para sus manos, sus pies o la parte superior de sus rodillas. El contacto visual entre nosotras había desaparecido casi por completo. Me sentía aliviada.

—¿Hay algo que te guste de tenerlo aquí? —le pregunté, apretando la pelota antiestrés.

Terpsícore lo pensó por un segundo.

—Ahora mamá compra jugo. Antes nunca compraba jugo. Demasiada azúcar.

Las dos estuvimos sentadas un rato sin hablar, observando a Casimir mientras jugaba. El niño era demasiado grande para entrar en el cochecito rojo, así que abrió una de las puertas de plástico y metió una pierna dentro, y apoyó una mano en el volante. Luego, se puso a caminar arrastrando los pies mientras hacía ruidos de motor.

Dentro de la casa, sonó un temporizador y Terpsícore se levantó como si hubiera sido expulsada por una tostadora.

—Madre, ya pasaron diez minutos —anunció, dirigiéndose al interior—. Voy a entrar ahora.

Al moverme para poder ver a través de la puerta, oí la voz de la señora Berkenbosch-Jones en la cocina.

—Terpsícore, espera, tengo que sacar esto del horno —la alarma seguía sonando.

—Dije que lo vigilaría durante diez minutos —Terpsícore ignoró a su madre y se dirigió a su recámara—. Ya pasaron diez minutos.

La señora Berkenbosch-Jones asomó la cabeza desde la cocina para verme sentada en el porche. Forzó una sonrisa.

—Dolores, ¿podrías…?

Asentí con la cabeza.

—Claro, señora Berkenbosch-Jones, yo lo vigilaré.

La mujer desapareció y la alarma se detuvo.

Cuando me di la vuelta, Casimir estaba parado en el camino, observándome.

—Hueles mal —dijo, balanceando un enmarañado osito de peluche marrón por una de sus patas—. Hueles como si hubieras desayunado una caca gigante.

—La broma es para ti, Casimir —le dije—. Pues yo no he desayunado.

Me sacó la lengua y procedió a soplarme una trompetilla en la cara. Luego, se metió en casa. Terpsícore no bromeaba. El chico *estaba* dañado.

—Gracias, Dolores —dijo la señora Berkenbosch-Jones, apareciendo detrás de mí con un delantal manchado de harina—. Terpsícore no parece entender la supervisión que Casimir requiere. Pero ya aprenderá, supongo. Su madre va a regresar hasta enero.

Me levanté y tomé mi maleta.

—¿Por qué no…? —continuó, abriéndome la puerta.

Era mi turno de lanzarle un monólogo improvisado.

—Oiga, estaba pensando en lo emocionada que estoy por entrar a Jackson en septiembre —interrumpí, dando un paso dentro—. Para noveno grado, ¿recuerda?

—Sí, por supuesto —respondió la señora Berkenbosch-Jones. Se limpió las manos en el delantal—. Qué bien. Espero que sea algo bueno para ti.

Tomé aire.

—Bueno, es que creo que sería muy divertido que Terpsícore y yo pudiéramos ir juntas a la preparatoria —aclaré—: A Jackson. Sé que ella encajaría perfectamente en el club de teatro, con todas sus habilidades para el vestuario y la costura. Tiene tanto talento que haría muchos amigos. Mi hermano la pasó muy bien allí.

La señora Berkenbosch-Jones frunció el ceño.

—Oh, es muy dulce de tu parte decir eso, Dolores. Pero Terpsícore es demasiado frágil —la mujer negó con la cabeza—. No, ella nunca podría soportar la escuela pública.

No podía creer lo poco razonable que era la madre de Terpsícore.

—Pero yo...

—Eso no va a ocurrir, Dolores —interrumpió con firmeza—. Lamento si eso te decepciona, pero no voy a cambiar de opinión sólo porque tú quieras explotar sus dones para el club de teatro de la escuela.

Sentí un nudo en la garganta.

—Yo no...

—Dolores —levantó la mano para detenerme—. Me alegra que estés tan interesada en ser "amiga" de mi hija. Creo que es muy generoso y compasivo de tu parte.

¿Generoso y compasivo? Quería preguntar: *¿Qué hay de "generoso y compasivo" en eso?* Pero las palabras se secaron en mi lengua y dejaron un sabor agrio como de leche pasada.

—Pero ella *nunca* irá a Jackson —continuó la señora Berkenbosch-Jones, mirándome fijamente por encima del borde metálico de sus gafas—. Y si oigo una sola palabra más al respecto, tendré que reconsiderar si eres una buena influencia en su vida.

Me quedé allí parada, sujetando la maleta de lona contra mi pecho como si pudiera protegerme de la exasperante condescendencia de aquella mujer. Sentí como si me hubiera sacado el aire de los pulmones, los hubiera sellado al vacío y los hubiera puesto en un congelador para más tarde. Nunca había conocido a una persona como la señora Berkenbosch-Jones, alguien capaz de desmembrarte con una sola mirada y todo sin levantar siquiera la voz.

—Espero haber sido clara —añadió.

Recordé aquel día en la heladería. Le había *prometido* a Terpsícore que convencería a su madre para que la inscribiera en la escuela. Ése era nuestro trato. Ésa era la razón por la que ella estaba arriesgando su libertad para venir conmigo a la fiesta del sábado. Pero eso había sido antes de que conociera a la señora Berkenbosch-Jones, cuando pensaba que la tarea consistiría simplemente en demostrar que Terpsícore podía hacer una amiga. Ahora sabía que no iba a poder cumplir mi parte del trato.

—Perfectamente clara —dije, forzando una sonrisa—. No se preocupe.

~~~~~~~~~

Después de la cena, una parte de la cual Casimir aplastó contra el mantel, Terpsícore y yo volvimos a su recámara.

—¿Se te ocurrió una historia para el vestido verde? —pregunté, dándome cuenta de que el maniquí estaba ahora en medio de la habitación.

—Tal vez —dijo, arrodillándose frente a él—. No estoy segura —hizo rodar el dobladillo entre sus dedos.

Me pasé la lengua por los dientes.

—¿Quieres… mmm… quieres ayuda?

Terpsícore rio, y el sonido hizo que mis mejillas enrojecieran de vergüenza.

—Claro —añadí, tensando la mandíbula—. Supongo que en realidad no puedo ser de mucha ayuda si no sé nada de costura. Fue estúpido por mi parte ofrecerlo.

Terpsícore ladeó la cabeza, con expresión repentinamente seria.

—¿Quieres aprender?

Me encogí de hombros.

—Quiero decir, claro, supongo.

Se acercó a su escritorio y tomó unas tijeras.

—¿Te gusta tu camiseta? —preguntó.

Me aparté de las tijeras.

—¿Qué?

La chica movió su peso con impaciencia, pandeando los tobillos.

—Es demasiado grande para ti, Dolores. ¿Te gusta?

—No, en realidad no. Era de Mateo.

Terpsícore extendió su mano libre.

—Quítatela y dámela —cuando vacilé, puso los ojos en blanco—. Dijiste que querías aprender.

Todavía me sentía insegura, pero pasé la camiseta por encima de mi cabeza y me quedé ahí torpemente, en mi top deportivo.

—Pero ¿qué me voy a poner?

Tomó mi camiseta.

—Te pondrás esto cuando terminemos. Excepto que esta vez será mejor —fue muy amable por parte de Terpsícore incluirme en el *terminemos*, aunque estaba segura de que sería ella quien haría todos los arreglos. Con sus tijeras, cortó todas las costuras de la camiseta hasta que no le quedaron más que retazos beige de varios tamaños—. Coser ropa es hacer tridimensionales las formas planas, explicó—. Así que, si lo desmontas todo por las costuras, obtienes estas formas planas —abrió un cajón y sacó una cinta métrica—. Cuando haces un cambio en las formas planas, cambia el aspecto posterior del producto tridimensional. Brazos arriba.

Sin previo aviso, el brazo de Terpsícore me rodeó el torso mientras envolvía mi pecho con la cinta métrica. Di un respingo.

—Brazos abajo —me ordenó, estudiando el número donde se superponía la cinta. Lo que significaba que me estaba mirando directamente el pecho izquierdo. Mi pezón, poco acostumbrado al contacto, había decidido hacer acto de presencia. No pasó desapercibido.

—Tienes las manos frías —mentí, muriéndome interiormente de humillación.

Ella retiró la cinta.

—Lo siento.

Me crucé de brazos, metiendo los dedos en las axilas.

—Y entonces, mmm… —señalé el escritorio con la barbilla—. ¿Qué sigue?

Terpsícore sacudió la cabeza.

—Sí, claro. A continuación, utilizaremos tus medidas para que la prenda te quede bien —colocó una regla a lo largo de una de las piezas de algodón y la marcó con una pluma—. Lo que significa que tendremos que dejar algo de espacio para que se ajuste cómodamente y un poco más para las costuras. La parte de abajo es la peor: demasiado larga para tu torso corto.

—Oh.

Terpsícore reunió las piezas y las llevó a una máquina blanca con cuatro conos de hilo encima. La seguí.

—Coseré esto con mi máquina para hacer que las costuras queden limpias —dijo, sentándose y encendiendo la máquina. Poco a poco fue introduciendo los trozos de camiseta, que la máquina masticó con ruidosa urgencia. Me quedé detrás de su silla y me pregunté por qué no le molestaba el ruido de la máquina. Cortó los hilos, liberó la camiseta y le dio la vuelta—. Ya está —dijo, pasándomela—. Póntela.

Estudié su trabajo con asombro en el espejo del baño.

—Parece tan diferente —dije al volver a su habitación.

—Eso espero —dijo, soplando pelusas de su ansiosa máquina. Cuando nos pusimos las pijamas, le entregué mis pantalones deportivos.

—Hazlo otra vez. Y explícalo más despacio esta vez.

Terpsícore me enseñó a medirme con precisión y a unir las telas con alfileres, e incluso me hizo cortar las piezas a lo largo de las costuras. Pero me dijo que yo todavía no estaba preparada para usar la máquina. Al igual que la camiseta, los pantalones pasaron de ser una prenda de segunda mano de mi hermano a algo que parecía mío.

—Eres muy buena para esto —le dije, sentándome en el suelo contra su cama.

Apagó la máquina.

—Lo sé.

—Ojalá yo fuera buena para algo —añadí, doblando las piernas hacia mi pecho—. O sea, lo único que tengo a mi favor es una guía local de cuartos de aseo o baños.

Terpsícore se sentó a mi lado.

—¿Qué es eso?

—Escribo dónde está un baño y qué tipo de amenidades tiene y luego le doy una puntuación de una a cinco estrellas. Como si fuera una crítica escrita para una sofisticada revista —engolé la voz—. "Baño #36: Palacio Chino: este baño está bien cuidado y mantiene el tema de la decoración del restaurante con papel tapiz rojo y dorado, un lavabo en cascada, bambú en macetas y un suelo de baldosas negras. El fallo imperdonable, sin embargo, es que en lugar de una fila de cubículos en la pared, hay una columna de privados donde uno entra por el lado del escusado y usa el baño directamente delante o detrás de otra persona. Esto da al ocupante la inquietante sensación de estar en el peor tren del mundo. Una estrella" —me encogí de hombros y cambié a mi entonación normal—. Cosas así.

Terpsícore me miraba con fascinado interés.

—Ésa es información *muy* útil, Dolores —dijo.

—Es sobre todo una broma, en realidad —expliqué—. Es algo que empecé a hacer cuando me diagnosticaron. Me hacía sentir mejor, supongo.

—Suena útil —se frotó los bordes de las uñas—. Odio usar los baños públicos, porque nunca sé qué esperar. Y aborrezco los inodoros automáticos.

—Sí, esos siempre le bajan media estrella a la calificación.

—Por favor, ¿me darías una copia? —me pidió.

—O sea, claro —apoyé la cabeza en el borde del colchón—. Por cierto, nadie más sabe que estoy haciendo eso. Evaluar los baños.

Terpsícore negó con la cabeza.

—¿Por qué no lo cuentas? Te hace infinitamente más interesante.

Fruncí el ceño.

—Creo que a la gente le parecería raro.

—Todo el mundo usa los baños —dijo emocionada—. La combinación de tu vejiga deficiente y de tu mente orientada a la investigación te coloca en una posición excepcional para relatar tus experiencias en beneficio de innumerables personas neurodivergentes o con problemas de movilidad o incluso aquellas que, como tú, tienen que orinar con frecuencia —levantó una mano—. Imagínate, toda una comunidad compartiendo calificaciones de baños por todo el país. Podría ser un movimiento.

Reí. Terpsícore me miró confundida.

—¿De qué te ríes? —me preguntó.

Me froté la frente.

—No, es estúpido.

—Dímelo.

—Es sólo... tú llamándolo... un movimiento de baños —solté una risita.

—No lo entiendo.

—Te dije que era una estupidez —bostecé y miré mi teléfono. De alguna manera, ya era la una de la madrugada—. Ya se pasó mi hora de dormir, así que voy a hacerme un nido aquí mismo —saqué una manta de mi maleta— y me voy a dormir.

Terpsícore se frotó las uñas antes de hablar.

—Puedes dormir en mi cama conmigo —replicó lentamente—. Siempre y cuando tomes el lado junto a la pared y no compartamos manta.

—De acuerdo —dije—. Pero probablemente tendré que levantarme un montón de veces para orinar.

—Está bien —respondió ella.

La cama de Terpsícore era pequeña. Con las luces apagadas, estaba demasiado oscuro para vernos, pero podía sentir el contorno de su cuerpo junto al mío, la forma en que su respiración silenciosa apenas movía las sábanas. Shae y yo habíamos compartido cama, una king-size con una barrera de almohadas entre nosotras. Era una sensación totalmente distinta descansar junto a Terpsícore. Intenté quedarme total y absolutamente quieta para no despertarla. Entonces, en la oscuridad, oí una risa ahogada. Volvió a hacerse el silencio y, ni medio minuto después, se oyó esa risa por segunda vez.

—¿De qué te ríes? —pregunté.

Terpsícore rodó sobre su espalda.

—Acabo de entenderlo —susurró—. *Movimiento de baños.* Como movimiento intestinal, ¿cierto?

Eso me hizo reír, lo que hizo que ella volviera a empezar. Comenzamos a reírnos a carcajadas. Cada resoplido o *shhh* empeoraba las cosas y, al final, tenía lágrimas en las mejillas y me dolían todos los músculos de la cara.

—¡Imagina lo útil que será la guía en la preparatoria el año que viene! —dijo Terpsícore, cuando por fin recuperó la capacidad de hablar—. Odio la idea de usar un baño no inspeccionado. Eres muy lista, Dolores.

De repente, se me quitaron las ganas de reír. Me desplacé contra la pared.

—Gracias —contesté.

—¿Qué calificación le diste a mi baño? —preguntó Terpsícore.

—Una estrella —respondí con un tono de disculpa, aunque internamente sentí un alivio extraordinario por haber cambiado de tema—. Pero no es culpa tuya.

—Lo sé —la oí suspirar—. Casimir no tiene buena puntería.

Capítulo dieciocho

Cuando desperté, Terpsícore ya estaba de pie, encorvada sobre mí, iluminada por el sol de la mañana. Sus piernas, a horcajadas sobre mi cuerpo, sobresalían en ángulos extraños de su largo camisón de flores. Con una fuerza sorprendente, frotaba el centro de mi pecho con sus nudillos.

—¡Ay! Dios mío, ¿qué estás haciendo? —jadeé.

Sobresaltada, Terpsícore cayó sobre mi abdomen, dejándome sin aliento.

—Estás viva —dijo, jadeando ligeramente. Hizo una inhalación profunda, como si quisiera recuperarse de un susto terrible—. No estabas respirando.

—Por supuesto que estaba respirando —me atraganté. Era engañosamente pesada para ser alguien tan delgada.

Terpsícore sacudió las manos.

—No parecía.

—¿Qué? —tosí.

Mis ojos comenzaban a enfocar lo suficiente para distinguir la expresión de alivio en el rostro de Terpsícore.

—Tenías la piel fría y la mandíbula floja de una forma bastante inquietante. Luego, empezó a sonar tu teléfono y ni siquiera te inmutaste.

Me pasé la mano por el pecho. Estaba segura de que debía estarse formando un tremendo moretón bajo mi camiseta.

—¿Qué me hiciste? —pregunté.

—Masaje esternal —explicó Terpsícore, estirándose para tomar sus gafas de la mesita. Es una técnica utilizada por los profesionales de urgencias para reanimar a alguien que está en estado de inconsciencia.

—Genial —chillé. El afilado coxis de Terpsícore se clavó en mi vejiga—. ¿Vas a seguir sentada encima de mí? —pregunté, intentando zafarme.

Se quedó en silencio por un momento.

—No —dijo por fin, y se deslizó hacia un lado como si estuviera desmontando un caballo. Se sacudió el camisón alrededor de los tobillos y se bajó de la cama.

—Deberías estar agradecida —añadió Terpsícore, acercándose a su cómoda—. Podría haber hecho algo peor. Históricamente, los médicos solían clavar agujas bajo las uñas de los pies de los pacientes para asegurarse de que estaban realmente muertos y evitar que fueran enterrados vivos —se puso unos pantalones.

—Qué imagen tan reconfortante, Terpsícore, gracias —me senté y me froté los ojos.

Terpsícore sacó su camisón por encima de su cabeza. Aunque ella estaba de espaldas, pude ver que estaba desnuda de la cintura para arriba. Desvié la mirada. Bueno, casi.

Sin embargo, ella no parecía preocupada por el pudor. En lugar de eso, se quedó mirando uno de los edredones de la pared y desdobló reflexivamente una camiseta de tirantes.

—El dolor es lo que nos dice que estamos vivos —dijo finalmente Terpsícore—. ¿No es interesante?

—Es morboso —me burlé, frotándome el dolor de la CI en la parte superior de los huesos de la cadera.

Terpsícore me miró por encima de su pálido hombro.

—Eso es lo que significa tu nombre —dijo—. ¿Lo sabías?

Me clavé los pulgares en la columna.

—¿Saber qué?

—*Dolor* —continuó Terpsícore, suavizando la boca alrededor de los bordes de la palabra del mismo modo que papá y *tía* Vera—. En español y en latín, esa palabra significa "dolor".

Me encogí de hombros y vi cómo se pasaba la camiseta por la cabeza y se la fajaba dentro del pantalón.

—Bueno, no todas podemos ser diosas griegas.

La puerta de la recámara se abrió y Casimir asomó su cabecita sudorosa al interior para mirarnos. Y no me extraña que estuviera sudado. El chico llevaba un pesado abrigo de invierno a pesar de que la temperatura había estado por encima de los treinta grados durante toda la semana.

—¿Puedo tomar tus tijeras, Terpsícore?

—No —respondió ella con voz desinteresada.

Él estrujó la cara.

—No es para cometer un delito —dijo, colgándose de la perilla de la puerta y balanceándose de un lado a otro. Algo en su abrigo me pareció raro, pero no pude precisarlo.

—Puedes usar las tijeras de seguridad que te regaló mamá.

—Ésas no funcionan —gimió él, golpeándose la frente contra el borde de la puerta. Presionó su cara en la madera hasta que su nariz quedó aplastada—. Terp-sí-co-re-ee-ee-ee —gimoteó.

Justo entonces, algo empezó a moverse, retorciéndose al estilo alienígena dentro del pecho de su abrigo.

—No lo hiciste… —los ojos de Terpsícore se abrieron de par en par.

El chiquillo se irguió, haciendo un puchero.

—No es nada —al darse cuenta de que su prima no le creía, Casimir se lanzó hacia la puerta.

Terpsícore lo atrapó por la manga suelta.

—Devuelve la gallina de la señora Reyes a su corral en este instante.

Como un lagarto que se deshace de su cola, Casimir se desabrochó el abrigo y se zafó de Terpsícore. Cuando lo hizo, una enorme gallina amarilla aleteó infeliz en el suelo, parpadeando y esponjándose para orientarse. Aprovechando el caos, Casimir, ahora medio desnudo, corrió por la casa, dejando a la pobre y disgustada ave abandonada en la base del tocador.

—Despreciable diablillo —espetó Terpsícore, chasqueando los dedos—. ¡Pequeño mutante endiablado!

El ave agitó las plumas, emitió un trino nervioso y sus uñas chasquearon contra la madera. Mi teléfono, guardado en el bolsillo exterior de la bolsa, empezó a sonar. La gallina lo picoteó con entusiasmo.

—Parece que ya llegaron por mí —dije, usando el pie para apartar la gallina de mi maleta—. ¿Está bien si me voy ahora? —pregunté—. Lamento que sea tan abrupto.

Terpsícore recogió el abrigo abandonado y lo lanzó encima de la gallina.

—Sí, yo puedo encargarme de esto.

Me levanté.

—Entonces, acerca del sábado —le dije, agarrando mi maleta—. Mateo y yo pasaremos por ti.

Terpsícore se agachó, puso las manos a ambos lados del bulto gorjeante y lo levantó.

—Depende de lo que diga mi madre —me contestó.

—Pero intentarás convencerla, ¿cierto? —retrocedí hacia la puerta—. Quiero decir, en realidad es a ti a quien invitaron.

Terpsícore suspiró.

—Sí, Dolores —dijo, sonando ligeramente agraviada—, ya lo habías mencionado.

〰〰〰〰〰

Cuando salí, me sorprendió descubrir quién estaba al volante del Corolla.

—Hola, papá —dije, rodeando el coche para abrir la cajuela.

Mi padre se giró todo lo que le permitieron la barriga y el cinturón de seguridad.

—Espera, *mija*, no...

—Sólo estoy metiendo mi maleta... —me quedé sin palabras cuando accidentalmente expuse el secreto que mi padre estaba tan ansioso por ocultar. La cajuela estaba absolutamente repleta de cajas de cartón, cada una con un extraño logotipo en forma de remolino estampado en las seis caras. Cerré la cajuela de golpe y me senté en el asiento del copiloto, con la maleta sobre mi regazo.

Papá se aclaró la garganta y encendió la radio.

—Mamá está ayudando a Mateo con un gran pedido en la imprenta —dijo, moviendo el coche del lugar donde lo había estacionado—. Así que me ofrecí para venir a buscarte. Para pasar un rato contigo, los dos solos —me sonrió con timidez—. Estás creciendo demasiado rápido.

—¿Qué hay en la cajuela, papá? —apreté la mandíbula—. ¿Es la mercancía de la señora de la estafa piramidal?

Forzó una risa.

—Lo dices como si tuviera algo ilegal en el coche.

—Ojalá así fuera —dije—. Puedes vender cosas ilegales. Un par de *kilos* de marihuana. Órganos en el mercado negro. Queso sin pasteurizar. Hay demanda para ese tipo de cosas —negué con la cabeza—. Mamá dijo que irías a cobrarle.

—No te preocupes, Dolores —papá encendió las luces direccionales.

Nos mantuvimos en silencio durante un rato. Apoyé las rodillas en el tablero y redondeé la espalda en el asiento del coche. ¿Para qué serviría una vejiga? Era posible vivir sin una, pasar directo a una bolsa externa de urostomía sin terminaciones nerviosas. No podría dolerme si me la quitaban, ¿cierto? ¿Y por qué no sacar provecho del pequeño globo de carne? ¿Por qué no enviarlo como espécimen médico a un hospital de investigación? O tal vez algún artista lo compraría para una obra moderna sobre la apatía de la medicina hacia el dolor femenino. Demonios, no me importaba si acababa relleno de avena y cebolla, el elemento definitorio de un haggis caníbal costosísimo. A los ricos de las películas de terror les encantaban esas porquerías raras.

—Todo está bien —me tranquilizó mi padre.

Le devolví la mirada.

—¿Mamá lo sabe? —pregunté.

Frunció los labios.

—Ella sabe que recibí una compensación por el trabajo —respondió—. Lo único que tengo que hacer ahora es encontrar a alguien que quiera dedicarse a vender productos holísticos para la piel. Son ingredientes naturales, puedes ponértelos en cualquier parte del cuerpo, e incluso se puede usar en perros, gatos…

—Dios mío —murmuré.

—Es dinero real, *mija*. Sólo que se necesita dar unos pasos más para conseguirlo —se encogió de hombros—. Incluso cobrar un cheque requiere algunos pasos extra.

—Papá...

Se detuvo en el callejón.

—Le contaré todos los detalles a tu madre cuando tenga el dinero en la mano —su risita tomó demasiado aire y sonó más como una serie de jadeos—. Entonces, esto sólo será una historia divertida —como no le contesté, sacó la cartera y me entregó cuatro billetes de un dólar—. Toma, ¿por qué no vas por unos conos de helado para ti y tu hermano?

—Cuesta más que eso —le dije.

—¿En serio? —rebuscó en su cartera hasta encontrar un billete de cinco—. Ya está, ¿qué tal ahora?

—No puedo evitar sentir que estás comprando mi silencio —dije, tomando el dinero.

Levantó una ceja, indignado.

—¡No, yo nunca haría algo así! Sólo... —miró hacia el departamento—. Guárdatelo para ti. No querrás que un pequeño malentendido se convierta en algo desproporcionado. Ya sabes cómo es tu madre. Ella no tiene *la visión*. Pero tú sí, ¿verdad, *mija*?

A mi padre le sudaba el labio superior a través de la barba incipiente. Podía ser el calor, pero también el miedo. Se me hizo un nudo en las entrañas.

—Claro, papá.

Papá sonrió.

—Eres una buena chica, Dolores —dijo él.

Estaba equivocado.

La joven mamá con la carriola estaba de nuevo en la heladería. Esta vez, sin embargo, llevaba al bebé atado al pecho con un gran trozo de tela elástica. La cabecita peluda del bebé asomaba por la parte superior, metida justo debajo de la barbilla de la señora. Estaba parada al otro extremo del mostrador, coqueteando con Lagrimita mientras él cambiaba un nuevo bote metálico de "Huracán de avellanas". Me di cuenta de que cambiaban de sabores con bastante regularidad. Había desaparecido el "Brownie y caramelo" de Terpsícore, sustituido por "Noche de películas" y "Tocino y maple".

—¡Eh, tú! —llamó Araña desde detrás de la caja registradora. Miré alrededor, segura de que le debía estar gritando a alguien más—. ¡Sí, tú! Tu familia, los vecinos de al lado —dijo—. Los Mendoza, ¿verdad?

Hice un gesto de dolor.

—Eh, sí.

—Nos mudamos aquí hace dos años y ninguno de ustedes ha venido a vernos —Araña sacudió la cabeza—. Sólo tú aquella vez. Escondida debajo de la mesa.

—Sí, lo siento.

—Estamos bien —me tranquilizó—. Pero ¿qué pasa? ¿Tu familia es intolerante a la lactosa o algo así?

—No, sólo estamos arruinados —confesé—. Y en general, somos bastante desconsiderados. Colectivamente.

Araña rio. De cerca, no daba tanto miedo.

—Bien, Mendoza —preguntó—. ¿Qué vas a querer?

—Dos conos de vainilla —respondí—. Uno con cubierta de chocolate, el otro solo.

—Claro que sí —sacó la cuchara cilíndrica y tomó dos conos de wafle de una pila. Solo vainilla —empezó, levantando la mirada—. Eres una purista. Lo respeto. Y nuestra vainilla es la mejor de todas las heladerías. Tal vez la mejor vainilla que puede existir. Hemos trabajado mucho para que sea perfecta —roció uno de los conos con chocolate de una botella transparente—. El helado es nuestra pasión, ¿sabes? Siempre intentamos mejorarlo. Pero tú entiendes que tu familia debe sentir lo mismo por... —hizo una pausa—. El grosor del papel. Y los vinilos. Las cosas que son su medio de vida.

—Nos importa un bledo el grosor del papel —dije—. Papá se enteró de una imprenta que estaba cerrando y compró todo el equipo porque salía barato —miré a Lagrimita y a la señora con el bebé. Había dicho algo que la hizo reír—. Ninguno de nosotros sabe nada de imprentas, no en realidad. Y estoy segura de que somos terribles en eso.

Araña arrugó la frente.

—Nosotros queremos unos adhesivos con nuestro logotipo. ¿Imprimen adhesivos?

Me encogí de hombros.

—No podría decírtelo. En realidad no trabajo en la imprenta. Mamá siempre ha dicho que soy demasiado torpe para estar cerca de guillotinas a presión —hice una pausa—. Pero puedo decirle a mi hermano que venga a verlos. Es el gerente.

—No, no te preocupes. Yo pasaré por ahí —Araña me dio un cono de helado y yo le entregué el dinero. Sacudió la cabeza—. La casa invita.

Me metí el dinero en el bolsillo y tomé el segundo cono.

—Gracias.

—Cuando quieras.

El mensaje de Terpsícore llegó tarde esa noche.

> Mi madre accedió para el sábado.
> Estaba renuente, pero le aseguré que tú
> eres una buena amiga y que tu familia
> es segura, y prometí que yo sería una
> invitada responsable.

Pasó un minuto, y entonces añadió:

> Ella no podrá enterarse nunca de la fiesta, en realidad.

Tecleé rápidamente, mientras la culpa recorría mi columna vertebral.

> Genial! Y no te preocupes, ella nunca
> lo sabrá.Te veo a las cinco!

Puse el celular en la mesita y me tumbé de espaldas. Me quedé mirando el techo rugoso. Si desenfocaba los ojos, los pequeños bultos como de queso cottage se transformaban en formas familiares: un oso, una cara, una tortuga encorvada sobre un zapato.

Los intestinos me burbujeaban. Pensé en ir a ver al sacerdote invisible otra vez, ahora que probablemente (definitivamente) estaba haciendo algo que se consideraba pecado. Como no había crecido yendo a la iglesia, no entendía del todo el concepto. Así que la palabra *pecado* siempre me había parecido sexy, como robar esmalte de uñas en una tienda, beber un trago de vodka a escondidas o terminar con un chupetón en el cuello. El pequeño diablillo en el hombro de las caricaturas parecía motivado por cosas que hacían sentir bien. Quería que te divirtieras. Por eso era tan difícil resistirse a él, ¿cierto? Manipular a Terpsícore no se sentía sexy ni atractivo. Se sentía asqueroso. Pero ¿cuál era la alternativa? Mi amistad con Shae dependía de esto. ¿Y, de cualquier forma, qué posibilidades había de que la mamá de Terpsícore se enterara?

～～～～～～

Fue una mala noche. Entre idas al baño cada hora y un persistente malestar espiritual, dormí tanto como Ebenezere Scrooge en Nochebuena, pero sin los sermones de los espectros y el arco narrativo de la redención. No quedaba nada por hacer. Ya había preparado mi ropa, me había depilado con pinzas para estar suave como un delfín. Me había asegurado una coartada y el traslado. Los preparativos para el día siguiente estaban listos. Pero seguía sin sentirme preparada.

De esta misma manera contradictoria, el sábado pareció pasar a un ritmo glacial, pero para cuando ya estaba vestida y sentada en el coche, deseé que no hubiera pasado tan rápido. Se me debía notar en la cara.

Mateo me miró por el espejo retrovisor.

—Anímate, Bombón —suspiró, entrando en la Avenida Principal—. Parece como si fueras a un funeral.

Johann giró la cabeza para mirarme por encima del asiento del copiloto.

—¿Qué pasa, Lola?

—Nada —dije, forzando una sonrisa—. No se te vaya a pasar la vuelta, Mateo.

—¿No estás contenta de ver a tu amiga? —preguntó Johann.

—Sí, feliz como una lombriz, ¿podemos hablar de otra cosa ahora? —tragué saliva y me alisé el dobladillo de la falda—.

—¿Y tú, Johann, qué pasa contigo y tu vida social? ¿Estás saliendo con alguien?

Mateo golpeó el botón del radio tan fuerte que me pregunté si se quedaría atascado.

—Lo siento, no te podemos oír, Dolores —gritó, subiendo más el volumen—. ¿Qué dijiste?

—¡Nada! —grité por encima de la música.

Johann miró a mi hermano con expresión incómoda, casi culpable. Ninguno de nosotros dijo nada hasta que llegamos a la entrada de la casa de Terpsícore.

La señora Berkenbosch-Jones y Terpsícore nos esperaban apoyadas en la parte trasera de su coche. Terpsícore llevaba unos pantalones de lino anchos, una camiseta y una bolsa bajo el brazo. La mujer le indicó a mi hermano que bajara la ventanilla.

—Hola, Mateo, Johann, Dolores.

—Hola, señora Berkenbosch-Jones —dije, inclinándome hacia delante—. Muchas gracias por dejar venir a Terpsícore.

Ella asintió, pero su rostro parecía inseguro.

—Hablé con tu madre por teléfono para decirle que puedo pasar por Terpsícore en cualquier momento, si es necesario. De verdad: *cuando sea.*

—Estoy seguro de que ella va a estar bien —dijo Mateo—. ¿Lista para irnos, Terps?

Terpsícore se metió en el asiento de atrás, a mi lado.

—Sí, por favor —se abrochó el cinturón de seguridad sobre los pantalones extrañamente abultados y se encogió fuera de la mirada de su madre—. Ahora.

—¡Cuídate! —gritó la señora Berkenbosch-Jones, apretando sus brazos contra su pecho—. ¡Asegúrate de mandarme un mensaje antes de irte a la cama!

—Claro —respondí yo.

La mujer se quedó en el camino de entrada observándonos hasta que nos perdimos de vista. Sólo entonces Terpsícore exhaló.

—Así no es como vas a ir vestida, ¿cierto? —pregunté, inclinándome hacia ella.

—¡Dolores! —me regañó Mateo—. ¿Es ésa una pregunta amable para tu amiga?

—Sólo quería decir... —tartamudeé—. Es diferente de como ella normalmente...

—No te preocupes —dijo Terpsícore, poniendo su bolsa entre nosotros—. Tenía miedo de que mi madre sospechara algo si me arreglaba demasiado. Podría llevar algo de delineador, pero no mucho más —todavía con el cinturón puesto, se quitó los pantalones—. Puedo cambiarme por el camino.

Johann se tapó los ojos.

—¡Noooo! —gritó Mateo, golpeando el volante—. Las. Menores. De. Edad. No. Se. Desnudan. En. Mi. Coche.

Terpsícore arrugó la frente.

—Pero es el coche de tu madre, ¿cierto?

—Ése no es el punto, Terps —dijo Mateo—. Estamos en la calle principal. No te quites los pantalones.

—Lleva algo más debajo —expliqué, poniendo los ojos en blanco.

Mateo nos miró en el espejo.

—Oh, está bien —dijo, aliviado—. Una especie de momento de cambio rápido tras bastidores. Bien hecho, entonces.

—Eso es exactamente lo que es —dijo ella, maniobrando alrededor de su cinturón de seguridad para quitarse la camiseta—. Me inspiré en la *Cenicienta* de Rodgers y Hammerstein, al final del primer acto. Los dos vestidos más bonitos de la obra, ocultos por la corsetería, los volantes y las capas, se materializan sin esfuerzo a partir de los trajes de los actores —se detuvo, con el brazo enredado entre la manga y el cinturón de seguridad—. Evidentemente, no tengo presupuesto para una transición tan suave de "simple campesina".

—No hay muchas rimas para campesina *clandestina*, ¿verdad? —observó Mateo—. Eso en verdad debe ser un problema para el letrista, imagino.

—Clan-des-ti-na —repitió Johann, enunciando cada sílaba juguetonamente—. Me gusta mucho esa palabra. Clan-des-ti-na. Clan-des-ti-na. Clandestina —volvió a mirarnos—. ¡Oh, es un vestido muy bonito!

—Gracias —dijo Terpsícore—. Tiene bolsillos.

—¡Ése es *el* vestido! —exclamé, reconociendo de repente el terciopelo esmeralda que se desparramaba por su regazo—. El de la forma del vestido.

—Sí, lo es —la chica se quitó sus zapatos deportivos.

—¡Te ves bien, Terps! ¡Ése seguro que es digno de una alfombra roja!

Mateo tenía razón. En el vestido sin mangas hasta la espinilla, parecía una famosa estrella de cine que hubiera sido secuestrada y metida descalza en la parte trasera de nuestro sucio Corolla. Tal vez, después de todo, las locas ambiciones de esta chica tenían algún mérito. Alguien tenía que hacer los trajes para los musicales y obras de teatro y esas cosas, ¿cierto? ¿Por qué no ella?

—Es increíble —le dije—. Pero no lo entiendo, pensé que odiabas ese vestido.

Terpsícore enrojeció de orgullo mientras se alisaba la falda.

—Lo odiaba. Pero por fin encontré una historia para él —sacó un par de zapatos de tacón dorados de su bolsa—. ¿Tienes la dirección, Mateo? —preguntó.

—No la necesito —respondió él, mirando por encima del hombro mientras cambiaba de carril—. He estado conduciendo a casa de los Luden desde que obtuve mi licencia. Podría seguir este camino hasta con los ojos cerrados.

—Por favor, no lo hagas —suplicó Terpsícore.

—Estoy tan emocionado por ti —sonrió Johann—. Tu primera fiesta de juventud. ¡Qué recuerdos!

—¿Fuiste a muchas fiestas en la preparatoria, Johann? —le pregunté.

El alemán asintió.

—Sí, supongo que sí —respondió.

—Debes extrañar a todos tus amigos, ahora que estás en otro país —le dije—. Debes pensar en ellos todo el tiempo.

Johann ladeó la cabeza, con el flequillo desaliñado a un lado.

—No es así, Lola. No tengo tiempo para extrañarlos a todos. Tengo trabajo, y estudios, y gente aquí en Estados Unidos por la que también siento mucho cariño —dirigió la mirada hacia mi hermano en el asiento del conductor, pero Mateo estaba haciendo señas para que otro coche se incorporara delante de nosotros y no se dio cuenta—. Las cosas son diferentes ahora a cuando yo tenía su edad.

Arrugué la nariz. ¿Era yo la única de mi entorno inmediato que había experimentado la verdadera amistad? Quizá por eso mi hermano, mi madre y todos los demás se mostraban tan desdeñosos conmigo y con Shae. No podían entenderlo.

—¿Los padres de Shae van a estar en casa? —preguntó Mateo, saliendo de la autopista y bajando por el sinuoso camino que llevaba a la casa de los Luden.

—Probablemente —respondí—. Estoy casi segura.

—Estás *casi* segura —repitió él con suspicacia, estacionando el coche—. Eso no es muy reconfortante, Dolores.

—O sea, ¿qué se suponía que debía hacer? —me burlé—. ¿Preguntar? Qué patético habría sonado eso.

Mi hermano puso los ojos en blanco.

—Bien, sal del coche antes de que tenga tiempo de pensarlo bien —dijo él.

—Gracias, Mateo —contesté, abriendo la puerta y saliendo a la acera. Miré atrás, al coche. Terpsícore estaba congelada, mirando su regazo mientras frotaba la tela de terciopelo entre los dedos.

—Eh, hola, Terpsícore —me aclaré la garganta—. Ya llegamos.

Mi hermano se giró para mirar a la chica del asiento trasero.

—¿Sabes? —le dijo amablemente—, no tienes que entrar si no quieres —me dirigió una mirada mordaz—. No dejes que mi hermana te obligue a nada. A veces puede ser un poco intensa.

Le hice una mueca.

Terpsícore se mordió el labio y me miró.

—O sea, ya llegamos hasta aquí —exclamé.

Ella no se movió.

Tragué saliva.

—Será una buena preparación para la escuela el año que viene —la frase hizo que se me tensara la garganta como si hubiera inhalado un paquete de galletas saladas.

Ella asintió y se desabrochó el cinturón.

Capítulo diecinueve

—Será estupendo —le dije a Terpsícore mientras subíamos por el camino empedrado hasta la gran puerta principal—. No tienes de qué preocuparte. La gente te va a adorar.

—¿Tú crees? —preguntó Terpsícore, haciendo girar su anillo.

—Sí, por supuesto —pulsé el timbre—. Eres interesante, talentosa y hermosa. Además, eres nueva, así que no hay historia ni drama. ¿Qué podría no gustarles?

Miró alrededor del porche con inquietud.

—Dolores, yo...

La puerta principal se abrió y oí un grito ahogado.

—¡Dolores! —exclamó la señora Luden—. ¡Oh, Dios mío, es tan bueno verte de nuevo!

—Hola, señora Luden —chillé cuando la diminuta mujer vestida con blusa de seda y pantalones blancos me abrazó. Prácticamente me llevó en brazos a través de la puerta, envolviéndome en su cabello rubio teñido y una nube de perfume costoso.

—Le he estado preguntando a Shae por ti todo el tiempo —la voz de la señora Luden tenía su característico tono arrastrado—. "¿Cómo es que ya nunca vemos a Dolores?".

Palmeé el brazo de la mujer hasta que me soltó.

—Lo sé, lo sé, ha pasado tiempo —eché un vistazo a la sala, tan familiar para mí. Los cálidos paneles de madera, los extravagantes cuadros geométricos, el candelabro Sputnik—. Lo siento, ésta es Terpsícore. Irá a Jackson con nosotras en otoño.

La señora Luden no pareció escucharme y se dirigió a la cocina balbuceando.

—El señor Luden está fuera, como de costumbre, así que sólo estoy yo aquí, coordinando el *catering* y recibiendo a los chicos. Hay tantas personas llamando a la puerta que parece Halloween. Dolores, ¿Shae y tú van a salir a pedir dulces este año? Dime que no eres demasiado grande para eso. No podría soportarlo —volvió a llenar una copa del vino que estaba sobre el mostrador de granito.

Me encogí de hombros.

—Supongo que ya veremos.

Terpsícore observó todo a su alrededor, con los ojos muy abiertos detrás de las gafas.

—Tiene una casa preciosa, señora Luden —dijo ella—. Me gustan los muebles de mediados de siglo.

—Mmm… —la señora Luden le dio un sorbo a su vino y señaló alrededor de la habitación—. Todo es original. El famoso arquitecto Hans Sabe-Qué la diseñó para su hija mayor. Conseguimos la casa en una subasta después de que ella murió, con muebles y todo —la señora Luden sacudió la cabeza—. Es una historia triste, en realidad, cómo ella… falleció —le sonrió a Terpsícore—. Pero el lugar es divino, ¿cierto?

—Sí —Terpsícore cruzó los brazos tras su espalda para juguetear con su anillo. Su cuerpo parecía rígido, incómodo—. Encantador.

La señora Luden se giró para abrir el refrigerador.

—Bueno, ¿por qué no bajan al sótano? Allí están todos los chicos —sacó un recipiente de cristal cubierto de verduras en rodajas y me lo entregó—. ¿Podrías llevarte los *crudités*, Dolores? Odio bajar e interrumpir.

La bandeja estaba fría y pesaba mucho, pero sonreí y la balanceé entre mis brazos.

—Por supuesto, señora Luden, estoy feliz de poder ayudar.

—¡Ah! —la mujer suspiró y puso su mano en mi mejilla—. Tú siempre has sido de lo más dulce. Ojalá toda esa amabilidad se le pegara a Shae uno de estos días —la señora Luden se apartó, le dio otro sorbo a su vino, y murmuró—: Dios sabe que a la chica le vendría bien.

Moví el recipiente de verduras.

—Mmm, gracias, señora Luden. Nos vemos más tarde.

Los sonidos de música, voces y risas procedentes de la sala de juegos se fueron intensificando a medida que descendíamos al sótano.

—¿La mamá de Shae suele beber sola? —preguntó Terpsícore, cuando íbamos a media escalera.

—Supongo que sí —yo estaba demasiado concentrada en que no se me cayera el recipiente al suelo como para dar una respuesta meditada.

En la casa de los Luden no había alfombras y todas las superficies estaban pulidas como espejos.

—¿Es alcohólica? —preguntó Terpsícore.

—En realidad, el vino no cuenta como alcohol —expliqué, alzando la voz para que me oyera por encima del ruido de la fiesta—. Eso es lo que la señora Luden nos decía siempre cuando éramos pequeñas.

Terpsícore entornó los ojos.

—Parece el razonamiento de un alcohólico.

Llegamos abajo.

—No —dije, me sentí a la defensiva. Siempre me había agradado la señora Luden—. No lo entiendes. Ella es divertida. No como nuestras madres.

—Tu mamá es divertida —contestó Terpsícore.

Puse los ojos en blanco.

—Ay, por favor —dije.

—¿Por favor qué?

—Nada, es sólo una expresión.

Terpsícore miró a su alrededor.

—¿Sabes? Esto no es para nada como describiste la casa.

—¿No? —pregunté, distraída.

—No. Me estaba imaginando algo como la serie Downtown Abbey.

—Ah —llamé a la puerta de la sala de juegos.

—¿Contraseña? —era la voz de un chico, aunque podía oír risitas femeninas reprimidas y susurros de fondo.

Terpsícore arrugó la frente, preocupada.

—No conozco ninguna contraseña. ¿Conoces alguna contraseña, Dolores?

—Déjanos entrar —grité—. Traemos comida.

—Ésa es la contraseña —la puerta se abrió y apareció Harvey Slate, un chico al que conocía de la escuela. Era bajo y fornido, con el cabello rubio rizado—. Oh, hola, es Dolores de los Olores —dijo, con expresión sorprendida.

Me estremecí ante la rima. Terpsícore se estremeció ante el ruido. La sala de juegos tenía unos altavoces de sonido envolvente que hacían vibrar los dientes y que estaban conectados a unas luces estroboscópicas de colores en el techo. Esperaba que nadie en el sótano fuera epiléptico.

—Corría el rumor de que habías muerto —continuó Harvey.

—No —forcé una sonrisa dolorida—. Sigo pateando traseros.

Terpsícore me miró los pies y se alejó rápidamente de mí.

Harvey hizo un puchero y se apoyó en el marco de la puerta.

—Bueno, esto es superextraño, porque podría jurar que doné a GoFundMe para tu funeral —miró a Terpsícore—. A ti no te reconozco. ¿Cómo te llamas?

Terpsícore agitó los dedos a lo largo de su cuello, como si luchara contra el impulso de taponarse los oídos.

—TerpsícoreBerkenboschJones.

Harvey abrió la puerta por completo y nos dejó pasar. La habitación estaba a oscuras, salvo por las luces estroboscópicas y los LED situados a lo largo de las cornisas.

—Bueno, Dolores y su amiga están aquí —anunció Harvey, tomando algo de la bandeja—. Y trajeron… diminutos pepinos.

Lucie Bernard apareció por detrás del hombro de Harvey.

—Tú eres el que tiene un diminuto pepino —dijo, apartándolo de un empujón—. Hola, Dolores… —hizo una pausa— y chica cuyo nombre no puedo pronunciar.

—Puedes llamarme Terps —ofreció Terpsícore.

Lucie asintió.

—Eso sí puedo pronunciarlo.

Algo en esa interacción me erizó la piel. Era mi hermano quien le decía Terps. ¿Y por qué ella iba a tener un apodo genial cuando yo tenía que ser la chica que había estado a punto de morir por orinarse encima?

Lucie señaló a un grupo de chicas que estaban alrededor de la mesa de billar.

—Chicas, ésta es la niña de la que les conté, la de *Project Runway*. Terps.

Emelia se acercó corriendo.

—¡Dios mío, viniste! —dijo—. ¿Tú también hiciste este vestido?

Terpsícore parecía más que un poco incómoda, rodeada por un enjambre de adolescentes ruidosos.

—Sí —habló a regañadientes, como si estuviera confesando un crimen.

Las chicas se interrumpían constantemente al hablar.

—Es *impresionante*.

—Luces ardiente.

—Es el vestido más bonito que he visto jamás.

—¿Ésos son…? —Emelia entrecerró los ojos al lado de la falda de Terpsícore—. No puede ser. No es cierto…

—¿…: Bolsillos? —explicó Terpsícore, levantando el dobladillo de su vestido—. Llegan hasta aquí. Reforcé la cintura para que quepa una botella de agua de cada lado.

—¡Eres una genio! —exclamó Emelia.

Me incliné hacia Lucie.

—¿Sabes dónde debo poner esto? —le pregunté, mostrándole el recipiente de verduras. Me empezaban a sudar las manos.

Lucie levantó la barbilla hacia el fondo de la sala.

—Claro, allí en el bar. Iré contigo, me vendría bien una copa.

La sala de juegos de los Luden tenía su propio bar con agua corriente, máquina de hielo y refrigerador. Sin embargo, el licor permanecía guardado bajo llave. De niñas, Shae y yo nos turnábamos para hacer de cantineras: preparábamos cócteles Shirley Temple con escarchado de azúcar y *shots* de jugo de lima o simple jarabe. Yo no había crecido con padres que bebieran otra cosa que no fuera cerveza, así que siempre era emocionante ver qué trucos divertidos aprendía Shae observando a su madre.

Dejé los *crudités* entre un plato de galletas macarrones dulces y una torre de mini sándwiches. Lucie se acercó a la barra y abrió el refrigerador.

—¿Quieres una copa? —me preguntó, ofreciéndome una botella verde. Debí parecer nerviosa, porque rio—. Tranquila, es jugo Martinelli's —me dijo. Luego, en voz baja, añadió—: Por desgracia.

Sacudí la cabeza y entrecerré los ojos para ver los rostros sombríos del sótano. Había alrededor de veinticinco chicos reunidos. Algunos estaban jugando videojuegos en el televisor gigante, otros estaban sentados en el sofá, algunos estaban jugando al billar o lanzando dardos. Aunque reconocí a casi todos ellos de la escuela Susan B. Anthony, había una ausencia notable.

—¿Dónde está Shae? —pregunté.

Terpsícore y Emelia caminaron hacia nosotros, dejando atrás el séquito de fans.

—¿Hay algo que no tenga gas? —le preguntó Terpsícore a Lucie.

—¿Agua tónica? —le ofreció Lucie, moviendo las botellas en el refrigerador.

—No —Terpsícore fue a buscar algo.

—¿Cerveza de jengibre? —Lucie agitó una botella de plástico—. Esta Coca-Cola parece bastante sosa.

—Veo jugo de arándanos —Terpsícore extendió la mano por encima de la cabeza de Lucie, ignorando las reglas generales sobre lo cerca que puedes poner tu axila de la cara de otra persona—. Tomaré esto.

Lucie puso un tarro de cerveza en la barra.

—Sírvete.

Emelia tomó un sándwich.

—¿Has visto a Shae? —le pregunté.

Emelia puso cara de picardía.

—Oh, Shae está pasando siete minutos en el cielo —dijo, subiendo las cejas.

Terpsícore bebió un trago de jugo de arándanos y de inmediato lo escupió en el vaso.

—No tiene azúcar —dijo. Sus labios rojo oscuro la hacían parecer un vampiro—. ¿Siete minutos en el cielo?

—Es un juego —le expliqué.

—¡Un juego de besos! —cantó Lucie—. Bueno, besos y algo *más*, si te sientes aventurera.

La expresión de Terpsícore era seria al dejar su tarro de cerveza en la barra.

—No me siento aventurera.

Lucie comenzó a reír.

—No pasa nada —dijo Emelia, tomando un rábano tallado en forma de flor—. La participación es opcional, ¿verdad, Lucie?

—También puedes entrar y hablar —añadió Lucie—. Compartir algunos secretos. Enseñarse mutuamente los pies.

El teléfono de Emelia zumbó en su bolsillo. Lo sacó y gritó con fuerza a la puerta del armario que estaba detrás de la barra.

—Salgan ya de ahí, tortolitos, se acabó el tiempo.

La puerta se abrió y algunos de los chicos del otro lado de la sala empezaron a vitorear. Shae y un chico cuya cara no pude ver bien caminaron torpemente fuera del armario, tumbando algunos artículos de limpieza y liberando accidentalmente un Roomba.

—¡Shae! —la llamé. No debió oírme por encima de la música y el robot aspiradora, porque ella y el chico siguieron caminando hacia el sofá—. ¡Shae! —grité.

—¿Me escuchaste, Dolores? Te pregunté si querías entrar —Lucie estaba escribiendo algo en su teléfono—. Añadiré tu nombre al sorteo.

—Bien —dije, apretando los dientes—. Como sea.

Ella y Emelia volvieron a la mesa de billar. Detrás de la barra, el Roomba se había enredado con un trapeador e intentaba arrastrarlo.

—Pobrecito —murmuró Terpsícore, arrodillándose para rescatarlo.

—¡Shae! —volví a gritar, agitando el brazo sobre mi cabeza—. No lo entiendo. ¿Por qué no viene? Seguro que me vio.

Lucie nos lanzó una mirada. Estaba oscuro, así que no podía asegurarlo, pero parecía que había puesto los ojos en blanco. Apreté la mandíbula.

Terpsícore sacó con cuidado los extremos del trapeador del cilindro giratorio del robot.

—¿Qué quieres decir? —preguntó ella—. Shae está actuando igual que en la heladería.

—De ninguna manera —reviré—. Ella era totalmente diferente.

Terpsícore acarició la espalda del Roomba.

—Dolores, ¿de qué estás hablando?

INTERIOR DE UNA HELADERÍA, DE DÍA, DOS
SEMANAS ANTES

Abrimos con un primer plano del rostro
de DOLORES: una expresión exagerada de
pánico, sus manos con manicura aprietan
sus mejillas maquilladas con rubor.
Mientras la cámara retrocede lentamente,
podemos ver que nuestra protagonista está
acurrucada debajo de una mesa metálica.
Su respiración agitada se mezcla con el
zumbido grave de los timbales mientras
espera aterrorizada. Finalmente, la cámara
se gira y comprendemos de quién se está
escondiendo: LUCIE y EMELIA. Las dos
llevan atrevidos peinados, con el cabello
cardado, y afilados tacones de aguja que
chasquean en el suelo como las garras de
los velocirraptores en *Parque Jurásico*.
EMELIA tiene un atractivo lunar bajo un
ojo, mientras que LUCIE lleva un parche
enjoyado. Ambas usan labial oscuro. Se
acercan a una mesa donde TERPSÍCORE,
recatada y temblorosa, hace girar los
pulgares. Suena un saxofón.

                    LUCIE
        ¡Oye, tú! ¿Qué estás usando, qué
        es ese atuendo?

TERPSÍCORE
Yo lo hice.

EMELIA
¡Eres una mentirosa!

TERPSÍCORE
Es verdad, yo lo hice.

La cámara vuelve a DOLORES. Se gira al oír
un tercer par de pasos que se acercan. La
silueta de su rostro queda oscurecida por
la sombra bajo la mesa.

SHAE
Hey, su atuendo es genial. Déjala
en paz.

A la mitad de su parlamento, vemos a SHAE
por primera vez. Va vestida con las mismas
mallas de cuerpo completo con pedrería que
las otras dos chicas, pero las suyas son
grises en lugar de negras. Su maquillaje
ligero y su cabello suelto le confieren un
aspecto más gentil, acentuado por el suave
trino de una flauta. LUCIE empuja a SHAE
con tanta fuerza que el cono de helado
sale volando de la mano de SHAE.

SHAE
¡Oh, no!

El cono cae en cámara lenta, salpicando
finalmente el suelo con un estruendo
de platillos. La cara de DOLORES
queda salpicada de helado. Oímos las
siguientes líneas del diálogo por debajo
de la mesa.

                    SHAE
          ¡Lucie, hiciste un desastre!

                    LUCIE
          Déjalo. Ese rufián lo limpiará.

                    SHAE
          No, yo me encargo.

SHAE se arrodilla en el suelo con un gran
fajo de servilletas. DOLORES hace un gesto
dolorido. SHAE levanta la vista, y sus ojos
se encuentran en un momento de comprensión
surrealista. DOLORES se lleva un dedo a la
boca. SHAE asiente estoicamente en señal
de comprensión, negándose a revelar el
escondite de su amiga…

~~~~~~~~

—Ella me defendió —recordé—. Eran las otras dos las que
estaban siendo horribles. Shae sólo intentaba ayudarm...
    —Eso no es en absoluto lo que sucedió —me interrumpió
Terpsícore, mirándome con incredulidad.

La percusión en mi cabeza era más fuerte que la música que sonaba por los altavoces.

—¿Qué dices?

Terpsícore me entregó el Roomba. La luz hacía que su cara pareciera roja y enfadada.

—Ella fue grosera contigo —dijo la chica—. Ella ignoró tus sentimientos. Ella te ignoró a ti.

Tomé el robot y miré a Shae. Se estaba riendo en el sofá con aquel chico.

—No, no fue así...

Terpsícore se levantó.

—No sé por qué te atrae tanto —añadió, mirando al suelo.

—¿Atraerme? —repetí, enfadada—. No me siento atraída por ella. ¡Ha sido mi mejor amiga desde que estábamos en preescolar! ¿Y qué te da derecho a decir nada al respecto?

Terpsícore negó con la cabeza.

—Hay otras personas de las que podrías ser amiga.

—¿Como quiénes, como Harvey el tipo del pepino?

—Al menos, él reconoció tu existencia. Y donó para los gastos de tu funeral —ella se retorció las manos con agresividad—. No te entiendo. Y no entiendo cómo pueden ofrecer jugo de arándanos sin azúcar. Voy a ver el billar —se dio la media vuelta para marcharse, luego miró hacia atrás—. Y me llevo el Roomba —murmuró malhumorada y me arrebató el robot—. No está a salvo contigo. Podrías olvidarte de él, dejarlo para que lo pisen.

—Terpsícore...

—¡Hey, Terps! —la llamó una de las chicas—. ¡Ven aquí!

Terpsícore se giró y marchó hacia la mesa.

No la seguí.

Capítulo veinte

Pasaron horas. Yo estaba sentada detrás de la barra, bebiendo agua embotellada muy costosa y masticando tallos de apio. Shae estaba al otro lado de la sala con su chico, coqueteando y haciendo todo lo posible por no mirarme. Al final, empezó a dolerme la pelvis y sentí una presión en las comisuras de los ojos. Me sentía miserable.

Terpsícore parecía tener una experiencia totalmente distinta. Aunque nunca entablaba conversación, la gente gravitaba hacia ella, su vestido con bolsillos y su Roomba de apoyo emocional. No es que de pronto se hubiera convertido en una majestuosa mariposa social. Se mantenía alejada de los ruidosos altavoces y jugueteaba casi constantemente con su anillo, su vestido o sus dedos. La vi tensar la mandíbula de vez en cuando mientras se llevaba las manos al cuello, como si luchara contra la necesidad de taparse los oídos. Hacía girar los tobillos y mantenía un contacto visual demasiado intenso, y a veces era la última en reírse de un chiste. Terpsícore no era tan sofisticada como sugerirían su aspecto y su vestido de cuento de hadas. Se esforzaba mucho. Pero nunca se rindió.

Al ver a Terpsícore sentí que se me cerraba la garganta en un shock anafiláctico. Pero yo no podía parar. Me fijé en cada pequeño gesto, en cada señal que me decía que ella no se sentía cómoda, en el más mínimo movimiento o fruncimiento del ceño. Tenía miedo de que se pudiera sentir avergonzada de ella misma. Estaba celosa de que no lo hubiera hecho. De inmediato, me retracté de ese pensamiento: *¡Dios, Dolores, qué cosa tan horrible estás sintiendo!* Apreté los dientes hasta que me dolieron los empastes. Terpsícore se lo había jugado todo por esta noche. Se merecía esta victoria. Se merecía todas las victorias. Era una persona legítimamente buena. *Demasiado buena para ti, Dolores*. Tragué saliva y miré la habitación.

De alguna manera, había perdido la pista de Shae.

Darme cuenta me impactó. ¿Cuándo se había ido? ¿Hacía cuánto tiempo había desaparecido? ¿Cómo no la había visto escabullirse por la puerta del sótano? De repente, el aire se sintió caliente y viciado. La música de los altavoces reverberaba en mí, en las paredes de mi vejiga que se desmoronaban como Jericó. Tenía que salir de allí.

Llegué a las escaleras. Subí con las manos y las rodillas, desesperada por escapar de la fiesta. La textura de la madera bajo mis palmas convocó a los fantasmas de las pequeñas Shae y Dolores. Podía imaginarlas riendo, corriendo desde el oscuro sótano, chillando de fascinado terror. Corrían delante de mí, con los pies descalzos chirriando al derrapar por el rellano y subir el siguiente tramo de escaleras. Me tambaleé tras ellas, encorvada, incapaz de seguirles el ritmo.

La de Shae era la primera puerta a la izquierda: pino macizo con brillantes bisagras de latón. Sabía exactamente qué ruido hacían esas bisagras, el chirrido traqueteante que acompañaba nuestras excursiones nocturnas a tomar helado. Sabía lo primero que vería al abrir la puerta. La pared: fotos mías y suyas clavadas justo encima de su escritorio. Una década de nuestros recuerdos, la prueba de nuestra hermandad. Necesitaba verlo. Mamá estaba equivocada, Mateo estaba equivocado, Terpsícore estaba equivocada. Esos dos metros cuadrados devolverían todo a su sitio. Abrí la puerta.

Olía a pintura fresca y a una loción que no reconocí, una que no habíamos comprado juntas en Bath & Body Works. Di un paso adelante, tropecé con una alfombra nueva y perdí el equilibrio, cayendo de bruces.

—¡Dolores!

Shae estaba sentada en la cama acurrucada con el chico de antes. Ahora podía ver su aspecto: un adolescente escuálido con unos jeans demasiado holgados, una especie de cabello rojo ondulado y el comienzo de un bigote. Él levantó un poco la cabeza para mirarme.

—¿Dolores? Ah, sí, tú eres la chica que se orinó en el suelo el año pasado, ¿cierto? He escuchado de ti. Arruinaste por completo los exámenes —levantó el puño en señal de solidaridad—. Y vaya manera de arruinarlos.

Shae le bajó la mano de un manotazo.

—Cállate, Declan —su voz era furiosa—. ¡Jesucristo! ¿Qué haces en mi habitación?

Por la forma en que tenía la boca roja y el brillo de labios manchado, me di cuenta de que se habían estado besando.

Pero eso no me importaba.

—Lo quitaste —dije, estudiando el espacio vacío sobre su escritorio—. Todo. Todas las fotos.

Shae se pasó un mechón suelto por detrás de la oreja.

—¡Dios mío, Dolores, éste no es el momento! ¿Puedes irte, por favor? —replicó ella.

—Él puede irse —dije, señalando al tipo que tenía el brazo

alrededor de mi mejor amiga—. Pero yo no me voy a ninguna parte. No hasta que respondas a mi pregunta.

—No voy a hacer que él se vaya —contestó Shae. Se volvió para mirarlo—. ¿Tú quieres irte, Declan?

Declan tragó saliva y miró entre nosotras.

—Yo preferiría no irme… —tartamudeó—. O sea, si les parece bien.

—Genial, entonces supongo que somos nosotros tres —Shae se cruzó de brazos e hizo un puchero—. Entonces, dime, ¿cuál era tu pregunta?

Me levanté.

—¿Por qué me estás ignorando? —pregunté.

Shae puso los ojos en blanco y miró al techo.

—No te estoy ignorando. Ya te lo dije, era sólo por un tiempo…

Sacudí la cabeza.

—No —interrumpí—. Dijiste que estar cerca de mí te convertiría en el hazmerreír. Eso era mentira. Nadie en esta fiesta, ninguno de tus amigos "geniales", *y ni siquiera este tipo* —dije, señalando al pelirrojo—, ¡nadie me trata como una vergüenza salvo tú!

Mi teléfono zumbó en mi bolsillo.

El labio inferior de Shae empezó a temblar.

—No te estoy tratando…

—¡Me desechaste! —dije—. Me borraste. Sin ninguna explicación.

—Sí te di una explicación…

—¡Me mentiste, Shae! Me mentiste —no me di cuenta de lo alto que había subido el volumen de mi voz, hasta que vi a Declan hacer una mueca de dolor, quizá arrepintiéndose de su decisión de quedarse. Pero ya era demasiado tarde para marcharse—. Fui tu amiga durante diez años —le dije—. ¡Ni siquiera recuerdo un tiempo sin ti! Toda mi infancia fuimos sólo nosotras.

Shae exhaló ligeramente y luego abrió la boca.

—Yo no…

Yo estaba respirando entrecortadamente.

—¡No, escucha! Estuve a tu lado en todo momento, apoyándote como una hermana. Y tú me desechaste sin pensarlo dos veces, ¡y quiero saber por qué, Shae! *¿Por qué?*

—¡Porque ya te superé!

Las palabras absorbieron todo el aire de la habitación, como si estuviéramos en una nave espacial y alguien hubiera abierto una esclusa. Shae se cubrió la boca con la mano, tan sorprendida como yo por su arrebato.

Di un paso atrás hasta chocar con la pared.

—¿Qué?

Shae bajó lentamente la mano, dejándola caer sobre la rodilla de Declan.

—Yo… yo ya te superé.

—Pero… —me doblé, segura de que iba a vomitar—. Pero, yo… —las lágrimas empezaron a rodar por mi nariz hasta el suelo—. Pero…

—¿Ves? —gimió Shae—. ¡Por esto no te lo había dicho! Vamos, Dolores, no seas así. *Dolores.*

Tanteé el camino de vuelta hacia el vestíbulo.

—Eh, oye —oí hablar a Declan—. Podrías, eh, cerrar…

Pateé la puerta tan fuerte como pude, cerrándola de golpe. Esperaba que toda la casa temblara y se desplomara como piezas de Jenga. Pero no fue así.

Apenas había dado un paso de regreso a la puerta de la sala de juegos cuando Emelia apareció a mi lado y tiró de mi brazo.

—¿Adivina qué? Eres la elegida para siete minutos en el cielo.

No podía entender lo que decía. ¿Seguro había visto las lágrimas? ¿La devastación total en mi cara? Al parecer, no. Antes de que pudiera oponer resistencia, me metieron sin contemplaciones en un armario y me encerraron en una celda en la oscuridad más absoluta. Sólo el sonido de la respiración de otra persona me hizo saber que no estaba sola.

Entonces oí la voz.

—Búuu.

—¿*Lucie?* —susurré, secándome las lágrimas que goteaban en la camisa.

—¿Qué dijiste?

Había demasiado ruido para que ella me oyera.

—Lucie, ¿eres tú?

—Sip.

—No sé qué es lo que quieres —resoplé—. Pero en verdad no estoy pasándola bien, así que si pudieras arreglártelas para no rimar una cancioncita sobre mi miseria, sería genial.

Lucie se movió y derribó algo al suelo.

—Mira, Dolores, junté nuestros nombres… —hizo una pausa— no porque sea gay. Sino porque hay algo que quiero decirte.

Hice una mueca y me abracé.

—¿Qué pasa?

Oí a Lucie tomar aire.

—Todas esas cosas que dije —empezó lentamente—. Cuando estábamos en la heladería. Sólo las dije porque no sabía que estabas escuchando. No sé por qué Shae no dijo nada; es imposible que no te haya visto allí agachada. Y créeme, la mandé al infierno por haberme dejado quedar como una absoluta *tête de noeud*.

—No fue para tanto —dije, clavándome los pulgares en la parte superior de los huesos de la cadera—. No pasa nada.

La voz de Lucie volvió a ser cortante.

—Está bien, entiendo que intentes disimular. Pero eso te hace parecer como un completo tapete, Dolores.

Me alegré de que estuviera oscuro para que Lucie no pudiera ver cómo se me caía la mandíbula.

—¿Un *tapete*? —repetí.

—¡Deberías estar enojada! —insistió—. Al menos un poco… Quiero decir, puedes perdonarme, claro, por favor hazlo, ¡pero *enójate* primero!

Pensé en cómo me había imaginado a Lucie en la heladería. La villana maleducada y con un ojo parchado, vestida con mallas de cuerpo completo. *Eso no es en absoluto lo que sucedió,* había dicho Terpsícore. Todo el mundo exagera las historias en su cabeza, pero ¿y si yo había hecho algo más que exagerar? ¿Y si había otros recuerdos que había deformado hasta hacerlos irreconocibles?

—¿Por qué estás siendo amable conmigo? —gimoteé.

Lucie gimió.

—¡Dios mío, no estoy siendo amable, Dolores! —la oí apoyarse contra la pared—. ¿Ves? Esto es exactamente de lo que estaba hablando. *Esto* no es amabilidad. *Esto* es lo mínimo que tengo que hacer para no ser un ser humano *terrible.* Eso es esto —suspiró—. Si confundes esta entorpecida disculpa con amistad, alguien te jodió la cabeza en algún momento, en serio.

—Eso no es… Yo no… —sentí como si me hubieran llenado el cerebro con bolitas de algodón—. Es que…

—¡Vamos, Dolores, contrólate! —Lucie me dio un puñetazo en el brazo, con fuerza—. Eres torpe, una boba, presa fácil. Pero también eres…

—¿Patética? —ofrecí, con voz ronca.

—No, bueno, lo de hacerte en los pantalones fue realmente lamentable, lo admito, y no te voy a mentir, la gente *hablará* de ello por siempre —se encogió de hombros—. Pero no pudiste controlarlo, ¿cierto? Es como tener tu periodo el día que te pones shorts blancos. Seguro, es humillante, pero sucede. Bueno, tal vez serás Dolores de los Olores durante el resto de la secundaria, pero eso no significa nada. Es sólo una broma. Nadie te va a arruinar la vida porque te hayas orinado encima. Esto no es una película de John Hughes —Lucie abrió la puerta. Las lágrimas en mis ojos hacían ondular los LED arcoíris.

—Pero…

—Nadie dice que no puedas socializar como todos los demás. Así que deja de lamentarte —Lucie sacudió la cabeza y me estudió durante un segundo—. Esto es lo que pasa —dijo seriamente—. Si eres patética, es por la manera que dejas que te trate la gente —me empujó hacia la puerta—. Ahora, fuera de mi camino, tengo que orinar.

Salí a trompicones del armario y me estrellé contra una torre de terciopelo verde.

Mi teléfono volvió a zumbar en mi bolsillo. Lo ignoré.

—Dolores, ¿qué estás haciendo? —Terpsícore me empujó hasta ponerme de pie, sus manos me agarraron de los hombros mientras estudiaba mi cara—. ¿Estás llorando?

Llorar no era la palabra. Estaba en algún lugar en el norte de la hiperventilación y el sur de la simple agitación. Intenté responder, pero mi voz salió como un silbido.

—No te oigo —Terpsícore frunció el ceño—. Espera, vamos arriba.

La seguí fuera de la sala de juegos, escupiendo y chisporroteando como el motor de un coche moribundo. En la cruda luz del pasillo del sótano, Terpsícore pudo verme. Dio un brinco.

—¡Dolores! —exclamó cuando la puerta se cerró tras nosotras—. ¡Tu cara! Está tan... hinchada.

Gimiendo, me puse las manos sobre las mejillas encendidas y me desplomé sobre las escaleras.

Terpsícore se sentó a mi lado, me puso cautelosamente una mano en la espalda y sacó un paquete de Kleenex de uno de sus amplios bolsillos.

—¿Qué te pasa? ¿Por qué estás enfadada? —su expresión se volvió dolorosa—. ¿Es por algo que hice?

Sacudí la cabeza. Pude sentir el zumbido de mi teléfono *otra vez*.

Terpsícore me ofreció un pañuelo, pero luego dudó.

—Mmm... hay mucho flujo ahí, Dolores. No sé cuál sea la mejor manera de... —sujetó el pañuelo con dos dedos y lo utilizó para dar golpecitos alrededor de mi cara—. Así, así —hizo una mueca mientras se retiraba un poco para examinar su trabajo—. Bueno, eso no funcionó. ¿Sería mejor una toalla femenina? —sacó una toalla envuelta en plástico—. Es flujo abundante.

Reí, a mi pesar, pero la risa salió más como una tos y la tos roció mocos y saliva encima de ella, empapando absolutamente sus gafas. Avergonzada, subí las escaleras hasta el baño más cercano.

Capítulo veintiuno

Baño #10: Casa de los Luden, planta principal.
La planta baja de la casa de los Luden tiene dos cuartos de baño, pero sólo se utiliza el más grande. Por eso, este medio baño solitario, escondido en un pasillo, es una verdadera muestra de extravagancia. Su existencia es superflua, un escusado para nadie. Quizá sea esta desmesura, esta impracticabilidad, lo que lo hace tan único. Los azulejos geométricos, las gavetas verde salvia, el espejo y los herrajes negros pulidos permanecen siempre relucientes. Bajo el lavabo hay una pila de toallas de algodón a juego, sin usar. Este cuarto de baño hace que uno se sienta indigno, como si el mero hecho de entrar en él fuera a mancillar su intimidad. Merece cinco estrellas, en teoría, ya que esta crítica nunca ha tenido la osadía de colocar su trasero peludo sobre tan reluciente porcelana.

~~~~~~~~~

Tendré que actualizar mi crítica, pensé, tirando de la cadena del baño prohibido de los Luden. *Al fin y al cabo, no es más que un cacharro para orinar*. Tomé un hondo y tembloroso respiro, me lavé las manos, saqué una toalla de debajo del lavabo y la empapé en agua fría. Me la acerqué a la cara, escondiéndome de mi reflejo hinchado y rojo como un tomate. Luego, hice una bola con la toalla y la arrojé contra la pared. Hizo un ruido satisfactorio. Maldita sea, seguía teniendo ganas de orinar.

Mi teléfono volvió a zumbar. Enfadada, lo saqué del bolsillo para ver CARA DE TONTO parpadeando en mi pantalla. Al menos, la notificación cubría la imagen del barco.

—¿Qué, Mateo? ¿Qué quieres?

La voz de mi hermano sonaba exasperada.

—Dios, ¿por qué no contestas tu maldito teléfono?

—¡Eso es lo que estoy haciendo! —siseé—. Y voy a colgar...

—No, espera —tartamudeó Mateo—. Johann y yo, nosotros, eh, bueno, nos quedamos por el vecindario. En el coche.

—¿Por qué?

—Sólo escúchame. ¿La mamá de Terpsícore conduce un Subaru verde? ¿Con un adhesivo de una pieza de rompecabezas?

—Sí —dije la palabra a regañadientes, como si mi vacilación pudiera hacer descarrilar el tren que se dirigía directo hacia nosotros. Lo sabía. Sabía lo que mi hermano iba a decir antes de que lo dijera.

Cuando abrí la puerta del baño, Terpsícore me esperaba a pocos pasos, limpiando mis mocos de sus gafas con un paño de microfibra.

—Ella está aquí —dijo Mateo.

Los siguientes treinta segundos se sintieron como una pesadilla, pequeñas instantáneas unidas por la adrenalina. Pies corriendo por el pasillo. El sonido de la puerta abriéndose.

No lo bastante rápido, *no lo bastante rápido*. La voz, esa voz chirriante y horrible...

—¡Terpsícore! ¡Terpsícore, sé que estás aquí! ¡Sal ahora mismo!

Me quedé helada. La mujer parecía lívida, como un personaje de caricaturas a punto de echar vapor por las orejas. Iba contra todo instinto natural acercarse a alguien poseído por semejante furia. ¿Qué podíamos hacer Terpsícore y yo? Sólo éramos unas niñas. Miré hacia las puertas dobles que daban a la habitación de la señora Luden, pero sabía que era inútil. Hacía tiempo que sabía que la madre de Shae se acostaba a las nueve y no despertaba hasta el mediodía del día siguiente. Sus pastillas para el insomnio se aseguraban de que no hubiera manera de revivirla para tranquilizar a la señora Berkenbosch-Jones de adulto a adulto, de madre a madre.

—¡Terpsícore! —gritó—. ¡Ahora!

Su hija tragó saliva.

—Mamá, ¿qué estás haciendo...?

—Dios mío, Terpsícore. ¿Qué llevas puesto, de dónde sacaste eso?

Terpsícore cuadró los hombros. Parecía Ana Bolena acercándose al espadachín: desafiante, digna, resignada.

—¿Estás borracha? ¿Tomaste algo? ¿Pastillas? ¿Cuántas? —preguntó su mamá.

Oí que se abría la puerta de la sala de juegos y que salía música mientras un grupo de adolescentes curiosos subía las escaleras del sótano para ver qué estaba pasando. La señora Berkenbosch-Jones estaba agarrando los brazos de Terpsícore, sin duda estudiándolos en busca de huellas de consumo.

—¿Cómo pudiste hacer esto? —se lamentó la mujer.

—Suéltame… —suplicó Terpsícore, intentando zafarse del agarre cada vez más fuerte de su madre—. ¡No, no hagas eso!

Lucie fue la primera en salir del sótano.

—Hey, señora —dijo en voz alta—. La chica ya le dijo que no la toque.

Se escucharon murmullos de asentimiento entre los adolescentes congregados.

—Debes saber que yo soy la madre de esta chica —dijo la señora Berkenbosch-Jones—, y está metida en un buen lío.

Lucie se acercó, hinchando el pecho como si estuviera dispuesta a pelear.

—No me importa quién sea, *Karen*.** Ella le dijo que la soltara.

No sé si alguien le había hablado antes a la señora Berkenbosch-Jones en ese tono, y mucho menos una adolescente respondona. Por un momento, se quedó muda. Esto dio tiempo al resto del grupo para opinar.

—Suéltela —gritó alguien.

—Sí, ¡déjela en paz! —hicieron eco otros.

—¡Ella no hizo nada! —exclamé, por fin capaz de articular un sonido comprensible—. Aquí no hay drogas. Sólo *crudités* y Martinelli's, lo juro.

La señora Berkenbosch-Jones clavó sus dedos en el brazo de Terpsícore y me lanzó dagas.

—¡Cómo te atreves!

** El nombre propio *Karen* es un término peyorativo utilizado en Estados Unidos para denominar a una mujer (por lo general de mediana edad) irritante, violenta o abusiva. *N. de la T.*

—Mamá, basta —suplicó Terpsícore, tratando de zafarse—. Dolores me trajo aquí para ayudarme a hacer amigos para cuando vaya a la escuela en otoño.

La señora Berkenbosch-Jones abrió más la puerta principal.

—Sé que fui clara, Dolores. Te dije la última vez que estuviste en mi casa que nunca, *nunca* enviaría a mi hija a la escuela.

Terpsícore se quedó paralizada.

—¿Qué? —me miró y negó con la cabeza—. Eso no es verdad. Dolores me lo habría dicho.

Al ver el dolor en los ojos ámbar de Terpsícore, sentí la culpa como sentía las llagas en mi vejiga. Me atravesaba, se instalaba en lo más profundo de mis huesos, pudriéndome.

—Terpsícore, yo...

Su madre aprovechó la conmoción de Terpsícore y la arrastró afuera, al aire caliente y viciado. Corrí tras ellas, flanqueada por al menos la mitad de los chicos del sótano. Un par incluso sacaron sus teléfonos para filmar la terrible escena. Los pequeños tacones de los zapatos de Terpsícore se encajaron en el jardín y ella cayó de rodillas, hundiendo la parte delantera de su vestido en el pasto. Todo su cuerpo temblaba mientras la señora Berkenbosch-Jones tiraba de ella, medio a rastras, de vuelta al coche.

—Vaya. Su mamá está loca —murmuró Harvey.

Lucie no paraba de gritar.

—¡Vamos, señora! ¡Le está haciendo daño!

—Por favor, señora Berkenbosch-Jones —le supliqué—. Esto no ha sido su culpa.

Mateo y Johann saltaron del coche y corrieron a nuestro encuentro.

—Señora Birkenstock —dijo mi hermano con su mejor tono de "seamos todos razonables"— estoy seguro de que ha habido un malentendido. Estas niñas sólo se estaban divirtiendo —señaló hacia la calle—. Mire, incluso nos estacionamos enfrente para vigilarlas.

La señora Berkenbosch-Jones se giró contra mi hermano.

—¡Tú ya eres mayorcito! —insistió, con una voz que destilaba odio—. Terpsícore es una niña con una discapacidad. Y tú la traes a una fiesta por la noche. ¿En qué estabas pensando?

Mateo sacudió la cabeza con incredulidad.

—Pero ella es...

—Debería llamar a la policía y acusarlos de secuestro —empujó a mi hermano—. ¡Podría hacerlo!

Los labios de Mateo se abrieron de par en par. Me recordó a un pescado luchando por su vida en un muelle, lanzando bocanadas al cielo, incapaz de comprender cómo su boca lo metió en una situación tan grave.

—Yo... —fue lo único que consiguió decir. Una y otra vez—: Yo-yo-yo...

Johann extendió el brazo para sujetar a mi hermano. Mateo prácticamente cayó contra él.

—Por favor, señora —suplicó Johann—. Por favor, recapacite.

—He pensado mucho en ello —respondió secamente la señora Berkenbosch-Jones, abriendo la puerta del copiloto para su hija—. Y entre más lo pienso, más siniestro me parece todo este asunto. Entra en el coche, Terpsícore.

Su hija obedeció en silencio.

—¡No tienes que ir con ella, Terps! —gritó Lucie—. Quédate aquí si quieres.

—Terpsícore, estoy tan... —me colgué de la puerta abierta del coche—. Yo no...

Pero ella nunca me miró. Sólo se dobló por la mitad con la cabeza en sus manos, como un agujero negro colapsando sobre sí mismo. Mateo me agarró del codo y me arrastró hacia el Corolla.

—Al auto, Dolores. Nos vamos.

Tensé el cuello mirando hacia atrás.

—Pero, ella...

Mi hermano abrió la puerta del asiento trasero.

—Nada de lo que digas va a mejorar las cosas para ella —su voz sonaba ronca a causa de la tensión—. Es momento de irnos. *Ahora.*

Lloré durante todo el trayecto, lloré tanto que todos mis sentidos se confundieron y se desenfocaron como las luces de la calle. Era vagamente consciente de la conversación que mantenían Johann y Mateo en el asiento delantero. De vez en cuando, una palabra o frase lograba atravesar la bruma: *irreal, no puede ser en serio, se supone que sí.* Pero mi cerebro ya me estaba sacando del momento, arrastrándome al retorcido paisaje de mi poco fiable memoria.

～～～～～

INTERIOR DE LA MANSIÓN LUDEN, POR LA NOCHE, VEINTE MINUTOS ANTES

La cámara se abre en la recámara de SHAE, extravagante y excesivamente amueblada. El espacio está tenuemente iluminado. En un rincón, un tocadiscos antiguo entona un

solo de saxofón. SHAE, vestida con escasa
lencería, sentada en el regazo de un DECLAN
pelirrojo y sin camiseta.

~~~~~~~~~

¡No! ¡Eso no estuvo bien, en absoluto!

—... Toda mi vida... —oí decir a Mateo mientras el coche
se incorporaba a la autopista.

Tiraba de mi cabello e intentaba concentrarme.

~~~~~~~~~

La recámara está completamente iluminada.
Suena música de baja fidelidad en el malísimo
altavoz de un celular. SHAE, en camiseta y
minifalda, se sienta junto a un desgarbado
DECLAN, que está completamente vestido. Es
poco atractivo, de manera grotesca, con un
bigote espeluznante y ralo.

~~~~~~~~~

No, no, él era un estúpido chico normal. Tan sólo un adolescente
ordinario. *¡Basta, Dolores! ¿Por qué no puedes simplemente recordar?*

—¿Qué vas a hacer? —preguntó Johann, girando para
mirar a mi hermano.

Mateo inhaló bruscamente.

—Esto te lleva a pensar...

~~~~~~~~~

SHAE, en blusa y minifalda, se sienta junto
a un desgarbado DECLAN, completamente
vestido. La puerta de su habitación se abre
de golpe. DOLORES resbala con una alfombra
y cae al suelo.

> SHAE
> ¡Dolores! ¿Qué estás haciendo en
> mi dormitorio?

> DOLORES
> ¿Cómo pudiste hacerme esto? ¿Cómo
> pudiste abandonarme cuando te
> necesitaba?

> SHAE
> Porque eres porquería.

> DOLORES
> ¡No! Yo fui una *buena* amiga para
> ti, Shae.

> SHAE
> No eres una amiga. Ni siquiera
> eres una persona. Eres una pequeña
> y triste lapa, y me he pasado el
> último año intentando deshacerme
> de ti, ¡pero tú *no me sueltas*!
> ¡Fuera de aquí, Dolores! ¡Entiende
> la indirecta!

DECLAN
¡Sí, perdedora, piérdete!

DOLORES tropieza con la pared y sale
tambaleándose por el pasillo. En el
pasillo, se cruza con TERPSÍCORE, rehén de
una figura envuelta en una niebla oscura y
tenebrosa: la SEÑORA BERKENBOSCH-JONES.
Los ojos de la mujer son completamente
negros, y su voz se modula a un grave bajo
cacareante. Arrastra a TERPSÍCORE escaleras
abajo por el cabello, y la adolescente
cautiva forcejea durante todo el trayecto.

SEÑORA BERKENBOSCH-JONES
(voz distorsionada)
Mírala, Terpsícore. ¡Ella te
mintió!

DOLORES
¡En realidad no era mentira! ¡No
era mi intención!

TERPSÍCORE
¡Eres una egoísta, manipuladora!
¡No quiero volver a verte! ¡Te
odio, Dolores! ¡Te odio!

~~~~~~~~~

¡No, no, no! ¡Estúpida, idiota! ¡Piensa, Dolores, piensa! Golpeé la cabeza contra la ventana. ¿Qué dijo ella? Antes de que su madre la sacara por la puerta, ¿qué *dijo*?

~~~~~~~~~

TERPSÍCORE
(con el rímel corriendo por sus mejillas)
Fui una buena amiga para ti,
Dolores. ¡Y tú me tendiste una
trampa! Mi madre no me dejará
salir de casa nunca más. ¡Me has
convertido en una prisionera!

~~~~~~~~~

La voz de mi hermano sonó vacilante, inestable, cuando le habló a Johann.

—¿Por qué yo...? Quiero decir, ¿por qué yo no? Tal vez ésa sea la pregunta.

¡No, no, no! Terpsícore no dijo nada. Todo estaba en sus ojos. Parecían desolados.

~~~~~~~~~

DOLORES sale tambaleándose al pasillo,
siguiendo a TERPSÍCORE fuera de la sala de
juegos. TERPSÍCORE se da la vuelta.

TERPSÍCORE
¡Dolores, tu cara! ¡Está tan
hinchada!

DOLORES no puede hablar. Está sollozando
tan fuerte que prácticamente tiene arcadas.
Se apoya en la escalera. TERPSÍCORE se
apresura a poner una mano en la espalda
de DOLORES y saca un paquete de pañuelos
desechables de su bolsillo.

TERPSÍCORE
¿Qué te pasa? ¿Por qué estás
alterada? ¿Es por algo que hice?

DOLORES sacude la cabeza. TERPSÍCORE
intenta secar las lágrimas de DOLORES, pero
se da cuenta de que es una batalla perdida.
De todos modos, hace un valiente intento.
Su expresión es suave y afectuosa, con un
ligero toque de humor, mientras intenta
levantar el ánimo de DOLORES pasándole el
pañuelo por la boca, la nariz y la frente.

TERPSÍCORE
Hay mucho flujo por ahí, DOLORES.
No estoy segura de que la mejor
manera de … Así, así.

~~~~~~~~

Recuperé el aliento. Lo había conseguido. Por fin, lo había conseguido. Había sacado algún fragmento auténtico de mi inútil e histriónico cerebro. Algo honesto, sin alteraciones, puro.

Reproduciendo la parodia de la noche, no podía estar segura de lo que había dicho cada uno. O dónde habíamos estado nosotras cuando lo dijeron. Pero estaba completamente segura de que Terpsícore Berkenbosch-Jones había sido una verdadera amiga para mí. Y de que yo la había defraudado.

Capítulo veintidós

Cuando llegamos a casa, mamá estaba sentada en el sillón reclinable.

—¿Cómo les fue en los bolos? —preguntó, dejando el libro en su regazo.

Me quité los zapatos.

—No fuimos a jugar a los bolos. Mentí.

—¡Dolores! —exclamó papá, apareciendo del baño. Enarcó una ceja—. ¿Cómo que mentiste?

—Mira quién habla… —espeté.

—¿Qué se supone que significa eso? —mamá se levantó y se abrió paso entre la caja del televisor.

—Nada —volví a caer en el pliegue del sofá, esperando que me tragara entera, digiriera mis blandos trozos de carne y vomitara mis huesos. Como un búho.

—¿Dónde estabas, entonces? —preguntó papá, cambiando el tema.

Mi hermano arrojó las llaves sobre el mostrador.

—Consiguiendo que me metan de diez a veinte años en la cárcel —sacudió la cabeza—. Y no en una prisión sexy de un musical a lo Fosse, con medias de rejilla y contundentes números de jazz, no. Una *prisión* prisión. Donde los criminales no ahuyentan sus sentimientos —Mateo pasó junto a mi padre y se retiró a su recámara enfurruñado.

—¿Qué? —mamá se volvió hacia mí en busca de una explicación—. Dolores, ¿de qué está hablando?

—En realidad, no creo que vaya a llegar al tribunal —dije, limpiando mi cara en el interior de mi blusa—. Sólo está siendo dramático.

Al final del pasillo, pude oír a Mateo soltar una risa despreocupada.

—¿Sabes? Por extraño que parezca, esta vez no estoy exagerando. Sinceramente, estoy subestimando la velada, en todo caso.

Mamá volteó hacia mí, con líneas de preocupación cinceladas en el rostro.

—¿Qué demonios pasó?

—Terpsícore y yo fuimos a una fiesta en casa de Shae Luden —murmuré—. La señora Berkenbosch-Jones se enteró y amenazó con denunciar a Mateo por secuestro.

Mis dos padres empezaron a gritar a la vez, un coro de "Dios mío" y "¿Por qué hiciste eso?" y "¿Cómo pudiste ser tan estúpida?" y "¿En qué estabas pensando?".

—Bueno, obviamente ustedes dos están castigados —dijo por fin mamá, una vez que se hubo calmado lo suficiente para hablar a un volumen razonable. Me tendió la mano—. Teléfono.

—Lo imaginaba —dije, golpeando mi celular en su palma.

—¡Mateo! —gritó mamá—. ¡El teléfono!

Mi hermano sacó la cabeza de su habitación.

—Mmmm… creo que… no.

—¿No? —los ojos de mi madre se abrieron enormes.

—¿Saben qué? —dijo Mateo, apoyándose en el marco de la puerta con los brazos cruzados—. Esta noche me han re-

cordado de forma bastante aterradora que física y psicológica-
mente, ante un tribunal, soy un adulto —sacudió la cabeza—.
Así que no, mamá, papá, *no estoy castigado.* Soy lo bastante
mayor para ser castigado por las propias consecuencias de mis
actos, muchas gracias.

—*Mateo...* —advirtió mamá.

—Oh, ¿qué vas a hacer, jefa? —preguntó, poniendo los
ojos en blanco—. ¿Despedirme? —cerró la puerta.

Esto significaba que la atención de mis padres ya no estaba
dividida. Rodearon el sofá.

—Dolores, ¿qué esperabas conseguir con esto? —mi madre se aferró a la deshilachada tapicería—. Ayúdame a entender. Sabes que te habría dejado ir a casa de Shae. ¿Por qué
mentiste? ¿Y por qué involucraste a Terpsícore?

Mis pensamientos habían dado tantos rodeos como las
vías de dominó que habíamos construido cuando Terpsícore
vino a la casa.

—No lo entenderías —miré fijamente la luz del techo hasta
que se formó una gran mancha oscura en el centro de mi
visión.

—Nunca te habías metido en problemas, *mija,* ¿por qué
ahora? —preguntó papá.

Me giré para mirarlo. Su rostro quedó totalmente eclip-
sado por la mancha redonda que se había grabado a fuego en
mis retinas.

—¿Puedo irme ya a la cama? —pregunté.

La voz de Liza Minnelli en *Cabaret* retumbó en las paredes.
"*¿De qué sirve estar sentado solo en tu habitación? ¡Ven a escuchar
la música!*".

—Bien —mamá se frotó la frente—. Pero esta conversación
no ha terminado.

—No, claro que no —rodé hacia la mesa de café y saqué mi cuerpo de entre los cojines del sofá.

—No has terminado de dar explicaciones —añadió mi padre.

Lo ignoré y me retiré a mi recámara. Incluso por encima del sonido de la música de Mateo, podía oír los rumores de una tensa conversación procedente de la cocina. La voz de mamá era más grave y tenía el filo de un bisturí. La de papá era más aguda, exasperada, más cercana a un taladro dental. Me tumbé en la cama a escuchar.

—Los dejas solos demasiado tiempo —la regañó papá—. Necesitan a su madre.

—¡*Necesitan* un techo sobre sus cabezas! —espetó mamá—. Y estoy haciendo todo lo que está en mi mano para seguir pagando la renta. Cosa que no tendría que hacer si no hubieras comprado esa estúpida imprenta. ¡Yo nunca quise nada de esto!

—¿Nunca quisiste qué? —preguntó papá—. ¿Un negocio? ¿Un futuro que podemos construir como familia?

Aunque mamá bajó el volumen de su voz, se hizo más fuerte a medida que se acercaba al pasillo.

—Es sólo que… no puedo hacer esto ahora.

Me apreté la almohada contra el pecho. No quería pensar en nada, pero dudaba que pudiera dormir, por muy agotada que me sintiera. En circunstancias normales, podía distraerme mirando el celular sin pensar, pero ésa no era una opción. Entonces, recordé que mis padres se habían olvidado de mi computadora.

La laptop era de segunda mano, pesada, tosca y lenta. Pero había funcionado lo suficientemente bien para que Terpsícore buscara cualquier cosa sobre la que hubiera querido obtener respuestas cuando vino al departamento. *Terpsícore*. Su nombre hizo que se me revolviera el estómago. Sólo podía imaginar sus ojos ámbar mirándome fijamente, dolida, sorprendida, defraudada. Lo único que quería era no pensar en ella, pero cuando busqué en Instagram, me resultó difícil.

Un video de Terpsícore siendo arrastrada bruscamente por el jardín de los Luden ya aparecía en las historias de dos compañeros diferentes. En una, el pie de foto decía "Señora loca arrastra a niña fuera de una fiesta". El segundo video, grabado desde un ángulo diferente, tenía una imagen parpadeante de un helicóptero de dibujos animados estrellándose. Ese pie de foto rezaba: "Mamá helicóptero pierde el control". Ninguno de los dos videos duraba más de diez segundos y ambos suscitaron rápidamente comentarios de futuros y actuales alumnos de la Preparatoria Jackson.

Estuve ahí, la fiesta fue aburrida, por qué ser así?
Pensé que mi mamá era mala
Qué vergonzoso

Cerré la laptop y recuperé el aliento. Estaba claro que mi cerebro no sería capaz de dejar en paz a Terpsícore. Pero no quería volver a reproducir la noche, porque no confiaba en poder recordarla tal y como había sucedido en realidad, sin máquinas de humo ni efectos especiales. Cerré los ojos. Mis padres ya estaban en silencio, pero Mateo seguía levantado, arrastrando los pies por la habitación mientras sonaba la música. Cantaba en voz baja.

—"*Tal vez esta vez… Tendré suerte… Tal vez esta vez…*".

Volví a abrir la laptop y tuve un único pensamiento intrusivo.

¿Qué buscó Terpsícore en esta computadora?

Averiguarlo se sentía como una violación. Leer el historial de búsqueda de alguien era como sacar su diario de debajo de la almohada. Tal vez incluso peor. Probablemente estaba más cerca de romper el secreto de confesión. Lo que pasaba entre alguien e internet era asunto personal. ¿Y quién sabe? Ella tal vez lo había borrado, de cualquier forma.

Mientras repasaba cada uno de los argumentos razonables en contra de espiar, mi dedo índice recorría el panel táctil, arrastrando la flechita hasta la esquina superior izquierda de la pantalla. Mis entrañas se sintieron como una masa congelada y tambaleante cuando abrí el historial de búsqueda y me desplacé hacia abajo para ver las cosas que Terpsícore no quería que su madre supiera. Eran:

Estadísticas autismo titulaciones universitarias
Estadísticas autismo empleo
Estadísticas autismo vida independiente
Índices de matrimonio autismo
Tasas de divorcio autismo
¿Pueden las personas con autismo ser buenos padres?
¿Tienen citas los adolescentes con autismo?
Cómo ser una buena amiga
Cómo ser una buena amiga detalles

En ese momento, sentí que se me empezaban a humedecer los ojos. Hice clic en las páginas que estas búsquedas habían ofrecido a Terpsícore, algunas de ellas escritas para infundir valor, pero la mayoría eran frías, clínicas y poco útiles. El futuro que auguraban estas páginas era totalmente distinto del mundo que Terpsícore se estaba esforzando tanto por construir. Pensé en ella sentada en la computadora durante aquella noche de juegos, sin que su rostro revelara frustración o miedo. Y supe que debía haber estado asustada, al menos, porque así me había sentido yo cuando internet me ofreció mis propias estadísticas miserables sobre la CI. ¿Sería capaz de ir a la universidad? ¿Llegaría a tener un trabajo a tiempo completo? ¿Tendría alguna vez vida sexual? ¿Podría alguien quererme de verdad si quererme significaba un esfuerzo extra?

—*"Tal vez esta vez… Quizás esta vez…"*.

Sabía que no era lo mismo. Terpsícore lo había explicado. El autismo no estaba separado de lo que ella era; era parte integrante de su identidad. La cistitis intersticial era diferente. Era como si tuviera un parásito viviendo en mi vejiga, tomando las decisiones de todo mi cuerpo, sometiéndome a su voluntad. Volví a pensar en la imagen de sacármela del abdomen. ¿Por qué no podía ser una opción? Era extremo, claro, pero era una solución. Una solución verdadera, no un un aceite maloliente ni una pulsera estrambótica.

Escribí en la barra de búsqueda: *cistitis intersticial extirpación vejiga cura*.

Fue entonces cuando descubrí algo absolutamente ridículo. Algo que debería haber sido gracioso si no hubiera sido tan devastador. Me enteré de que una cistectomía total, una extirpación completa de la vejiga, había sido un tratamiento para la CI durante un tiempo. Pero no funcionaba. De hecho, los índices de alivio del dolor tras la intervención quirúrgica eran increíblemente bajos y, por ese motivo, era casi imposible convencer a un médico para que la realizara. En lugar de eso, descubrí que el tratamiento "no invasivo" incluía medicamentos con efectos secundarios peligrosos o la administración de lidocaína a través de un catéter o la visita regular a un fisioterapeuta para liberar los músculos tensos del suelo pélvico a través de la vagina. Luego, estaban las inyecciones en la pared de la vejiga, la aplicación de láser en las úlceras o la implantación de dispositivos eléctricos a lo largo de la columna vertebral para aliviar el dolor.

Por primera vez desde que me habían diagnosticado la enfermedad, empecé a comprender las implicaciones reales de palabras como "de por vida" y "crónica" e "incurable". Años y años de dolor, molestias, vergüenza, sufrimiento. Dios, ¿cómo iba a poder pagar algo de eso si no podía trabajar? Y si llegaba a ser capaz de trabajar, ¿qué tipo de trabajo me permitiría tomarme el tiempo que necesitaría para tratar activamente mi enfermedad? El pequeño parásito engreído, calientito y cómodo, no se iba a ir a ninguna parte. Jamás. Viviría la totalidad de mis años en amargo conflicto con este pequeño invasor, hasta que un día yo muriera y él se quedaría atrapado para pudrirse dentro de mi cadáver, conmigo. Mi único y verdadero compañero. *Para siempre.*

Para siempre es un lapso enorme para pensar cuando sólo has vivido catorce años.

~~~~~~~~~

Yo: Entonces, empieza así: "Querida Terpsícore…".

Sacerdote: Continúa.

Yo: Eso es todo. Es lo único que tengo.

Sacerdote: Ya veo.

Yo: Resulta que nunca antes había tenido que disculparme por algo tan grande. Ni siquiera sé cómo hacerlo. "Lo siento" no parece ni siquiera acercarse. ¿Sabe? Estaba leyendo ese libro de los santos espeluznantes, y ahí se hablaba de penitencia. ¿Sabe qué es eso?

Sacerdote: Estoy familiarizado con el concepto.

Yo: Y decía que antiguamente, cuando habías hecho algo malo, tú solo te castigabas por ello. A tu cuerpo, específicamente. Para demostrar que lo lamentabas.

Sacerdote: No estoy seguro de que eso sea del todo…

Yo: No, no, lo es. Estaba en el libro. Con fotos. Ayunar, caminar largas distancias descalzo, usar cilicios, autoflagelarse. "Mortificación de la carne", así es como lo llaman.

Sacerdote: Bueno. Los santos eran… Muchas personas a través de la historia han tomado ese camino, pero…

Yo: Se lo dije.

Sacerdote: Pero ¿es tu objetivo emular a los cristianos medievales, con cilicio y cenizas? A decir verdad, no he visto ningún cilicio en el armario de suministros de la casa parroquial. Creo que se nos acabaron hace unos… cuatrocientos años.

Yo: Entonces, lo que usted está diciendo es que me salté el desayuno para nada.

Sacerdote: No sabría decirte. Como siempre, hija, tropezaste con una de las grandes cuestiones. La intrusión es un problema inevitable. Es imposible ir por la vida sin que tus decisiones afecten a los demás. Así como a ti te afectan las decisiones de los demás. Forma parte de la condición humana. Ninguno de nosotros vive en el vacío.

Yo: ¿Y entonces?

Sacerdote: Exactamente.

Yo: Usted es exasperante.

Sacerdote: ¿Recuerdas alguna vez en la que alguien te haya pedido perdón de verdad? ¿Tal vez tu tía, tus padres, tu hermano?

Yo: En mi familia no se piden disculpas. No que yo recuerde. Somos más del tipo "pon los ojos en blanco y sigue adelante". Nunca cambia nada. Disculparse sería, no sé, como decir una mentira. Es más honesto seguir adelante.

Sacerdote: ¿Sientes que ese nivel de comunicación funciona bien? ¿Para tu familia?

Yo: Bueno, siento que usted está esperando que le diga que no. Pero mis padres siguen juntos. Y mi hermano sigue en casa. Así que, obviamente, funciona hasta cierto punto.

Sacerdote: ¿Es así como quieres proceder con tu amiga?

Yo: No. Quiero decir... no.

Sacerdote: ¿Puedo ofrecerte información interesante?

Yo: Si es necesario.

Sacerdote: Tú mencionaste la penitencia, el acto de arrepentimiento. Técnicamente, la mayoría de las personas que me acompañan en el confesionario están aquí para eso, aunque disfruto de la novedad de nuestras conversaciones menos formales. "Arrepentimiento" recurre a dos prefijos: *a*, que indica la idea de aproximación, y *re*, que en latín significa "otra vez" o "mucho". Luego, está la segunda parte de la palabra, propiamente la raíz, que viene de *paenitere*: "estar insatisfecho, lamentarse por algo".

Yo: Como querer pedir perdón.

Sacerdote: Exactamente. ¿Sabes? Durante mucho tiempo, no hubo distinción lingüística entre arrepentirse y lamentarse. Ésa es una división moderna.

Yo: No lo entiendo.

Sacerdote: En realidad, es bastante significativo.

Yo: Claro, le creo.

Sacerdote: Significa que, en algún nivel, si en verdad lamentas algo, el dolor del arrepentimiento te transforma. Y que la transformación te enseña, te reconcilia. Te encarrila. Te trae de regreso.

Capítulo veintitrés

Sentada a la mesa de la cocina, mordí la punta del lápiz y miré fijamente la página.

Querida Terpsícore,

Resulta que no sé cómo disculparme. Estaría bien culpar a mi familia...

—¿Dónde está tu hermano? —mamá irrumpió por la puerta principal con su uniforme de trabajo. Tenía los ojos inyectados en sangre—. Es mediodía y la puerta sigue cerrada allá abajo —abrió el gabinete debajo del fregadero como si Mateo pudiera estar escondido allí, eludiendo sus responsabilidades familiares.

—No lo sé —dije, dejando a un lado mi lápiz babeado—. Se fue hace una hora.

Olvidé mencionar que Mateo y yo nos habíamos cruzado en el callejón junto a las escaleras cuando volvía de mi charla con el sacerdote esta mañana. Mi hermano tenía el cabello brillante y llevaba una camisa con botones, algo que Vera le había regalado por su cumpleaños hacía unos años. Incluso me pareció que olía a colonia. En definitiva, iba demasiado bien vestido sólo para ir a la imprenta.

"¿Adónde vas?", le había preguntado.

Él había hecho una mueca: "¿Dónde has estado?".

Yo no iba a responder a eso, así que me aparté de su camino y lo vi desaparecer al doblar la esquina.

Mamá siguió por el pasillo para inspeccionar la recámara vacía de Mateo.

—El trabajo es el único lugar al que se le permite ir —dijo—. Está castigado. *Técnicamente.*

—No estoy segura de que él esté de acuerdo con eso.

—No seas sarcástica, Dolores. No te queda bien —se quejó mamá mientras se dirigía a la puerta principal y tomaba las llaves de la imprenta del mostrador—. Y si Mateo se molesta en venir a casa, dile que estoy abajo cubriendo su turno y que me gustaría mucho hablar con él.

La puerta se cerró de golpe y las pisadas de mi madre parecieron sacudir la pared exterior del edificio. Tomé el lápiz.

Querida Terpsícore,

Resulta que no sé cómo disculparme. Estaría bien culpar a mi familia, y quizá pueda hacerlo... un poco. Sé con certeza que ellos no me enseñaron a hacerlo. Me he devanado los sesos durante la última semana y el mejor ejemplo de disculpa que he recibido ha sido el tuyo. Cuando viniste a la imprenta y me dijiste que habías pensado mucho por qué me había disgustado tanto lo del taller de comunicación. Y que nunca fue tu intención que fuera así, pero que eso no significaba que no me hubiera dolido. Y que tenía tus "sinceras disculpas". Nunca nadie en el mundo me había hablado de esa manera. No sabía qué decir. Tal vez no dije nada. No me acuerdo.

Sé que te dije que tenía un montón de experiencia como mejor amiga. No fue una mentira intencionada: en verdad creía que yo era buena para eso. Pero resulta que, después de todo, yo fui una terrible mejor amiga. Al menos para ti.

No sé por qué mantengo este apego a Shae. Tenías razón. Ella fue mala conmigo. Fue una locura seguir queriendo ser su amiga después de que me envió ese mensaje. Creo que tal vez tenía miedo de no volver a tener una amiga. De ser una simple perdedora meona y una mancha color pipí en la tierra. Así que debería estar agradecida de que alguien me enviara un mensaje, aunque fuera para decirme que no quería volver a verme.

Suena como si estuviera tratando de causar lástima como una manera de evadir esta carta de disculpa. Pero no es así. Mucha gente tiene mala vejiga y no arruina la vida de sus amigos poniéndolos bajo arresto domiciliario permanente. Yo podría haber elegido no hacer eso. Y si pudiera regresar el tiempo, nunca te habría mentido ni te habría hecho ir a esa fiesta.

Me siento terrible, realmente fatal. Alguien con cierta autoridad en la materia me dijo que sentirme así era una buena señal, que sentir dolor por herir a alguien te convierte en el tipo de persona que no hace estupideces como ésa en el futuro.

Y el cambio en las acciones es más elocuente que repetir las palabras "lo siento". Pero voy a decirlas de todos modos: Lo siento, Terpsícore. Tuve mucha suerte de que me eligieras para ser tu amiga.

Mi lápiz se detuvo. No quería admitir que había leído el historial de búsqueda de Terpsícore. Ella no tenía por qué saber que había hecho algo tan indiscreto. Pero mi viaje hacia la autosuperación exigía honestidad, así que continué.

Y tú eres una buena amiga... te lo digo por si alguna vez estuviste preocupada al respecto. Tan preocupada como para buscarlo en Google, quiero decir. Y si tenías miedo de no llegar a hacer todas las cosas realmente increíbles que dices que vas a hacer, no deberías tenerlo, sin importar lo que diga internet. Esas estadísticas no te conocen. No saben lo talentosa, apasionada y creativa que eres, ni lo decidida que actúas cuando te propones un objetivo. Ni que sabes cómo añadir bolsillos a cualquier cosa y limpiar una mancha o atrapar una gallina suelta. Ni lo agradable que es estar contigo, por la forma en que la gente gravita hacia ti en una habitación. Creo que todas esas cosas significan mucho más que unos porcentajes en una página web.

Tu amiga,
Dolores

Golpeteé la punta desafilada del lápiz contra la palabra *amiga*. Era presuntuoso pensar que seguiría considerándome una amiga. Pero *Saludos cordiales* me parecía demasiado corporativo y adulto, y *Te quiere* no era una opción. Pensé de la forma en que esa palabra se había sentido tan hueca en el mensaje de Shae para mí. *Te quiero. Te quiero. Te quiero.* Después de agonizar sobre la cuestión durante varios minutos, finalmente borré eso de *Tu amiga* y lo reemplacé por:

Afectuosamente,
Dolores

La dirección de Terpsícore seguía en el refrigerador, en el extraño imán que la señora Berkenbosch-Jones le había dado a Mateo. La escribí en un sobre con mi mejor caligrafía y creé un remitente inventado para que la mamá de Terpsícore no sospechara. Con suerte, pensaría que su hija había recibido un inofensivo correo basura de la Sociedad de Artistas de Costura del Sudeste, de Atlanta, Georgia. Me disponía a bajar para echarla al buzón cuando me di cuenta, irónicamente, de que no tenía timbre. Y tampoco había ninguno en la imprenta.

～～～～～

Aquel domingo no fuimos a cenar a casa de *tía* Vera. Debería haber sido la señal de alarma de la inminente implosión de nuestra familia, pero en aquel momento no lo sentí así. No me di cuenta de que el pajarito amarillo había dejado de piar hasta que fue demasiado tarde.

Mi hermano regresó a casa aquella tarde, con los pies haciendo sonar la escalera a un ritmo uniforme, sin inmutarse.

—¿Dónde estabas? —preguntó papá en cuanto Mateo abrió la puerta—. Hoy no fuiste a trabajar.

Mateo se desabrochó el cuello de la camisa.

—Estuve ocupado —se quitó los brillantes zapatos de vestir marrones.

La voz de mi padre sonaba metálica.

—¿Qué pudo ser tan importante para que dejaras a tu madre a su suerte?

—Tengo un trabajo —dijo Mateo, estirando los hombros—. Tuve una entrevista esta mañana, y lo conseguí.

—¿Haciendo qué? —pregunté.

Mateo no contestó.

—Sólo vine por un cambio de ropa —explicó, dirigiéndose hacia su habitación—, y luego estaré fuera de tu vista para la noche.

La expresión de papá se ensombreció.

—¿Esperas vivir bajo este techo y no contribuir? —preguntó él.

—¿Por qué no? —respondió Mateo—. Tú lo haces.

Hubo un silencio que se sintió como una palpitación del corazón. La cara de papá enrojeció y sus hombros se cuadraron, pero en cuanto abrió la boca para hablar, Mateo continuó.

—De todos modos, pensé que en vez de darte trabajo gratis, podría comprarme mi propia comida y pagar renta —dijo mi hermano, saliendo al pasillo con su mochila de la preparatoria y unos jeans colgados del brazo como un *maître* con una servilleta de tela—. Ya sabes, como hacen los adultos normales —Mateo abrió la puerta principal—. Bueno, que tengan una linda noche todos ustedes. Nos vemos mañana.

Seguí a mi hermano escaleras abajo.

—Mateo. Mateo. ¡Mateo!

—¿Qué? —se dio la media vuelta.

—Mmm —me agarré al barandal metálico—. ¿Tienes algún timbre?

Mateo frunció la cara e hizo la mímica de quitarse un sombrero.

—Ni hay jabón, muñequita, y el teletipo también se estropeó.

—¿Puedes llevarme a comprar uno? —pregunté.

Mateo ladeó la cabeza, con repentina curiosidad.

—¿Para qué necesitas un timbre?

—Le escribí a Terpsícore una carta de disculpa —admití, sacando el sobre del bolsillo.

Mi hermano se pasó la lengua por los dientes y miró hacia el coche de Johann, que seguía en marcha en el estacionamiento.

—De acuerdo —dijo, bajando de un salto los dos últimos escalones—. Podemos buscar en el supermercado, pero si no tienen ahí, no vamos a seguir buscando.

—Gracias —lo seguí por el callejón y me deslicé en el asiento trasero del coche, con la carta sobre el regazo.

Él sacudió la cabeza.

—Nop. De ninguna manera. Sólo lo hago porque necesito comprar algunas cosas allí, de todos modos. Esto no es un favor. No te acostumbres.

Mateo me lanzó su mochila. La arrojé al suelo de una patada.

—Hola, Lola —Johann me dedicó una especie de sonrisa triste por el retrovisor—. ¿Cómo estás?

—Mmm —me hundí un poco recordando la última vez que Johann y yo nos habíamos visto—. No estoy prosperando.

Johann asintió con la cabeza y sacó el coche del estacionamiento.

—Sólo a la tienda, luego la traemos de vuelta a casa —Mateo me miró por encima del hombro mientras se abrochaba el cinturón.

—Por supuesto —dijo Johann. Sonrió un poco de reojo.

Mi hermano estaba demasiado ocupado mirando por la ventana para darse cuenta.

—Una carta. ¿No te preocupa que sea una especie de evasiva? —preguntó Mateo.

—Sí —dije, sacando el sobre de mi bolsillo—. Me disculparía en persona, pero no creo que la señora Berkenbosch-Jones me permita entrar en su propiedad.

Mateo asintió.

—Eso probablemente es cierto —replicó él.

Observé cómo se reflejaba la puesta de sol en las ventanas y los retrovisores de los vehículos que circulaban junto a nosotros. Un descolorido amarillo anaranjado nadaba por las curvas de cofres, cajuelas y parachoques. Fue entonces cuando vi la forma familiar de un Toyota Corolla. Me enderecé de inmediato.

—Espera. Mateo, mira —di unos golpecitos agresivos en el vidrio, como una niña pequeña en un acuario—. ¡Mira! Es el coche de mamá.

Mateo entrecerró los ojos.

—¿De qué estás hablando?

—Ahí, justo ahí —exclamé, señalando el carril a nuestra izquierda—. ¡Ése es su coche! Dios mío, Mateo, es domingo. ¡Los trece kilómetros!

Mateo tardó un segundo en procesar la gravedad de mi descubrimiento.

—Espera —dijo mi hermano, inclinándose hacia delante para ver alrededor de los anchos hombros de Johann—. Ni siquiera me di cuenta de que no estaba en casa.

—Yo tampoco —intenté ver bien a mi madre detrás del volante, pero sólo pude distinguir la forma general de su cola de caballo y sus lentes de sol—. No fuimos a casa de Vera. Había olvidado los "mandados".

Johann pulsó la direccional derecha, dispuesto a entrar en el estacionamiento del supermercado.

Mi hermano la quitó.

—Espera —dijo mordiéndose el labio.

—Síguela —supliqué—. ¡Por favor, Johann, tenemos que ver adónde va!

Al darse cuenta de que lo superábamos en número, el alemán redujo con obediencia la velocidad del vehículo y cambió de carril, de modo que quedamos dos coches por detrás de mi madre.

—No tan cerca —le advertí, inclinándome entre los asientos delanteros—. Reconocerá tu coche.

—El cinturón de seguridad —exigió Mateo.

—Me duele la vejiga —dije—. Sólo conduce con cuidado.

—*El cinturón*—repitió él.

Me hice hacia atrás en mi asiento.

—Bien. Está dando vuelta a la derecha.

—Sí —comentó Mateo—, podemos verlo, gracias.

Johann me lanzó una mirada compasiva por el espejo retrovisor. Puso la mano en la rodilla de mi hermano y le dio un apretón mientras seguía a mi madre por una intersección. Ya estábamos en la autopista, pasando por centros comerciales y restaurantes de comida rápida. Siendo realistas, no podía faltar mucho. Mi vejiga empezaba a quejarse de nuevo, pero moví los dedos de los pies dentro de mis zapatos e intenté ignorarla.

—Puso la direccional —dijo mi hermano—. Va a tomar la próxima salida. Ve, ahora, hay otro coche detrás de ella.

Johann se giró para mirar por encima del hombro mientras cambiaba de carril. El sol estaba bajo en el cielo detrás de nosotros.

—¿Qué hay de este lado de la ciudad? —preguntó—. No lo conozco.

—Yo tampoco —confesó mi hermano—. Va a entrar en ese estacionamiento —puso la mano en el volante—. No, sigue un poco más y da la vuelta en U en cuanto puedas.

—¡Es una iglesia! —grité, estirando el cuello para ver el edificio que acabábamos de pasar.

—No seas tonta, Dolores —se burló Mateo, devolviéndome la mirada.

—¡Te lo juro, tenía esa cosa puntiaguda arriba y todo!

Mateo levantó la ceja.

—¿Te refieres a una cruz? —preguntó él.

Johann dio la vuelta al coche y pude ver el techo metálico asomando por encima de los árboles.

—No —dije—, ¡un como se llame! ¡Un campanario! ¡Ahí, mira, mira, mira!

—Ella no haría algo así —Mateo sacudió la cabeza cuando Johann se detuvo en el estacionamiento—. Debe haber dado una vuelta equivocada.

—Ahí está su coche, justo enfrente —dije—. Y, definitivamente, eso es una iglesia.

—De acuerdo —Mateo tomó su teléfono y consultó el mapa—. Esto debe ser una coincidencia extraña, ¿cierto? Tal vez ella tenía que hacer un mandado, uno verdadero, o algo así. Esto no puede ser lo que ella hace con esos trece kilómetros.

—¿A cuántos kilómetros estamos de la casa de Vera? —pregunté.

—Seis, más o menos.

—¿Y a qué distancia estamos de casa?

Mi hermano no contestó, se quedó mirando la pantalla. Le pellizqué el brazo.

—¿A cuánta, Mateo?

—Un poco más de 6 kilómetros —dijo—. Esto no tiene sentido.

—Deberíamos entrar —analicé los otros nueve coches del estacionamiento—. Podemos espiarla. Averiguar lo que realmente está haciendo. Quiero decir, ella podría estar haciendo graffitis en el altar o algo así.

—Nunca he estado dentro de una iglesia —Mateo sonaba en verdad nervioso.

—No es para tanto —le dije, sintiéndome de repente como una experta en comparación. Abrí la puerta—. No te preocupes, no vas a arder en llamas.

Mateo se removió en su asiento.

—Prefiero no arriesgarme.

—Yo puedo ir contigo, Lola —Johann había estado en silencio durante un rato, tal vez sintiendo que era un poco un intruso en esta accidental exploración de la tradición familiar—. Si quieres puedo ir sólo yo.

—Está bien —dije, deslizándome fuera del coche—. Llamaré menos la atención si entro sola.

Omití mencionar que ya había dominado el arte de entrar y salir de una iglesia sin ser vista. Lo único que me hizo dudar fue lo diferente que parecía este edificio del de San Francisco de Asís. Cuanto más me acercaba, menos segura me sentía de que todas las iglesias tuvieran el mismo diseño. ¿Tenían aquí también un cura-en-una-caja? Abrí la puerta roja del frente.

~~~~~~~~~

Baño #66: Iglesia Episcopal de santa Mónica. Este baño gana puntos por su accesibilidad, ya que está situado a pocos pasos de la entrada del edificio. Un solo inodoro, así que uno descansa seguro de que no habrá un intruso sorpresa para interrumpir el flujo. El ventilador automático, la basura recién vaciada y el lavabo limpio hablan del buen mantenimiento de las instalaciones; sin embargo, hay que señalar que el color del baño es malva. Exclusivamente malva. Este fatal error de diseño debe influir en la calificación. Tres estrellas y media.

Resultó que no tuve que investigar mucho, ya que justo afuera del baño había un calendario impreso para el mes de julio. Había "Ensayo de la banda de música" los martes a las 7:00 pm y "Club de rompecabezas" los jueves a las 4:00 pm, y dos servicios para los domingos por la mañana, uno a las 8:30 y otro a las 10:30. Debajo de eso, a las 8:00 pm, encontré la respuesta al enigmático acertijo de mi familia.

—¿Te vio? —preguntó Mateo cuando regresé al coche.

—No.

—Bien, ¿qué averiguaste?

—La verdad es que no lo sé —contesté—. En el calendario decía "Grupo de apoyo para transiciones matrimoniales", pero no sé qué significa eso.

Johann y Mateo intercambiaron miradas. Luego, Mateo respiró lenta y largamente, y luego se volteó para mirar por la ventana. Apretó la mandíbula, frunció los labios y exhaló, frotándose la frente. Luego se relajó y susurró una sola palabra en sus dedos.

—*Bueno.*

—¿Qué? —pregunté. Sentía mi estómago como si me hubiera metido en un elevador en el último piso y descendido hasta el sótano—. ¿Qué significa eso?

—Divorcio —respondió Mateo finalmente—. Significa divorcio.

Veinte minutos después, Mateo pagó mis timbres en el supermercado. No dijo nada insolente, ni siquiera cuando el dependiente le dijo que sólo vendían timbres en talonarios de veinte y que tenía que sacar trece dólares para pagarlos. Incluso le indicó a Johann que pasara por delante de un buzón cuando íbamos de regreso al departamento. Pensé que eso significaba que cancelaría sus planes con Johann y volvería a entrar conmigo, pero cuando llegamos al callejón, yo me bajé y él no. Subí las escaleras sola.

Capítulo veinticuatro

Yo: Hola. Soy yo.

Sacerdote: Hola. Hace tiempo que no venías a platicar.

Yo: Un par de semanas.

Sacerdote: He estado rezando por ti.

Yo: Si eso es cierto, no está funcionando. ¿Puedo ser honesta con usted?

Sacerdote: Por supuesto.

Yo: Las cosas no van bien. Yo no estoy bien. El bienestar no es algo que describa mi estado actual.

Sacerdote: Ya veo.

Yo: ¿Sabe? Me he dado cuenta de que hay algo malo en mí. O sea… fundamentalmente. En mi alma… Dios, *¡uf!* ¡Me siento tan estúpida por llorar! ¿Por qué debería llorar si todo es culpa mía?

Sacerdote: Está bien llorar.

Yo: Claro, eso es lo que se supone que usted debe decir.

Sacerdote: ¿Qué crees que hay de malo en ti?

Yo: ¿Todo, tal vez? Llegados a este punto, sería más fácil desecharlo todo: mi cerebro, mi vejiga, mi personalidad, supongo…

Sacerdote: Eso suena bastante drástico.

Yo: La verdad es que no. Las cosas del exterior —la familia, las amistades— se han desmoronado por completo. Sigo pensando, y quizá sea torpe y egoísta, pero sigo pensando, ¿qué sentido tiene aprender a ser mejor persona cuando todo está roto sin remedio? ¿Cuando no puedes arreglar las cosas? Si pudiera deshacerme de todo lo que queda y empezar de cero, esta vez podría ser buena.

Sacerdote: Si buscas la reencarnación, tendrás que ir a otra iglesia. Desde el punto de vista católico, me temo que es más bien: "esto es lo que hay".

Yo: Imagínese…

Sacerdote: Bueno, si me lo preguntas a mí —que creo que es una apuesta justa—, no creo que nada sea insalvable. La desesperanza va un poco en contra de lo que promovemos.

Yo: Me odio a mí misma.

Sacerdote: Y Dios te ama.

Yo: Por mi culpa, mis padres se pelearon y ahora se van a divorciar. He metido a mi hermano en un lío y ahora tiene un nuevo trabajo y un novio y no quiere saber nada de mí. Mi mejor amiga de la infancia me superó, y mi mejor amiga actual no me ha contestado, porque *pedir perdón* no mejora las cosas. No borra las decisiones que tomé. Y ella tiene todo el derecho a seguir adelante con su vida sin mí, y yo ni siquiera puedo enfadarme con ella, porque si yo pudiera seguir adelante sin mí, también lo haría. Y mi estúpida vejiga me duele todo el tiempo, todos los días, y estoy tan cansada de ello.

Sacerdote: … Y Dios te ama.

Yo: Ya basta con eso.

Sacerdote: ¿Qué es lo que quieres oír, entonces?

Yo: Que usted puede arreglarme.

Sacerdote: Ah. ¿Tú crees en eso?

Yo: O sea, ¿usted no?

Sacerdote: Quiero plantearte una pregunta hipotética. Supongamos que Dios, como quiera que te imagines a Dios, se te apareciera ahora mismo y te dijera: "Lo siento, hija mía. Pero no voy a 'curar' a tu familia, a tus amistades, o tu enfermedad. Ésta es la vida y el cuerpo que te toca". ¿Qué harías?

Yo: Gritarle. Escupirle a la cara. Patearle las pelotas.

Sacerdote: De acuerdo. ¿Y cuando eso no cambiara nada?

Yo: ¿Qué quiere que le diga?

Sacerdote: Sólo quiero saber…

Yo: ¿Qué?, ¿que de repente todo me parece bien? ¡No, no me parece bien! ¡Nada de esto me parece bien! ¡Pensé que había dicho que no promueve la desesperanza!

Sacerdote: No es…

Yo: ¡No, cállese! *¡Cállese!* ¿Por qué la gente acude a usted si usted no cambia nada? ¿Si no ayuda a nadie? ¿No es ése su trabajo?

Sacerdote: Hija…

Yo: ¡Yo no soy su hija! Usted debe ser una especie de cretino, sentado aquí todo el día, escuchando lo estropeados y rotos que están todos cuando usted no hace nada por mejorarlos. Es usted un inútil. *¡Inútil!*

~~~~~~~~~~

Salí furiosa del confesionario, con los dedos comencé a golpear la parte superior de los bancos de roble pulido y la áspera tapicería roja. Había una estatua de un monje con túnica metida en un hueco de la pared junto a la puerta. San Francisco, supuse, dado que el edificio llevaba su nombre. El hombre era calvo y barbudo, y varias criaturas del bosque le rodeaban: pájaros, ardillas, un cordero y tres ratitas que mordisqueaban sus sandalias de cuero. Los ojos vidriosos y abatidos de san Francisco me observaron salir corriendo de la iglesia con un desinterés malsano.

Abrí la puerta de golpe y casi derribo a mi tía, que estaba subiendo por la escalera.

—¡Dolores! —jadeó *tía* Vera, poniendo una mano en el barandal y la otra en su pecho—. Por todos los cielos, ¿qué haces… saltando fuera de las iglesias y asustando a las ancianas? —entrecerró los ojos y su sorpresa se convirtió en sospecha—. ¿Tu madre te incitó a hacer esto?

—No —respondí, secándome las lágrimas con mi blusa—. No es nada, *tía*. Perdón por haberte asustado —girando la cara, intenté maniobrar a su alrededor, pero no lo conseguí. La mujer era una fortaleza.

—¿Viniste aquí por tu cuenta? —preguntó ella.

—Por supuesto que no —miré hacia las escaleras de concreto. La sombra de mi tía eclipsaba la mía por completo—. Sólo déjame en paz, no quiero hablar de esto.

—¿Dónde está tu pulsera, *mija*? —preguntó *tía* Vera—. Me prometiste que te la pondrías. ¿Ya probaste el aceite que te regalé? —empezó a buscar algo en su bolsa.

—Tampoco quiero hablar de eso —insistí—. Por favor.

Tía Vera me ignoró y sacó un frasco de su bolso. Era del tamaño de un pequeño tubo de ensayo de vidrio y estaba lleno de un polvo beige. Tenía una especie de etiqueta iridiscente de la Virgen de Guadalupe. Me puso el objeto en la palma de la mano y luego juntó mis manos.

—Es tierra bendita —dijo mi tía.

Miré hacia la calle.

—*Tía...*

—Sólo escucha un minuto —esperó hasta que volví la cara hacia ella—. Hace mucho tiempo, en las montañas de Nuevo México, había un arroyo mágico. Nuestros antepasados, los indios *Pueblo*, creían que el agua contenía espíritus curativos. El agua hace tiempo que desapareció, pero la tierra —señaló mis manos— ¡la tierra sigue ahí! Y los milagros también. La iglesia que está en el lugar, el Santuario de Chimayó, tiene un crucifijo que mueve...

Apreté el frasco en el puño y rechiné los dientes.

—*Tía* Vera, basta...

—Escúchame —me suplicó. Su voz parecía a la vez suplicante y condescendiente. O quizá me lo estaba imaginando—. Quiero ayudarte, *mija*. En la iglesia hay toda una sala llena de *exvotos*, ofrendas de agradecimiento que la gente ha dejado por haberse curado. ¿No quieres curarte?

—¡No, *tía*! ¡No más! —me aparté de mi tía, arreglándomelas para esquivarla por fin—. No más aceite, no más amuletos, no más tierra mágica. ¡Es una estupidez! ¡*Tú* eres una lunática por creer en estas tonterías!

—¡Dolores! —*tía* Vera me siguió escaleras abajo—. ¿Qué se te ha metido?

Levanté el frasco de tierra.

—¿Cuánto dinero pagaste por esto?

Vera se ajustó las gafas.

—No se trata del din...

—¿Ves? Eso es exactamente —gemí—: Dios, criaste a seis hijos. ¿Cómo puedes ser tan ingenua? Esto es una estafa. Todo es una estafa. ¡Esto no ayuda en nada! ¡Sólo ya para con esto, Vera!

No me di cuenta de que había tirado la tierra bendita hasta que el lateral de la botellita chocó con el borde de un escalón y se hizo añicos, lanzando arena en todas direcciones.

—*Mija*.

Ignoré la acusación de mi tía y me apresuré por la acera hacia la imprenta, con las manos metidas en mis bolsillos y la tierra bendita pegada a las suelas de mis zapatos.

~~~~~~~~

Mi vejiga y mi conciencia me habían dificultado el sueño nocturno. En cuanto llegué a casa después de mi enfrentamiento con *tía* Vera, colapsé en mi cama. Entonces, oí un ruido. Me incorporé. El corazón se me aceleró mientras permanecía quieta, preguntándome si el ruido había sido real o un sueño. Aunque no recordaba haberme dormido, debía haber estado perdida por horas. La luz de la ventana ya se había teñido con los primeros colores del atardecer.

Me limpié la saliva de la mejilla y esperé a que mi pulso se normalizara. Entonces, en cuanto me convencí de que había despertado de una pesadilla, volví a oír el sonido. Era la voz de mi madre. Estaba gritando.

—¿… podrías? —sólo capté el final de la frase de mamá.

Mi padre, igualando su volumen, era más fácil de entender.

—¡No puedo obligar a la mujer a pagarme!

—¡Maldita sea, claro que no!

Balanceé las piernas sobre un costado de mi cama y me di cuenta de que me había dormido con los zapatos puestos.

—¡Dice que no tiene el dinero! —la voz de mi padre retumbó a través de la pared de yeso hueca. Seguí el sonido hasta el pasillo—. ¿Qué se supone que tengo que hacer? ¿Entrar en su casa? ¿Mirar debajo de su colchón? ¿Robarle sus joyas?

Mis padres estaban parados junto a la puerta principal.

—¡Te estafó! —mi madre se llevó las manos a la cabeza—. ¡Dejaste que te estafara! Tú… tú, incompetente…

Asomé la cabeza en la recámara de mi hermano, con la esperanza de que éste pudiera ser uno de los raros momentos en que estaba en casa. Pero, como de costumbre, Mateo debía estar en su nuevo trabajo, o en algún lugar con Johann. Sólo yo estaba aquí. Estaba sola. Me abracé a la pared del pasillo y me acerqué lentamente a la pelea hasta que pude observar la escena completa. Había una caja desechada en el piso, con el logotipo piramidal en los costados. Parecía que mi madre la había pisoteado varias veces.

Mamá tomó de la mesa de la cocina un montón de sobres. Los puso delante de la cara de papá.

—¡Mira! ¡Mira esto!

Papá tragó saliva, ruborizándose.

—Sí, bueno, estuve intentando…

—Oh, estuviste intentando —repitió ella, riendo fríamente—. ¿Apuestas, Diego? Yo me paso las horas trabajando para mantenernos a flote, ¿y tú te gastas mi dinero en billetes de lotería?

—¡Hice una investigación! Las probabilidades…

Ella le lanzó los sobres a la cara.

—¡Nos llevaste a la quiebra! —gritó mi madre—. ¡Vamos a perder nuestra casa! ¡No tenemos nada! ¡Tenemos menos que nada! —abrió la puerta de un tirón—. ¡Fuera de aquí, Diego! *¡Fuera!*

Papá sostuvo la puerta.

—¿Por qué no puedes creer en mí? —la voz de mi padre sonó aguda y acusadora.

Mi madre se dobló por la cintura, como si fuera a ponerse enferma.

—¿Por qué, por qué haría yo eso? —ella sacudió la cabeza—. ¡Mira lo que has hecho!

Papá tenía los nudillos blancos.

—¡Les di a nuestros hijos un futuro!

—*¡Tú no les diste nada!* —gritó mamá.

—Tengo el televisor.

Tres palabras.

Salieron de la lengua de mi padre como si fueran cualquier otra declaración. *Nuestro sofá es viejo. La ropa ya está seca.*

Tengo el televisor.

Pero *no* fue una declaración cualquiera. Las palabras fueron como un relámpago. Enviaron una corriente eléctrica de energía candente a través de mi madre. Ella se incorporó en un movimiento brusco.

—¿*Tienes el televisor?* —dijo. Se giró hacia la caja de cartón que se había convertido en un elemento fijo de nuestra sala—. Tienes el televisor —repitió, lo bastante alto para que yo la oyera esta vez. Puso las manos a ambos lados de la enorme caja y se agachó un poco—. Correcto. El televisor. ¿Cómo pude olvidar *el maldito televisor*?

Mi madre levantó la caja del televisor, aquella horrible cosa descomunal, subió los cinco escalones hasta la entrada, llevándola entre ella y mi padre y la puerta abierta. Sus ojos brillaban con algo más profundo que la ira, así como el vino es más profundo que el jugo de uva. Era una ira que había madurado, envejecido y fermentado hasta convertirse en algo totalmente nuevo. Y mi madre estaba ebria de eso.

—¡Mamá! —grité, corriendo por la habitación. Llegué a la puerta—. ¡Mamá, detente!

Con un grito gutural, ella salió corriendo al rellano y lanzó todo su peso contra el barandal. El televisor salió disparado de su caja. Liberado de su capullo de cartón, los colores del atardecer se reflejaron en el protector plástico de la pantalla que nadie había quitado. Parecía una mancha de aceite. Como un prisma arcoíris. Como un gran pájaro negro. Al observarlo, recordé aquellos primeros momentos de vuelo, cuando yo también había caído por la escalera para estrellarme con el callejón. Pero no hubo ningún alemán oportuno ahora que detuviera la caída del televisor.

El impacto fue mucho menos estruendoso de lo que esperaba, mucho más contenido. Me preparé para una explosión, para una metralla rebotando dos metros en el aire. Pero no hubo nada de eso. Sólo un único y triste sonido cuando la pantalla cayó al suelo.

Crunch.

Papá se quedó helado en la puerta, mirando a mi madre con incredulidad.

—¡Abigail!

Mamá arrojó la caja de cartón y cayó sobre sus rodillas.

—Acércate un paso más a mí, Diego —advirtió ella—, y serás tú el siguiente en caer por el barandal.

—De acuerdo —dijo papá, bajando lentamente hasta sentarse. Levantó las manos—. De acuerdo. Me quedo aquí sentado.

Un par de caras tatuadas se asomaron por la esquina del edificio.

—Hey, eh, ¿están bien ahí arriba? —preguntó Lagrimita.

Gracias a Dios, pensé, bajando apresuradamente la escalera.

—¿Necesitas ayuda? —Araña parecía preocupado—. Estábamos cerrando y oímos los gritos.

—¡Sí! —respondí—. Necesito que me prestes un teléfono.

Lagrimita sacó el suyo del bolsillo delantero de su delantal. En la pantalla de bloqueo aparecían él y la mujer con el bebé que siempre estaba en la heladería. Estaban en un banco del parque, acurrucados. Tecleó una contraseña y me lo dio.

Sólo me vino a la mente un número de teléfono. Era uno que me habían metido en la cabeza desde que tenía edad para repetirlo. El número al que llamar en caso de emergencia.

—¿Quién es? ¿Quién está ahí?

—*Tía*, soy Dolores —miré tímidamente a Araña y Lagrimita, sintiéndome cohibida al tener que explicar la situación delante de ellos. Al darse cuenta, se apartaron respetuosamente y miraron al suelo.

—Papá nos llevó a la bancarrota y mamá lanzó la tele por el balcón.

—Voy para allá ahora mismo —fue lo único que dijo mi tía. Enseguida, colgó.

Le devolví el teléfono a Lagrimita.

—Eh, gracias.

Mamá estaba aferrada al barandal de metal verde desconchado como un koala rabioso mientras papá le lanzaba trivialidades cada vez más estúpidas.

—Normalmente no es así —expliqué, conteniendo los sollozos.

—Claro, no, lo entendemos —respondió Araña. Asintió con la cabeza como si todo esto fuera normal. Pero me di cuenta por sus ojos de que esto no era para nada normal—. Cosas de familia, ¿cierto?

—Cierto —dije. Me balanceé sobre mis talones y esperé a Vera.

—¡Abigail, entra! —suplicó mi padre.

Mamá se agarró con más fuerza al barandal.

—Dos veces al mes voy a un grupo de apoyo para personas con matrimonios infelices —dijo ella—. Y escucho a los demás hablar de sus parejas. Todos cuentan historias horribles de crueldad, violencia e infidelidad. Nuestro matrimonio no es así —volvió a mirar a mi padre—. Tú nunca has sido así. Así que volvía a casa y me decía que me quedaría y lo intentaría de nuevo. Sólo dos semanas más. Una y otra vez. Durante *años*.

No podía ver la cara de papá. Me preguntaba cuál sería su reacción al enterarse de esto.

—Y nadie de los que conocí en esa primera reunión sigue yendo a ese grupo —continuó mamá—. Dejaron a sus parejas y siguieron adelante con sus vidas. Ya no están atrapados en este horrible ciclo. Y estoy tan celosa de ellos.

Cinco minutos más tarde, el coche rojo de *tía* Vera se detuvo frente a la imprenta, con el san Cristóbal de plástico bailando en el tablero mientras ella se estacionaba. Luego, con sorprendente agilidad, la mujer saltó y corrió hacia el callejón en pantuflas. Sí, en pantuflas. Como había prometido, mi tía había venido directamente. No llevaba maquillaje ni joyas. Su cabello ralo estaba atado con un pañuelo, y sus pechos sueltos se hundían en su camisón. Se agarró al barandal y subió las escaleras.

La cara de mamá se torció de dolor.

—¡No quiero oírlo, Vera! —dijo ella jadeando—. No quiero oír lo mala madre que soy al permitir que mi hija me vea así. Al permitir que toda la calle me vea así. Eso ya no importa —deslizó su mejilla por uno de los barrotes metálicos—. Lo perdimos todo.

Plap, plap, plap, las pantuflas de *tía* Vera hacían vibrar las escaleras. Se me hundió el estómago. ¿Por qué la había llamado a *ella*? ¿Qué iba a hacer mi tía? Después de tantos años de tensas cenas dominicales y de discusiones pasivo-agresivas, ¿cómo reaccionaría Vera al ver que su compañera de duelos había caído tan bajo? ¿Qué palabras tendría ahora para mi madre?

—Vera —mamá se encogió cuando mi tía llegó al rellano—. Vera, te lo advierto…

Pero *tía* Vera no dijo nada en absoluto. Por primera vez desde que yo recuerde, mi tía entró en una situación en completo silencio. Bajó a sentarse junto a mi madre y se estiró para abrazarla. El rostro de mamá desapareció por completo, enterrado en el hombro de mi tía. Vera le acarició la espalda y la meció, como si mi madre fuera uno más de sus hermanos huérfanos. Y Vera tarareó, sólo dos notas, una y otra vez, más agudas y luego más graves, zumbando como una tórtola.

Fue como si este patrón hubiera desatado algo en mi madre. Y empezó a sollozar. Sollozaba como una niña, entre grandes y largas bocanadas de aire, arcadas, toses y lamentos.

Me asusté. Mis manos empezaron a temblar y sentí el pecho como cuando Terpsícore me había clavado los nudillos en el esternón.

—Hey, niña —dijo Araña suavemente—. ¿Quieres sentarte dentro de la heladería? —miró la pantalla aplastada—. No puede ser bueno que respiremos lo que sea que haya dentro de estos televisores nuevos.

Asentí con la cabeza. Araña parecía tener un argumento razonable. Pero no lograba moverme.

El coche de Johann dio vuelta en la esquina para estacionarse delante de la imprenta. Las llantas arañaron el borde de la banqueta, haciendo un sonido terrible. Mateo salió dando tumbos del lado del conductor y estuvo a punto de caer cuando se dirigió al callejón.

—¿Qué demonios pasó? —preguntó.

—No lo sé. Yo acababa de despertar y ya estaban peleando —expliqué—. Pero no era una pelea normal. Creo que podríamos habernos quedado sin casa —me abracé los hombros—. ¿Cómo supiste que tenías que venir? Olvidé llamarte.

Mi hermano no contestó. Estaba demasiado ocupado reconstruyendo la escena, mirando hacia lo alto de la escalera y luego hacia el televisor.

Lagrimita se aclaró la garganta.

—Hey, amigo, si quieres ven con tu hermana a esperar dentro —le dijo a Mateo—. Tomen un helado. Nosotros podemos limpiar…

Desde el rellano, Vera habló por fin.

—No puedo creer que hayas puesto a tu familia en riesgo de esta manera, Diego —dijo, todavía meciendo a mi llorosa madre.

Papá salió, parecía desanimado.

—Ellos son la razón por la que lo hice todo, en primer lugar —suspiró—. Todo esto era para ellos.

—No —lo corrigió *tía* Vera con dureza—. Tú querías esto. Has sido tonto y egoísta. Vete ahora mismo y no te molestes en regresar hasta que estés listo para ser marido y padre.

Mateo me acompañó a la heladería antes de que yo pudiera ver la cara de papá. Antes de que pudiera leer una decisión en sus ojos.

—Claro, eh, un helado suena bien. Gracias —fue lo que mi hermano dijo.

Capítulo veinticinco

Media hora más tarde, estaba sentada mirando una copa de helado de vainilla derretido mientras hacía pequeñas rotaciones de noventa grados en un taburete. Ausente, Mateo tomó un trapo y empezó a limpiar el mostrador. Ninguno de los dos habíamos hablado de nuestros padres.

—Estás limpiando —dije.

—¿Y?

—Nunca limpias en casa —apoyé la frente en el mostrador.

—No me pagan por limpiar en casa.

—No te pagan por limpiar aquí… —hice una pausa, mirándole sorprendida—. Espera, ¿éste… éste es tu trabajo?

—Uno de ellos —respondió Mateo—. Necesitaré al menos uno o dos más, pero, ya sabes, es un comienzo —me separó del mostrador y pasó el trapo por la superficie delante de mí, donde mi piel grasienta había dejado una mancha—. ¿Has sabido algo de Terps?

—No hace falta que finjas que te importa —me burlé, apartando su mano.

—No estoy fingiendo —la cara de Mateo me recordó de pronto a la de mamá, largas líneas surcadas por el insomnio y la preocupación—. Dolores, no estoy fingiendo —repitió.

—No sé nada de ella —le dije—. Han pasado semanas, así que a estas alturas, no creo que eso cambie.

—Quizá no recibió la carta —replicó mi hermano.

—O quizás el daño ya está hecho —apoyé la barbilla en la mano—. Ahora estoy muy triste. Fui tan estúpida.

—Eres una estudiante solitaria. A veces, eso te convierte en idiota —Mateo dejó caer el trapo en una papelera detrás del mostrador—. Recuerdo cómo es eso.

—Nunca estuviste solo en la preparatoria.

—Lo estuve.

—Claro que no. Tú eras el Sr. Popular.

—Eso no significa que no me sintiera solo.

Sacudí la cabeza.

—No te creo.

—¿Qué, quieres pruebas? —Mateo señaló un gabinete en la esquina—. Ven para acá. Ven a sentarte, y te lo voy a demostrar.

Suspiré, pero tenía demasiada curiosidad para no seguirlo. Sonaba inquietante y, en aquel momento, habría dado mi nalga izquierda por una distracción.

Mateo se acomodó en el asiento frente a mí.

—Entonces, todo esto empieza hace un par de años, ¿cierto? Cuando vi una noticia sobre un caracol llamado Jeremy que nació con la concha torcida hacia la izquierda en vez de hacia la derecha —trazó una espiral de Fibonacci en el aire con el dedo—. Toda su anatomía estaba al revés. Y eso es un verdadero problema para los caracoles, porque los genitales están en el lado derecho —dejó caer la mano de nuevo a la mesa—. O deberían estarlo, que era el problema de Jeremy.

Entrecerré los ojos.

—¿Adónde vamos con todo esto?

—Basta, sólo escucha. Y entonces, este pobre caracolito invertido no podía tener una relación con ninguno de los otros caracoles, porque había nacido mal —Mateo hizo una pausa—. Quiero decir, no técnicamente *mal*, supongo, pero diferente. Raro. Como sea, los noticieros estuvieron llamando a la gente para que saliera a sus jardines, parques y bosques a buscar otro caracol "zurdo" —la voz de mi hermano se tornó ronca a causa de la emoción y se aclaró la garganta—. Se convirtió en un gran esfuerzo internacional. Una carrera para encontrar el amor para Jeremy.

—¿Estás llorando?

Mateo me dio una patada en la espinilla.

—Cállate. Hay eco.

—¡Auch! Lo siento. Una misión caracol global muy seria. Continúa.

—Y entonces, imagíname, dieciséis años y borracho hasta la estupidez en una fiesta cuando alguien saca un *kit* de *handpoke* y pregunta si alguien quiere un tatuaje gratis —Mateo se volvió hacia un lado y subió el pie a su asiento. Empezó a desabrocharse las cintas—. Naturalmente, me ofrecí como voluntario. El tipo me preguntó qué quería y, de repente, me acordé de aquel reportaje y de Jeremy, así que le dije: "Hazme un caracol con el caparazón torcido hacia la izquierda". *Sinistrorso* es el término científico. Lo busqué más tarde —Mateo hizo una mueca y sostuvo su pie desnudo para que yo pudiera inspeccionarlo. Allí, cubierto de pelusa del calcetín sudado, justo por encima de los dedos peludos de mi hermano, estaba el caracol más ridículo que yo hubiera visto jamás.

—Santo…

—No quiero oírlo —advirtió Mateo—. El chico dijo que iba a ser artista tatuador. Creo que ahora está estudiando contabilidad.

Me cubrí la boca con la mano para contener la risa involuntaria.

—*Dios mío, Mateo* —susurré—. Es bizco.

Mi hermano retiró el pie e hizo un puchero.

—De acuerdo, se acabó el tiempo de compartir. Acabas de perder tus privilegios.

—No, no, es… —hice una pausa, tratando de encontrar un adjetivo apropiado. Finalmente, me decidí por—: dulce —y rápidamente añadí—: Pero no entiendo muy bien por qué me lo enseñas. O sea, lo has mantenido en secreto durante cuatro años.

—Cuatro años no es nada —suspiró Mateo—. Al día siguiente, cuando ya estuve sobrio y lo vi, estuve más que seguro de que tendría que esconder ese tatuaje por el resto de mi existencia. Sería una de esas personas que tienen sexo con los calcetines puestos.

Hice una mueca.

—Iuu. Por favor, no te explayes.

—Pero ahora está bien, yo creo —se limpió la pelusa del pie, examinando el gasterópodo asimétrico con una expresión no muy lejana al cariño—. Creo que me gusta. Y recuerdo por qué me lo hice, para empezar. Su significado.

—¿Tiene algún significado?

Mateo asintió y adoptó un tono serio, como si estuviera explicando la moraleja de una fábula.

—Cuando eres diferente a la mayoría de los caracoles, es fácil amargarse y darse por vencido —dijo—. O puedes seguir buscando, creyendo que algún día encontrarás a tu alma gemela. El caracol que te hará sentir que tienes sentido en el mundo. Y se restregarán el uno al otro con sus genitales invertidos mientras marchan juntos hacia la puesta de sol.

—Vaya —me destapé la boca y sacudí la cabeza—. Deberías escribir libros para niños.

Mi hermano rio.

—¿Sabes qué le pasó al caracol de las noticias? —pregunté—. ¿Jason? ¿Jeffrey?

—Jeremy —Mateo se aclaró la garganta—. Sí, lo busqué no hace mucho. Después de esa noticia, gente de todo el mundo partió en la búsqueda, y encontraron no sólo uno, sino otros dos caracoles sinistrorsos. Y los enviaron a dondequiera que estuviera Jeremy.

—¡Vaya! —dije—. Eso es realmente lindo, de hecho.

—Eso podría pensarse —Mateo hizo una mueca—. Pero los dos caracoles zurdos se aparearon entre ellos. Mucho. Incesantemente —se encogió de hombros—. Y al final, Jeremy murió.

Mis ojos se abrieron de golpe.

—Oh, Dios mío.

—Sip.

—Eso. Es. Trágico.

—Oh, soy muy consciente de ello —Mateo miró su reloj y se volvió a poner el calcetín—. Pero los científicos que estudiaron a Jeremy creen que ese pequeño soldado fue responsable de al menos algunos de los bebés caracol que encontraron en el recinto. Así que no fue una existencia carente de amor para nuestro baboso inconformista —hizo una pausa—. No me mires así, Dolores. El mensaje de esperanza y pertenencia de mi tatuaje sigue siendo relevante.

—Si tú lo dices —algo en la forma decidida en que mi hermano se ataba las cintas de su zapato me puso nerviosa—. ¿Mateo?

—¿Sí? —se levantó para limpiar mi plato de helado.

—¿Te vas a ir?

—Tengo que devolver el coche de Johann. Volveré mañana.

—Pero…

—No te preocupes —me ofreció una mano y me levantó—. Vera se va a encargar de esto. Ella y mamá, van a averiguar cómo resolverlo. No va a pasar nada más esta noche.

—Creo que estamos peleadas —dije—. *Tía* Vera y yo.

—Bueno, no voy a tomar partido en eso, pero si yo fuera tú, podría considerar una tregua —Mateo sostuvo la puerta expectante. El aire exterior era cálido y húmedo.

Me detuve en la puerta y levanté las cejas.

—¿Vas a enseñarle a Johann tu tatuaje?

—Es hora de irse, Dolores.

—Él ya lo vio, ¿cierto? Sólo por eso me lo enseñaste.

Mateo puso los ojos en blanco y me tomó del codo, sacándome de la heladería. Afuera, Araña y Lagrimita estaban apoyados en la fachada del edificio, como si se hubieran resistido a interrumpirnos si volvían a su establecimiento.

—Gracias por llamarme —dijo Mateo, dándoles la mano. Parecía una cosa tan adulta—. Y por encargarse del lío. Somos familia, ¿cierto?

—Cierto —respondió Araña—. Si ustedes dos necesitan algo más, sólo pasen por aquí, ¿de acuerdo?

Mateo forzó una sonrisa.

—Por supuesto.

Mamá y Vera ya no estaban en el rellano. Me sentí aliviada. Mientras mi hermano y yo subíamos las escaleras, miré por encima del barandal. El televisor y su caja habían desaparecido del callejón. También la camioneta de papá.

—Duerme un poco, Dolores —me indicó Mateo—. Todo va a estar bien.

Recordé haber oído una vez que si estabas en un avión y había turbulencias, debías mirar a las azafatas. Si estaban actuando de manera tranquila y casual, significaba que el avión no se iba a estrellar, incluso si se sentía como si así fuera. Mateo parecía cansado, pero no asustado. Y todavía se iba a pasar la noche con Johann, jugando con los pies, lo que me hizo creer que no estábamos todos a punto de estrellarnos y arder. Quizá.

Mamá y *tía* Vera estaban sentadas a la mesa de la cocina, pero ninguna pareció oírme entrar. Mamá tenía la mirada perdida en una taza de café mientras mi tía abría y organizaba los recibos multicolores de cuentas por pagar, colocándolas en pilas ordenadas. Sin decir nada, pasé junto a ellas y me retiré a mi recámara.

Capítulo veintiséis

Por mucho que quisiera quedarme en la cama todo el día, tenía hambre y debía que hacer pipí, lo que significaba salir y enfrentarme a la nueva forma de mi familia. Mamá y Vera seguían sentadas en los mismos sitios, frente a la mesa de la cocina. Pero no se habían quedado estancadas. Mamá estaba investigando en su laptop mientras Vera miraba una calculadora a través de la parte inferior de sus gafas, se aclaraba la garganta y garabateaba en uno de mis cuadernos escolares con hojas a medio usar.

Fui a la cocina, evitando a propósito el contacto visual con ninguna de las dos mujeres. Me aterraba tener que inventarme un saludo. "Buenos días" me parecía una bofetada en la cara después de la noche que habíamos pasado. Vertí un poco de cereal en una taza navideña y abrí el refrigerador.

—Nos quedamos sin leche —dijo mamá. Giré y me di cuenta de que me estaba observando. Tenía la cara hinchada y los ojos enrojecidos, pero su voz sonaba relativamente normal. No del todo alegre, pero tampoco ronca de desesperación—. Lo siento —añadió.

—No pasa nada —cerré el refrigerador y tomé una cuchara de plástico del cajón. Vera tecleó algo más en la calculadora, murmuró para sí y garabateó otra nota. Comí parada contra la estufa, masticando el cereal rancio hasta convertirlo en una pasta espesa.

—Puedo ir por más hoy —mamá cerró su laptop—. Y por algunas cosas más para comer. Sé que nos quedan pocos condimentos y salsas —su mirada me seguía ansiosamente, como si estuviera preparándose para ser cuestionada con cualquiera de las numerosas preguntas incómodas que se justificaban después de las últimas veinticuatro horas.

Asentí y miré alrededor. Había algo diferente en el departamento, pero no podía identificar el cambio. Entonces me di cuenta.

—Había olvidado cuánto espacio solíamos tener en la sala —dije finalmente.

Mamá exhaló y las comisuras de sus labios se relajaron.

—Yo también —respondió.

Vera levantó la vista por encima de sus gafas, chasqueó la lengua y me indicó que me acercara a la mesa.

—Ven aquí, *mija*.

Dudé y dejé la taza sobre el mostrador.

～～～～～

EXTERIOR DE LA IGLESIA CATÓLICA DE FRANCISCO DE ASÍS, POR LA TARDE, EL DÍA ANTERIOR

DOLORES y TÍA VERA se enzarzan en una creciente lucha física. Ráfagas de viento arremolinan oleadas de tierra bendita a su alrededor mientras la música se vuelve cada vez más intensa. La cámara se detiene en

la expresión de rabia desenfrenada de TÍA
VERA. Desesperada por escapar y llena de
justa indignación, DOLORES empuja a su tía
por las escaleras. La mujer grita y cae...

~~~~~~~~~~

No. Eso no fue lo que pasó. Vera no se había enojado en la
escalera de la iglesia. La interacción nunca había llegado a las
manos, no había habido ventiladores industriales soplando
arena, tampoco hubo violines.

Tía Vera se acercó y tomó mi mano con firmeza. Esperó a
que levantara la vista para mirarla.

—Te quiero mucho —me dijo mi tía, apretándome los dedos en cada palabra. Como si estuviera reiterando la frase en
código Morse.

—Yo también te quiero, *tía*.

Asintió, satisfecha, y me soltó.

—Ahora, ve a preparar otra cafetera para tu madre —me
ordenó, levantándose de la silla—. Yo me voy a casa.

Mi terror debía ser obvio.

—*Ay, niña* —suspiró Vera—. Sólo voy a ponerme algo de
maquillaje y a cambiarme de ropa, regresaré más tarde.

—Ah. Eso está bien —miré a mi madre—. Quiero decir,
siempre y cuando...

Mamá soltó una risita irónica.

—Sí, Dolores, está bien que tu tía regrese.

Me relajé.

—Entonces, está bien.

Tía Vera me dio una palmada en el hombro mientras rodeaba la mesa y se dirigía a la puerta.

329

—Café —repitió. Luego me besó en la frente y se fue.

—Bien —recogí la jarra de la mesa y la volví a poner sobre la base caliente—. ¿Quieres que prepare la misma cantidad de café o necesitas la artillería pesada?

Mamá se giró en su silla.

—¿Tú qué crees? —preguntó. En sus ojos inyectados en sangre sólo se percibía una pizca de su ingenio sarcástico. Era alentador.

La escalera anunció el regreso de mi hermano antes de que abriera la puerta.

—Amigas —Mateo asintió a mi madre, luego a mí—. Romanas, compatriotas. ¡Prestadme oídos!

Mamá sacudió la cabeza y suspiró.

Me sentí tan amargada como el café que goteaba ruidosamente en la cafetera.

—¿Sabes? —le dije a Mateo—. Pareces más alegre de lo que tienes derecho a estar.

Mateo se acercó a mí y se apoyó con tranquilidad en el mostrador de la cocina.

—Calma, deprimida, espera a ver cuál es la razón antes de morderme la cabeza —sacó un sobre verde de su bolsillo y lo agitó delante de mis narices.

—No —mis ojos se abrieron de par en par con incredulidad.

—Ah, sí —respondió—. Lo encontré en el buzón al entrar.

Se lo arrebaté de las manos y estudié la cuidada letra cursiva de la primera línea del remitente. Terpsícore Berkenbosch-Jones. Le di la vuelta.

—Está abierto —dije, lanzando una mirada acusadora a mi hermano.

Mateo frunció el ceño con fingida sorpresa y se inclinó para mirar el sobre.

—¿En serio? Uf, no me había dado cuent… ¡Ay, Dolores, mi bazo!

Sacudí la mano y me retiré a mi recámara.

Querida Dolores,

Te pido disculpas por la tardanza de mi respuesta. Aunque tu carta me llegó hace algún tiempo, acabo de escribirla ahora. Me has dado mucho en qué pensar, y quería explorar a fondo esos pensamientos por mi cuenta antes de compartirlos con nadie más. Especialmente contigo.

No me veo libre de culpa en mi situación actual. A diferencia de ti, yo no tenía experiencia con la amistad. Mi madre se encargó de eso, y estoy empezando a entender por qué. Los amigos te hacen audaz, tonta y feliz. Influyen en la dirección que una toma, en las decisiones que una toma. Pueden meterte en problemas. Pero no me importaban tanto los problemas cuando estaba contigo.

No estoy del todo segura de cuándo volveremos a vernos. Mi madre no ha dicho nada de devolverme los privilegios del teléfono o de internet. Mientras me enfrento a otro año de educación en casa, pensaré mucho en el mundo que existe ahí afuera con la certeza de que algún día mi madre no podrá impedirme que participe en él.

Pero a ti nadie te lo impide. Si pudiera darte un consejo amistoso, sería que dejaras de reprimirte. Es increíblemente irritante verlo, lo que significa que tal vez sea diez veces peor vivirlo. Sigue adelante, Dolores. Honestamente, ¿cuál es la alternativa?

Con afecto,

Terpsícore Berkenbosch-Jones

Dejé la carta sobre la colcha. Las palabras de Terpsícore, cuidadosamente escritas, se deformaban en los pliegues de la página, se doblaban sobre sí mismas. Apoyé el papel contra el colchón y lo leí todo por segunda vez. Luego una tercera.

El piso crujió frente a mi recámara. Mateo se apoyó en el marco de la puerta, mirándome.

—Bueno —dije fríamente, levantando el papel—. Ya que estás enterado de lo que dice, ¿quieres opinar?

Mateo sonrió satisfecho.

—Te dije que me agradaba.

Subí las piernas hacia mi cuerpo, abrazándolas contra mi pecho.

—¿Y?

—Ella es buena para ti. Y creo que tú eres buena para ella —Mateo se retorció la nariz—. Al menos, podrías serlo. Si consigues arreglar tu desastre.

Lo fulminé con la mirada.

—¿Y hablas desde tu interminable sabiduría fraternal?

Mateo se encogió de hombros.

—Lo único que sé es que alguien que puede señalar tus, mmm, ya sabes —hizo una pausa, buscando una palabra que no activara el sensible detonador que mantenía mis emociones más fuertes bajo control.

—¿"Defectos"? —pregunté, apretando los dientes.

—Oportunidades de crecimiento —decidió Mateo, agitando el brazo—. Cualquiera que pueda señalarlas de una forma que no te den ganas de darle un puñetazo en la cara es alguien a quien se debe mantener cerca.

—No creo que tenga la opción de mantenerla cerca —doblé la carta y la volví a meter en el sobre—. Estará encerrada por los próximos cuatro años.

—Nunca se sabe —dijo Mateo, girando sobre sus talones—. No creo que Terps esté tan indefensa como ella cree.

~~~~~~~~

Yo: Hola, señor. Regresé.

Sacerdote: Oh, bien. Me siento tan aliviado. Cuando te fuiste…

Yo: Sí, bueno, no estaba teniendo un buen día. Y empeoró después de eso, lo cual es impresionante, si le soy sincera. Se puso tan horrible, que fue casi un alivio.

Sacerdote: ¿Cómo es eso?

Yo: Es como… cuando pasas tanto tiempo teniendo miedo de algo, del peor de los escenarios posibles, y entonces ocurre. Ocurre lo peor, y al día siguiente sale el sol, te tomas un café y haces chistes estúpidos, y todo sigue siendo terrible, pero no tienes que preocuparte por cuánto más terrible se pueda poner. Porque ya es lo peor, ¿sabe? Eso probablemente no tiene sentido.

Sacerdote: Creo que entiendo. Entonces, ¿sigues sintiendo la necesidad de "desecharlo todo"?

Yo: Supongo que eso suena bastante drástico, ¿verdad? No, no creo que me sienta así ahora.

Sacerdote: Me alegro.

Yo: Oiga, la última vez que estuve aquí, se me cayó accidentalmente un frasco de tierra bendita en los escalones de la entrada. No sé si tengo que informar de ello a alguien. No se preocupe, hoy recogí los pedazos de vidrio al entrar, pero la tierra ya está bastante asentada en el concreto.

Sacerdote: Mmm. Eso es interesante.

Yo: ¿Lo es?

Sacerdote: Supongo que debería decir que es interesante en un sentido etimológico.

Yo: Oh. Entonces, no es que sea realmente interesante.

Sacerdote: (*risas*) Probablemente no.

Yo: Dígamelo de todos modos.

Sacerdote: Bueno, en el capítulo dos del Génesis, Dios forma un hombre de la tierra. Le sopla en la nariz y el hombre cobra vida. Dios llama a este hombre Adán, de la palabra hebrea *adamah*. Adivina qué significa esa palabra.

Yo: ¿Tierra?

Sacerdote: Exacto.

Yo: Eso es una especie de desprecio.

Sacerdote: ¿Lo es? Muchos etimologistas creen que la palabra humano tiene su origen en una lengua protoindoeuropea de miles de años de antigüedad. Y esa antigua raíz significa "terrícola" o "de la tierra".

Yo: Tierra, como la suciedad.

Sacerdote: Cenizas a las cenizas. Polvo al polvo. Venimos del suelo de este planeta, no somos diferentes de las flores o los árboles.

Yo: Sólo con unos pasos extra.

Sacerdote: Exactamente. Pero eso es algo muy difícil de entender. Tierra.

Yo: ¿Por qué?

Sacerdote: Porque nuestros cuerpos pertenecen al mundo natural, cíclico y decadente. Verás, es fácil odiar las cosas que nos atan, que nos hacen más bajos que las huestes celestiales. Defecación, sexualidad, sangre, dolor, agotamiento, enfermedad, muerte. Pero estas cosas son tan exclusivas de lo físico, de lo corpóreo, que Dios tuvo que descender y vivir, respirar, caer, para comprender verdaderamente la experiencia. Somos almas inmortales en carne. No es de extrañar que estemos tan confundidos.

Yo: ¿Y si no creo en Dios?

Sacerdote: ¿Crees en los átomos? ¿En los elementos? ¿En la energía?

Yo: Sí.

Sacerdote: Piénsalo de esta manera. Como todas las cosas, estamos hechos de ladrillos inmortales unidos brevemente, pero nuestra conciencia significa que entendemos esa brevedad. Y nos asusta. Así que intentamos poner distancia entre la tierra que somos, la tierra que fuimos y la tierra en la que nos convertiremos.

Yo: Eso es mucho.

Sacerdote: Absolutamente. Ahora, ¿cómo le damos sentido?

Yo: ¿Cómo?

Sacerdote: No lo sé. Yo te lo estaba preguntando.

Yo: Entonces, somos almas inmortales metidas en sacos sangrantes y defecantes de dolor, básicamente, y algún día morimos.

Sacerdote: Quiero aclarar que siento que mi descripción fue un poco más poética, pero sí, eso es correcto en lo esencial.

Yo: Y en algún momento de esta corta vida, ¿se supone que tenemos que encontrar la manera de reconciliar todo?

Sacerdote: No sé si reconciliar. Es una ambición muy elevada. Mi esperanza es que baste con hacer las paces. Aprender de nuestra disonancia. Utilizarla para conectar y cuidar los unos de los otros lo mejor que podamos. La religión es el camino que yo he tomado para llegar a ese destino, porque tenía sentido para mí. Pero no creo que sea el único camino.

Yo: Digamos que hago las paces con todo por mi cuenta. ¿Significa eso que tengo un pase libre al cielo sin tener que ir a misa?

Sacerdote: Otra muy buena pregunta.

Yo: Que usted no va a contestar.

Sacerdote: Adivinaste.

Yo: Oiga, siento haberlo llamado inútil, por cierto. En realidad, no iba dirigido a usted.

Sacerdote: Lo sé.

Yo: De hecho, usted ha resultado ser bastante útil. En lo que respecta a voces incorpóreas que surgen de un armario.

Sacerdote: Me alegra oír eso.

Yo: Si le parece bien, creo que seguiré viniendo aquí. Cuando necesite sentirme confundida.

Sacerdote: Sería un honor.

Capítulo veintisiete

Papá me enviaba mensajes todos los días después de que se fue. Alguna variante de:

Sólo quería decir que te amo y te extraño!

Y yo respondería con alguna forma de:

Te amo y también te extraño!

No lo odiaba. Ni siquiera estaba enfadada con él: mamá, Vera y Mateo se las arreglaban muy bien solos. Y yo sí lo amaba, y lo echaba de menos. No entendía por qué había tomado las decisiones que había tomado, pero, insisto, él había estado tomando esas decisiones durante toda mi vida. No me sorprendía dónde habíamos terminado. Cuando Johann y Mateo arrastraron ese televisor por las escaleras, simplemente encendieron una mecha tan vieja como el matrimonio de mis padres.

Mamá y Vera pasaron días enteros a la mesa, moviendo y ordenando papeles como si estuvieran dirigiendo una excavación arqueológica. A la semana siguiente pasaron al teléfono, turnándose para mantenerse en espera mientras intentaban lidiar con los enloquecedores bucles de la atención automatizada.

—¿Cómo va todo? —pregunté.

Tía Vera se quitó el teléfono de la boca.

—Está bien, *mija*, shhh —murmuró rápidamente, y luego retomó su conversación con la testaruda máquina del otro lado—. No, ya te lo dije, necesito hablar con una persona. ¡Un ser humano!

—¿Qué va a pasar? —me incliné para mirar la larga cadena de números que había anotado.

Dio la vuelta al cuaderno y me miró por encima de sus gafas.

—Ya te lo dije, todo va a estar bien —me hizo un gesto para que me marchara—. ¡Fuera!

—¿Mamá? —pregunté.

Mi tía señaló hacia el baño.

—¡Sí, eso! —exclamó *tía* Vera al teléfono—. "Hablar con un representante".

Mamá acababa de salir de la ducha. Probablemente por primera vez en una semana. Se había recogido el cabello con una toalla y se había untado la cara con una gruesa capa de crema humectante, como si eso fuera a evitar el envejecimiento prematuro provocado por el estrés de los últimos años.

—No te preocupes —dijo mamá—. Lo estamos resolviendo.

—*Un representante* —repitió *tía* Vera.

Mamá miró el reloj de la estufa.

—¿Por qué no sales y haces algo? —me preguntó.

Porque hay oportunidades extraescolares limitadas para alguien sin dinero ni amigos, pensé, poniendo los ojos en blanco.

—¿Qué se supone que voy a hacer? —respondí.

Mamá puso la cabeza boca abajo y apretó la toalla.

—Yo no sé, Dolores. Lanza una pelota. Juega con un palo. Cava un agujero y llénalo otra vez —dijo.

—¿Cuántos años crees que tengo? —me burlé.

—Si no encuentras algo que hacer —advirtió mamá—, *yo* te encontraré algo que hacer. Y te garantizo que no te va a gustar.

—Bien —dije, enfurruñada—. Me voy a la imprenta.

—Estupendo —mamá se incorporó—. ¡Pero no toques las máquinas! Alguien vendrá el viernes para ver si le interesa comprarlas.

—¡*RE-PRE-SEN-TAN-TE!* —dijo mi tía.

—Está bien, ¡adiós! —grité, cerrando la puerta principal detrás de mí.

Me senté en la escalera metálica y saqué mi teléfono, que acababa de recuperar. Mi foto de la pantalla de bloqueo era ahora uno de esos fondos preestablecidos, una imagen de pinos en una montaña. Le envié un mensaje a Mateo.

> Qué vas a hacer más tarde?

> Ya me extrañas perdedora?

> Aburrida nada más. Quieres salir?

> No puedo. Heladería y otra entrevista de trabajo después. Qué piensas del atuendo?

Mateo envió una fotografía suya todo formal en un baño desconocido… *El de Johann*, decidí. Los artículos de tocador de mi hermano se apilaban en el gabinete, y había dos cepillos de dientes en una taza junto al espejo. No podía juzgar plenamente sobre la base de una sola foto, pero parecía que Mateo había mejorado de nuestro baño en el departamento, de una estrella, a por lo menos un sólido tres. Tal vez tres y medio incluso, pero tendría que ver el espacio en persona para juzgar con seguridad. Otro mensaje apareció.

La corbata es de Johann.

Sus cepillos de dientes se están tocando.
Mejor comienza a acelerar tu plan de quince años.

Creo que Johann está enamoradooooo.

Espera

Eso significa algo??

Él me dijo que dejara algunas cosas
en su casa "por comodidad".

Me estoy perdiendo de algo????

DOLORES

Le envié el GIF del hombre del tubo verde que baila.

—Debe de ser gracioso, lo que sea que estés mirando en tu teléfono —Terpsícore estaba parada al pie de la escalera.

Por un momento, me sentí demasiado aturdida para hablar. Ella estaba aquí, en el callejón. A plena luz del día. Donde cualquiera podía pasar y verla. Y la gente la veía allí, de pie, con un vestido naranja brillante, su blanco cabello trenzado a la espalda.

Bajé las escaleras a toda prisa.

—*¿Qué estás haciendo aquí?* —susurré—. Tu mamá…

—Ella cree que estoy en la biblioteca —interrumpió Terpsícore—. Allí me dejó y allí me recogerá.

No me tranquilicé en absoluto.

—No quiero que te metas en problemas —repliqué, dirigiendo a Terpsícore hacia la sombra bajo la escalera—. ¿Y si pasa en coche y te ve?

Terpsícore no respondió a mi pregunta.

—La Sociedad de Artistas de Costura del Sudeste —dijo—. Como nombre, es un poco exagerado.

—Intentaba ser, no sé, astuta —tartamudeé, ruborizándome—. Simplemente no quería que tu madre supiera que era de mi parte.

—Lo conseguiste —Terpsícore inclinó la cabeza y su trenza se balanceó hacia un lado—. Es interesante ver que usas tus afinados poderes de engaño para el bien.

Tragué saliva.

—Bien, es un golpe justo. Me lo merecía. Soy tan, tan… Lo siento, Terpsícore —pensé en tomar su mano, pero de repente me sudaban las palmas. Me quedé mirando al suelo—. He sido muy estúpida.

Terpsícore retorció su anillo.

—Sí. Lo has sido.

—Pero estoy tratando de ser mucho menos estúpida —le expliqué—. De seguir adelante.

Sonrió un poco.

—Todos necesitamos algo a lo que aspirar.

Todavía no podía creer que ella estuviera aquí.

—¿Estás bien? —le pregunté—. ¿Qué pasó después de la fiesta?

El recuerdo pareció causarle dolor a Terpsícore. Su expresión se tornó incómoda y se pasó la mano por el cuello.

—Fue muy abrumador —respondió—. No podía pensar con claridad. Mi vestido... —se interrumpió.

—Sí. Lo vi —dije, recordando la forma en que el terciopelo esmeralda se arrastraba bajo las rodillas de Terpsícore cuando su madre tiraba de ella hacia el coche.

—Y había muchos gritos —continuó—. Todo el mundo gritaba cuando avanzábamos por la calle.

—Lo recuerdo.

—Cuando llegamos a casa, yo estaba muy enojada —Terpsícore inhaló rápidamente—. Nunca había estado tan enojada en mi vida. No pude hablar en todo el día. Estaba enojada contigo, claro. Pero, sobre todo, estaba enojada con mi madre —Terpsícore se frotó las uñas—. *Estoy* enojada con ella.

Pensé en la última vez que nos habíamos visto frente a la mansión Luden. *No mansión. Casa, Dolores. Casa grande.*

—¿Cómo se enteró tu madre de la fiesta? —le pregunté.

Terpsícore se ajustó las gafas en la nariz.

—¿Sabes? He pensado mucho en eso. Creo que rastreó mi teléfono. Pero ahora que está confiscado... —la chica señaló el teléfono que tenía en la mano—. ¿Has sabido algo de Shae? —preguntó, girando los tobillos hacia fuera.

Metí mi teléfono en mi bolsillo.

—Oh, mmm, no. Quiero decir, no estaba esperando tener noticias suyas. Y en este momento, no creo que haya nada que decir —todavía podía oír las palabras de Shae desde su habitación: *Te superé.* Pero ya no tenían el mismo aguijón.

—Éramos amigas —continué—. Ya no lo somos. Eso pasa, supongo —reí un poco, clavando la punta de mi calzado en el asfalto—. Probablemente nos habríamos ahorrado muchos disgustos si Shae y yo hubiéramos tenido esa conversación, para empezar.

—¿Hasta ahora te das cuenta?

—Sí, bueno, creo que ya dejamos establecida mi estupidez.

La chica se encogió de hombros.

—Al menos has demostrado que puedes aprender cosas. Quizás exista alguna esperanza para ti, después de todo.

—Eso ya sería algo —me apoyé en el ladrillo exterior de la imprenta, intentando estirar el dolor inalcanzable de mi cuerpo, el dolor aplastante y retorcido que nunca desaparecía.

Terpsícore ladeó la cabeza.

—¿Cómo está tu vejiga? —preguntó.

—Terrible —murmuré—. Pero, de nuevo, siempre es terrible. Así que supongo que podría decir "normal" —me incorporé con un gemido—. El dolor crónico es tan tedioso. Nadie me lo había dicho.

Terpsícore se quedó callada un momento, pensando.

—Bueno —dijo—, tienes bastante tiempo para aprender a manejar el tedio.

—Supongo que es verdad —fruncí los labios—. Terpsícore, yo...

—¿Cómo pudiste? —la voz chillona hizo temblar el metal de la escalera y espantó a las palomas del tejado. La señora Berkenbosch-Jones marchaba por el callejón. Tenía las llaves del coche en una mano y la muñeca de Casimir en la otra. El niño arrastraba los pies en señal de protesta. Parecía que la madre de Terpsícore se había cansado de la rutina del niño dentro del coche caliente.

—Temía encontrarte aquí —continuó la mujer—, pero no quería creerlo.

—¿Qué haces *tú* aquí? —preguntó Terpsícore. Su rostro estaba totalmente en blanco, inexpresivo.

La señora Berkenbosch-Jones se subió la bolsa al brazo.

—Estoy aquí porque me mentiste. Te seguí.

—Y yo vine a ver a mi amiga —explicó fríamente Terpsícore—. Iba a regresar caminando a la biblioteca después de esto.

La señora Berkenbosch-Jones agarró el brazo de Casimir mientras éste se sacudía, desafiante.

—No finjas que no entiendes por qué esto es tan inapropiado.

Las comisuras de los labios de Terpsícore empezaron a moverse hacia abajo.

—No tendría que mentir si fueras razonable.

Casimir dejó de forcejear y me miró, como si estuviera comprobando si yo también había oído el cambio de tono. ¿Cómo no iba a oírlo? Era como un coche cambiando de marcha.

—¿*Razonable?* —se burló la señora Berkenbosch-Jones—. ¿Soy yo la que no está siendo razonable? Cuando todo lo que he hecho ha sido por tu bien...

—¡No hay nada malo conmigo, madre! —interrumpió Terpsícore—. Soy autista. ¡No estoy averiada! —sacudió la cabeza—. ¡Todo eso que me dijiste que no podía hacer, sí puedo hacerlo!

—¡Eso no lo sabes! —protestó su madre—. Pasas una noche fuera y, de repente, estás preparada para enfrentarte al mundo, pero ¡piénsalo, Terpsícore! —la mujer adoptó una expresión de lástima—. Te vienes abajo si una habitación está demasiado caliente o si una bebida tiene gas. Y Dios no quiera que caiga algo en tu ropa...

Las manos de Terpsícore empezaron a temblar. Se cubrió los oídos.

—¡Acaba con eso, madre!

La señora Berkenbosch-Jones la ignoró, tomando impulso.

—Vas a una fiesta, seguro, pero ¿cómo sabes que no eres el blanco de alguna broma? ¿Cómo sabes que no se ha reído todo el mundo de ti en cuanto has salido de la habitación?

—*¡Te dije que acabes con eso!* —gritó Terpsícore.

La señora Berkenbosch-Jones se quedó paralizada, conmocionada. La boca abierta, los ojos desorbitados. Las correas de su bolsa se deslizaron hasta su codo.

Terpsícore bajó los brazos a los costados.

—Nadie se ríe de mí. Porque yo me río primero, ¡de mí! Yo, que no vengo de ninguna parte, que no he recibido una verdadera educación, que no tengo habilidades sociales, como me lo has recordado toda mi vida —Terpsícore señaló el centro de su pecho—. ¡Pues mírame ahora! Mira cómo vivo. Mira a mis amigos. Mira adónde voy. Ya no me quedo en mi habitación. Me estoy moviendo, tal vez hacia arriba, tal vez hacia abajo, pero donde quiera que sea, lo estoy disfrutando.

"Mamá, estoy viviendo el mejor momento de mi vida —su voz se tornó grave a causa de la emoción— porque por primera vez es mi vida, y me encanta. Me encanta cada segundo. Y maldita sea si crees que vas a quitármela. Soy Terpsícore Berkenbosch-Jones —declaró, abrazándose con fuerza— y amo a la persona que soy. Y si tú no, será mejor que te vayas, *¡ahora mismo!*

Vi cómo Terpsícore jadeaba, sus omóplatos subían y bajaban como inquietas alas vestigiales. Durante unos treinta segundos, ninguno de nosotros habló, ni siquiera Casimir. Sentíamos cómo el desplazamiento de las placas tectónicas reformaba los cimientos del callejón. Pero sólo nosotros sabíamos lo que estaba ocurriendo. En la calle, los coches pasaban a toda velocidad, la gente transitaba sin mirar.

La señora Berkenbosch-Jones se ahogaba en un sollozo.

—Claro que te amo —dijo ella.

Y por mucho que aborreciera a la mujer, le creía.

Creo que Terpsícore también. Ella tragó saliva y se quedó mirando un punto justo delante de los pies de su madre.

—Mamá —dijo—, tienes que soltarme.

La señora Berkenbosch-Jones se quedó allí, parpadeando ante su hija. No sé si eran ruedas girando o fusibles saltando o conexiones haciendo cortocircuito, pero algo estaba pasando en la cabeza de la mujer.

—Yo… —balbuceó—. Yo… —respiró hondo—. Te esperaré en el coche —dijo finalmente—. Vamos, Casimir. Vamos por tu tableta.

—Tal vez tengas que esperar un rato —dijo Terpsícore—. No he terminado de hablar con Dolores.

Su madre frunció el ceño, luego forzó una mirada agradable.

—Bien —dijo, asiendo la mano de su sobrino—. Tómate tu tiempo —me hizo un gesto brusco con la cabeza—. Dolores.

—Señora Berkenbosch-Jones —respondí, asintiendo.

La mujer echó un vistazo al callejón, como si buscara algún objeto perdido. Luego se secó los ojos, carraspeó y se marchó.

—Eso fue… increíble —dije con admiración—. No puedo creer… ¿Cómo demonios se te ocurrió qué le tenías que decir?

—No lo hice yo —Terpsícore se desplomó contra mí. Tuve que dar un paso atrás para mantenerla erguida—. Es de la escena del camerino al final de *Gypsy*. Cambié una palabra aquí y otra allá, pero sólo un par —frunció el ceño y murmuró—: Siempre la nominan al Tony por el mejor diseño de vestuario. Nunca gana.

—Nunca he visto *Gypsy* —confesé.

—Mi madre tampoco —Terpsícore me puso las manos en los brazos para estabilizarse. Sus dedos estaban húmedos y fríos—. Es mi favorita.

—Deberías ganar un Tony por esta actuación —le dije.

Terpsícore negó con la cabeza.

—No fue una actuación, Dolores. Repetí las líneas de otra persona, pero no estaba actuando —recuperó el equilibrio y me miró, sus ojos ámbar se cruzaron con los míos un instante antes de que volviera a bajarlos—. No se me da bien fingir ser alguien que no soy —afirmó.

—Eres increíble, Terpsícore —exclamé—. De verdad.

—Siento que mis intestinos van a tener un prolapso —resolló.

—Bueno, ¿quieres subir? —pregunté—. ¿Quieres agua? También tenemos donas. Johann las trajo ayer.

Ella se animó.

—¿De qué tipo?

—Normales y de chispas de chocolate.

—De acuerdo —me miró con severidad—. Subiré por una dona, Dolores. Pero esto no significa que volveremos a ser como antes. Tienes que ganarte mi confianza.

~~~~~~~~~

Esa noche soñé que estaba sentada en la escalinata de la iglesia católica San Francisco de Asís. Pero en realidad no era esa iglesia, porque en lugar de estar en el centro de la ciudad, enfrente de una tienda de vapeo y un restaurante, el edificio estaba en medio de un prado silencioso y extenso. Un manantial burbujeante se abría paso entre la maleza verde, y pequeñas flores silvestres amarillas florecían en racimos a lo largo de su camino. Las hojas redondas de los abedules batían al viento como alas de insecto.

Al principio, pensé que estaba sola en el sueño. Pero eso cambió rápidamente. De repente, el prado adquirió el aspecto de una alegre fiesta en un jardín y miré alrededor para encontrarme rodeada por un grupo de figuras extrañas pero familiares que reían, hablaban y disfrutaban del encantador clima.

San Bartolomé extendió su holgado traje de piel sobre la hierba a modo de manta de picnic para santa Cecilia, que entonaba una hermosa melodía folclórica a pesar de tener la cabeza casi separada del cuerpo. San Sebastián se sacó una flecha del costado y la utilizó para asar malvaviscos sobre la parrilla en la que ardía san Lorenzo, mientras ambos charlaban. Santa Lucía dormía la siesta y se bronceaba mientras sus ojos desorbitados leían una novela sobre la hierba.

Un hombre de cabello largo y barba, vestido con una túnica carmesí, se materializó para sentarse en la escalera a mi lado. Lo reconocí de inmediato por la botella de aceite que *tía* Vera me había rogado que usara.

—San Vitalis de Asís —dije.

El hombre asintió, apoyando el cetro en la rodilla. Los dos miramos al grupo de mártires felices. Litros de sangre brotaban de las heridas de los santos y se vertían en el manantial, pero, por alguna razón, su sangre no era roja. Era amarilla, tan amarilla que hizo que el riachuelo adquiriera el color de los conejitos de malvavisco de Peeps.

—¿Por qué todo el mundo se la está pasando tan bien? —pregunté.

San Vitalis se encogió de hombros sin mirarme.

—Sinceramente —dijo—, ¿cuál es la alternativa?

Yo no tenía respuesta a eso, así que me quedé mirando cómo el riachuelo amarillo serpenteaba por la pradera. Luego creció, convirtiéndose primero en un arroyo y luego en un río. Me di cuenta de que había dejado de participar en el sueño y de repente era una observadora flotante, informe, que seguía el curso del río amarillo hasta que desembocaba en un mar agitado y de color orina. Las nubes de tormenta se acumulaban sobre las olas, cada vez más pesadas por el líquido evaporado, hasta que ya no podían contener más.

Pero cuando las gotas amarillas cayeron del cielo, no volvieron a precipitarse sobre el océano. En lugar de eso, llovieron sobre el suelo del linóleo de la Escuela Secundaria Susan B. Anthony. Y allí estaba yo, no la que lo estaba observando, sino yo, Dolores, tumbada de espaldas, mirando hacia arriba con expresión congelada y vidriosa.

La Dolores del sueño presentaba una mano con la palma hacia delante y, con la otra, sostenía el libro de los santos aterradores contra su pecho. El charco amarillo creció y creó un contorno alrededor de su cuerpo. Luego, el amarillo se convirtió en dorado.

Dorado como una aureola.

Dorado como un santo.

Epílogo

Las últimas semanas de las vacaciones de verano fueron diferentes. Fueron como se supone que debe ser el verano a los catorce años. Los días pasaban uno tras otro, cada uno mezclándose con el siguiente. Como si se hubiera restablecido el ritmo natural de la vida. Era un alivio. A principios de junio, el mero hecho de existir entre benditos episodios de inconsciencia había parecido una tarea quijotesca.

Quijotesca era mi nueva palabra de Scrabble, gracias a que Terpsícore me hizo ver un video pirata de *El hombre de La Mancha*. Una noche de cine con Terpsícore significaba que ella detendría la película cada pocos minutos para hacer un comentario sobre el vestuario u ofrecer un dato sobre los personajes. O para reiterar que grabar ilegalmente un espectáculo estaba mal, pero que el mayor mal era la inaccesibilidad del teatro profesional. También insistía en que apagara mi teléfono y que estuviera totalmente presente, porque "así es cuando vas a ver una representación en la vida real". Repasamos una docena de musicales piratas antes de que acabara agosto. A veces, Casimir nos acompañaba. Le encantaban, sobre todo, los que incluían maldiciones.

Casimir iba a ser un elemento más permanente en la casa de los Berkenbosch-Jones. Su mamá estaba planeando instalarse aquí en cuanto regresara de su despliegue y terminara su contrato militar. No voy a mentir: me sentí un poco mal porque Casimir estaba ahora condenado a una infancia en la que tendría a la señora Berkenbosch-Jones como niñera. Aunque, para ser justos, la mamá de Terpsícore no era la misma que cuando la conocí. Cuanto más segura de sí se sentía Terpsícore, menos oportunidades tenía su mamá de dominarla. Al final del verano, la señora Berkenbosch-Jones había aceptado una serie de concesiones: a Terpsícore se le permitiría utilizar la computadora familiar sin supervisión directa, podría pasar tiempo conmigo y mi familia aunque fuéramos "malas influencias", y empezaría a estudiar en la Preparatoria Jackson en septiembre. Sería su primer año y el de Casimir en una escuela con otros estudiantes: Casimir como alumno de preescolar y Terpsícore como estudiante de primer año de preparatoria. Esta experiencia unificadora consolidó el renuente afecto de Terpsícore por su pequeño primo. Incluso empezó a llevarlo con ella cuando visitaba mi departamento, aunque en realidad fue a petición de *tía* Vera. Mi tía se había interesado especialmente por el duendecillo, viendo en él a un niño desplazado y solitario que necesitaba límites, compasión y comida.

Tía Vera tenía tiempo libre ahora que ella y mi madre habían arreglado nuestras finanzas. Bueno, *arreglado* era una palabra fuerte. La situación seguía siendo un caos, y mi tía y mi madre tardaron semanas en descubrir el alcance de las malas decisiones de papá. Pero después de deshacernos de las máquinas y de renunciar a la renta de la imprenta y del departamento de arriba, no tuvimos que declararnos en quiebra, finalmente. Pero tuvimos que mudarnos con *tía* Vera. Tal vez mamá tardaría más de un año en salir de las deudas, pero estaba motivada. Incluso había hablado de volver a la escuela y obtener un diploma técnico, algo para aspirar a un salario con beneficios y posibilidad de ascenso.

Por desgracia, en ese momento nuestro presupuesto nos impedía contratar una empresa de mudanzas.

—No, no —dirigió *tía* Vera—, ¡eso va al contenedor!

—Sí, señora —respondió Araña-cuyo-nombre-era-Ricky. Él y Lagrimita-cuyo-nombre-era-Brian bajaron la mesita de la sala por las escaleras.

Vera vio a mi hermano y resopló.

—*Ándale*, Mateo, los veo escondidos detrás del coche. ¡Muévanse!

Parada en el rellano de la escalera, levanté un largo trozo de plástico dentado de color amarillo.

—Hey, alguien tiene que destapar el desagüe de la bañera. El agua no baja.

Mi hermano se burló.

—¿No? ¿Y por qué sería ése mi trabajo?

—No te lo estaba pidiendo a ti —sonreí burlonamente—. Se lo estaba pidiendo a Johann.

Johann asomó la cabeza por encima del coche, donde estaba atando la base de una cama envuelta en una manta al portaequipajes del techo—. Voy a destapar el desagüe, Lola.

—¡No! —gritó mi hermano, subiendo las escaleras—. No. Lo haré yo —me fulminó con la mirada.

—Gracias, compañero —sonreí y le pasé el destapacaños.

—No tiene gracia —añadió. Ya te lo dije. No me voy a mudar a la casa de Vera con ustedes.

—Eso hasta que Johann se canse de ti —bromeé—. ¿Sabes? Ella sacó las sábanas a juego. De cuando éramos niños. El estampado de safari.

Mamá asomó la cabeza con una bandana por la puerta principal.

—¿Alguien va a ocuparse de la bañera?

—¡Estoy en ello! —Mateo desapareció en el departamento.

—Gracias —mamá entrecerró los ojos detrás de mí, mirando algo en el callejón—. ¿Eso es un...?

Me giré para ver qué estaba mirando.

—¿Un perro? —completé la oración.

Terpsícore y Casimir habían dado vuelta en la esquina. El pequeño sostenía una correa, en cuyo extremo había un perro muy pequeño y desaliñado.

—¿Cuándo consiguieron un perro? —grité, bajando las escaleras de un salto.

—Ayer —respondió Terpsícore—. No estaba planeado.

De cerca, pude apreciar lo extraño que parecía el animalito. No podía pesar más de tres kilos, aun cuando debía haber pesado el doble como mínimo. La perrita, hembra, estaba demacrada, sus costillas asomaban entre manchas de pelaje blanco y beige. Podía ver la línea exterior de su cráneo, la piel tirante sobre unos ojos negros saltones y llorosos. Pero lo más llamativo de todo era que la perra tenía las tetillas más largas y caídas que jamás hubiera visto: hileras de colgajos rosas sueltos que se arrastraban por el pavimento cuando caminaba.

—¡Abuela Vera, abuela Vera! ¡Encontré una cachorrita! —Casimir levantó torpemente a la perra, mostrando su vientre lascivo hacia mi tía para que ella la inspeccionara.

La perra movió su cola lampiña, sus garras traseras chasquearon en el suelo.

Tía Vera ocultó su sorpresa bajo una expresión de cariñoso entusiasmo.

—¡Una cachorrita! —repitió—. ¿Estás seguro, *mijito*? Parece un poco… madura para ser cachorra.

Casimir volvió a dejar a la perra en el suelo, que emitió pequeños gruñidos y resoplidos mientras rodeaba los pies del chico.

—¿Quién es ella? —pregunté.

—Se llama Crockpot —respondió Casimir, agachándose para rascarle la cabeza a la perra.

Miré a Terpsícore, con las cejas enarcadas.

—Un hombre intentaba venderla al borde de la carretera —explicó ella—. Quería veinte dólares. Casimir se enamoró de ella, pero mamá le dijo que de ninguna manera íbamos a tener un perro —bajó la voz—. Entonces, el hombre dijo que iba a sacrificarla si nadie la compraba. Claramente, era una especie de fábrica de cachorros. *Demasiada* endogamia, sospecho.

Crockpot se irguió sobre sus patas traseras para lamer la cara, la oreja y el interior de la boca de Casimir. El chico rio.

—Ella es la que más me quiere.

Mi tía asintió con los ojos muy abiertos.

—Sí, ya lo veo.

—¿Puedo llevar a Crockpot adentro? —preguntó Casimir.

—No, ahora no. Tenemos que salir de aquí en… —*tía* Vera consultó su reloj—. ¡*Dios mío*, en treinta minutos! —dio unas palmadas por encima de su cabeza—. ¡Vamos, todos!

Terpsícore se enderezó las gafas.

—Estás usando jeans —dijo, estudiando mi atuendo—. Tú nunca usas jeans.

—Sí, lo sé —gemí—. Toda mi otra ropa fue lavada y empacada. No me había puesto esto desde el principio del verano —me levanté la cintura, para liberar mi vejiga—. Créeme, me estoy arrepintiendo. Aunque nunca adivinarás lo que encontré en el bolsillo —saqué un papel doblado y se lo entregué a Terpsícore.

Leyó la primera línea en voz alta.

—"Califica cada afirmación como 'totalmente de acuerdo', 'de acuerdo', 'algo de acuerdo', 'insegura', 'algo en desacuerdo', 'en desacuerdo' o 'totalmente en desacuerdo'... Me considero una comunicadora eficaz". Esto es del taller.

—Sí. Qué gracioso, ¿verdad?

Terpsícore ladeó la cabeza.

—¿Lo es? Esto sólo significa que no lavaste tus pantalones.

Mateo bajó corriendo las escaleras con una bolsa del supermercado llena de porquería del desagüe y estuvo a punto de pisar al miembro más reciente de la familia Berkenbosch-Jones. Casimir lo regañó apasionadamente.

—*Dolores* —susurró mi hermano después de que le presentaron formalmente a Crockpot—. *Dolores, a la perra le cuelgan las tetillas.*

—Sí, Mateo, todos podemos ver lo —me giré hacia Terpsícore—. Deberías coserle un sostén —le dije—. Se le van a irritar sus pequeños pezones.

Terpsícore suspiró.

—Ya lo había considerado.

—No tiene por qué ser aburrido. Hazlo atrevido: como de *burlesque* de los años treinta —extendí los brazos y me contoneé—. Considéralo una práctica para tu versión de *Gypsy*.

—Swarovski es muy caro —Terpsícore hizo girar el anillo en su pulgar pensativamente—. Pero supongo que los flecos podrían funcionar.

—Borlas —ofreció Mateo—. Definitivamente, borlas.

De algún modo, lo conseguimos. Araña-cuyo-nombre-era-Ricky, y Lagrimita-cuyo-nombre-era-Brian, fueron los últimos en salir del edificio, arrastrando aquel horrible sofá beige escaleras abajo, hasta el contenedor de basura. Después de que Vera les diera las gracias adecuadamente y prometiera traerles comida casera, los dueños de la heladería volvieron al local de al lado. Esto nos dejó a mí, a mamá, a Mateo, a Johann, a Vera, a Terpsícore, a Casimir y a Crockpot esperando a que llegara el casero a recoger las llaves.

—¿Deberíamos decir algo, tal vez? —pregunté—. Ya sabes, ¿sobre la imprenta? Algo, no sé, ¿conmemorativo?

Como si sólo ella se hubiera tomado a pecho mis palabras, la perra se puso en cuclillas y orinó en el escalón más bajo.

—¡Cielos, qué asco! —Mateo se levantó—. ¿Tenía que hacer eso justo ahí?

—No avergüences a Crockpot por orinarse —le dije—. No es culpa de ella.

—Es verdad —añadió mamá—. Dudo que su suelo pélvico funcione después de haber tenido tantos bebés como probablemente ocurrió.

Mateo sufrió una arcada.

—Por favor, nunca vuelvas a decir "suelo pélvico" —dijo mi hermano.

Johann sonrió con satisfacción y acercó a mi hermano de un tirón.

—*Suelo pélvico. Suelo pélvico. Suelo pélvico* —insistí.

—Sí, sí, ríete, pero al menos mi vejiga funciona —reviró Mateo—. A diferencia de la de algunos de ustedes.

Hubo un suspiro momentáneo alrededor, mientras mamá y Vera y Johann y Terpsícore esperaban a ver cómo reaccionaba yo a que alguien hurgara en esa herida ulcerada. Los ojos de Mateo brillaban. No con malicia, me di cuenta, sino con auténtica curiosidad. *¿Dónde está el límite?*, me preguntó en silencio. Yo me hice la misma pregunta. ¿Qué historia contaría algún día sobre mi vejiga? ¿Diría que me arruinó la vida? ¿Que corroyó mis esperanzas y sueños? ¿Que me impidió encontrar el amor y el propósito de la vida? ¿Que era algo tan horrible, tan doloroso, que nunca habría lugar para reírse de ello? *Había una vez una chica que se llamaba Dolores...*

—¡Una mala vejiga es mejor que un mal tatuaje! —me giré para mirar a mi tía—. ¿Lo sabías, *tía*? ¡Mateo tiene un tatuaje!

—¡Mateo! —jadeó *tía* Vera.

Mi hermano se levantó.

—Dolores, te juro por Dios...

—¡Corre, Terpsícore, corre! —grité.

Cuando saltamos por encima de la escalera, vi la orina chispeante que goteaba a través de los agujeros del metal y se acumulaba en el suelo. Crockpot empezó a ladrar, unos pequeños aullidos que provocaron en Casimir un ataque de risa contagiosa.

Terpsícore y yo corrimos por el callejón y salimos al paseo lateral, y luego, por alguna razón, seguimos adelante. Sin dejar de reírnos, esquivamos a los peatones, nos agachamos alrededor de los postes de luz, seguimos por los callejones. Las mejillas de Terpsícore se sonrojaron y se soltó el cabello mientras se sujetaba las gafas con una mano y me agarraba del brazo con la otra. Sus dedos se clavaron en mi piel mientras me sujetaba. Me latía el corazón. Me ardían los pulmones. Me dolía la vejiga.

Todas estas sensaciones, agradables y desagradables, recorrían mi cuerpo y me decían que estaba viva.

Y por eso, todas ellas eran hermosas.

Nota de la autora

Es bien sabido que la mayoría de los escritores se basan en sus propias experiencias para crear los personajes principales y los conflictos que aparecen en sus libros. Yo no soy diferente. Como a Dolores Mendoza, me dijeron que tenía cistitis intersticial cuando era adolescente. Recibí el diagnóstico poco después de empezar a mostrar síntomas, cuando una intervención exploratoria reveló la hemorragia en la pared de la vejiga.

Unos años más tarde, cuando mi CI se volvió más debilitante, recorté una de las fotos del endoscopio que me hizo el urólogo, la enmarqué y la coloqué en mi librero junto a las fotos de mis amigos y de mi familia. Ser joven y estar enferma es una experiencia extraña y frustrante. Cuando sentía que me estaba volviendo loca, miraba la foto de mi librero y me recordaba que el dolor tenía un origen visible. Para mí, eso significaba que mis experiencias eran válidas y que podía sentir compasión de mí misma y de mi cuerpo.

Sin embargo, había muchos otros tipos de experiencias en mi vida que había invalidado porque no eran visibles en una fotografía. Sentimientos que existían desde que tengo uso de razón: ansiedad, aislamiento, agobio, ineptitud, alteridad.

Siempre había tenido la sensación de que había algo inherentemente diferente, y por tanto erróneo, en la forma en que mi cerebro se relacionaba con el mundo. En las películas y los libros, me atraían las historias de personajes que empezaban su historia al margen de la sociedad, pero que, gracias a algún acontecimiento o relación, conseguían finalmente pertenecer a ella. Quienes leyeron mi primer libro, *Cómo me convertí en popular*, quizá reconozcan ese tema. Al final del libro, el personaje, Maya, parece curado de las diferencias que la separaban de sus compañeros. Confía plenamente en sí misma. Ha terminado su viaje del héroe.

No era mentira. Así fue como lo sentí en ese momento. Pero el "personaje Maya" se quedó donde lo dejé en la última página del libro, y mi vida siguió su curso. No cesaron las mismas luchas de siempre cuando empecé la preparatoria. Incluso cuando estaba terminando los últimos retoques de *Cómo me convertí en popular*, en mi primer año, empecé a sentir un temor persistente de que seguir los consejos de Betty Cornell no me hubiera arreglado. De hecho, Betty había formado parte de un patrón mucho más amplio en mi vida: investigar meticulosamente una forma "correcta" de existir y ponerla a prueba con un enfoque calculado y científico. Lo hacía porque creía que si cambiaba lo suficiente mi comportamiento, podría integrarme socialmente, igual que los personajes de esas películas y libros.

No podía seguir actuando así todo el tiempo. La mayoría de los días llegaba a casa de la escuela y me derretía por completo. Pero ¿cómo podía hablar de eso públicamente cuando sentía que tanta gente quería que yo fuera el personaje del final de mi libro? ¿O la persona que fingía ser en la televisión, en entrevistas o en ferias del libro?

El autismo no era una etiqueta con la que me sentí cómoda de inmediato. La discapacidad intelectual de mi hermana pequeña siempre había ido unida a su diagnóstico de autismo, por lo que a menudo las confundía erróneamente. Pero hace siete años, mi madre encontró una lista de características de las niñas con autismo y, en un giro inesperado, reconoció a su hija *mayor*, no a la menor. Ella recordaba cosas que yo no podía recordar de mi comportamiento de niña, cosas que siempre habían sido meras peculiaridades de mi personalidad o bromas familiares. Mi incapacidad para hacer amigos o captar señales sociales, mis problemas extremos de procesamiento sensorial, mis hiperfijaciones e intereses especiales. Hábitos molestos o autolesivos que habíamos trabajado duro para romper de pronto tenían sentido como estímulos.

Me quedé de piedra cuando mi madre me presentó esta idea por primera vez. Le comenté a mi prometida, con la que acababa de empezar a salir por aquel entonces, sobre esta extraña conversación. Ella dijo que no había visto nada de eso cuando salíamos. Estuve de acuerdo en que mi madre estaba muy equivocada.

Cuando nos fuimos a vivir juntas, mi novia cambió de opinión. Autismo siempre había sido la palabra correcta. Simplemente no habíamos estado tan cerca como para que ella lo viera. No por ello me amaba menos. Pasamos un tiempo juntas aprendiendo sobre el autismo en las mujeres y por primera vez oí hablar del enmascaramiento. Por fin, tenía una palabra para explicar por qué tengo una relación tan complicada con *Cómo me convertí en popular* ahora que soy adulta.

Cuando era adolescente, aprendí herramientas que me serían fundamentales más adelante en la vida. Herramientas que me han ayudado a hacer presentaciones ante cientos de personas, a superar entrevistas de trabajo y a integrarme en fiestas. Pero lo que me gustaría haber aprendido, en primer lugar, es que no había nada malo en mí que necesitara cambiar. Ojalá hubiera aprendido que no todas las personas son buenas, ni merecen mi amabilidad y esfuerzo. Ojalá hubiera aprendido que poner límites es fundamental. Ojalá hubiera aprendido que fingir-hasta-conseguirlo no funciona con todo el mundo. Ojalá hubiera aprendido que no pasa nada si no le agrado a alguien, porque hay mucha gente que me ama.

Así surgió Terpsícore. Terpsícore no es una representación perfecta o completa del autismo, porque no existe una representación perfecta o completa. Todos los autistas son únicos, y el autismo es diferente en cada persona. Así que construí un personaje autista basado en mí persona. Bueno, el yo en el que me gustaría convertirme. Terpsícore comparte mis intereses especiales, mis estímulos y mi sentido del humor. Pero ella no se odia a sí misma. Tiene una autoestima y una autoeficacia inquebrantables. Escucha a su cuerpo. Dice lo que piensa. Este personaje de catorce años es lo que yo quiero ser cuando sea grande: alguien que rompa las desigualdades sociales en lugar de su propia personalidad.

Sabía que presentar un personaje autista en *Dolores de amor crónicos* significaría asumir mi identidad como persona autista. Casi cinco años después de aquella conversación inicial con mi madre, estoy dispuesta a compartir esa información con otras personas fuera de mi círculo más cercano. No es porque sienta que debo esta explicación, sino porque la representatividad importa, y tal vez me habría ayudado a entender todo esto antes haber visto a mujeres como yo hablar de su propia neurodivergencia.

Aunque la cistitis intersticial y el autismo son fundamentalmente diferentes, ambos han formado parte de mi vida y me han enseñado a defenderme a mí y a los demás. Cuando vi mi vejiga, pude considerar válidas las experiencias que estaba teniendo con la CI y supe que tenía que cuidar de mi cuerpo de forma diferente a otras personas. Ahora intento extender esa compasión a mi cerebro, sobre todo haciendo un esfuerzo por no enmascararme en situaciones en las que es seguro hacerlo. Antes, los momentos de autenticidad eran siempre negativos, crisis provocadas por el agotamiento. Estoy intentando averiguar qué es lo contrario. ¿Qué pasa cuando elijo conscientemente experimentar el mundo sin editar mi alegría o mis intereses o pasiones por caer en la categoría social de ser "demasiado"? No tengo idea. Pero deseo averiguarlo.

Agradecimientos

Dolores de amor crónicos ha tomado una década de escritura y, desgraciadamente, no hay suficientes páginas en este libro para dar las gracias a todos los amigos, familiares y lectores que me acompañaron a lo largo de estos últimos diez años. Les debo mucho amor y gratitud, con o sin nombre. Por ellos, existe este libro.

Quiero comenzar agradeciendo a mi editora, Julie Strauss-Gabel, por confiar en mí cuando tenía catorce años. Vio potencial y me dio el tiempo y el espacio necesarios para hacerlo realidad. Esta profunda gratitud se extiende al resto del equipo de Penguin Random House, que ha empleado sus considerables habilidades en la corrección de textos, la traducción, el diseño y la publicidad para dar vida a Dolores y su familia.

Le debo mucho a mi agente, Dan Lazar, por creer en mí años después de que yo hubiera dejado de creer en mí misma. Es imposible expresar hasta qué punto su orientación ha dado forma a la escritora y a la persona que soy ahora. Espero que este libro lo haga sentirse orgulloso.

El sacerdote invisible y anónimo del libro se basa en gran medida en los compasivos, divertidos y brillantes sacerdotes episcopales que he tenido el placer de conocer: Joan, el padre

Charles, la madre Rebecca, la madre Sarah y el padre Trey. Tía Vera toma su nombre, sus conocimientos culinarios y su gusto por la decoración del hogar de mi bisabuela Vera. Quiero darle las gracias a ella y a la familia que mantuvo viva su memoria para compartir esas historias conmigo.

Hubo muchos maestros y profesores que leyeron y sopesaron otros manuscritos y proyectos de escritura que abarcaron el periodo entre *Cómo me convertí en popular* y *Dolores de amor crónicos*, entre ellos, el señor Law, el profesor Sexton, el doctor Pellegrino y el doctor Griffin. Sus comentarios y consejos me ayudaron a llegar al punto en el que pude escribir este libro. También quiero dar las gracias a los primeros lectores de este libro, como Andy, Angela y Melinda, entre otros, por haberme ayudado a perfeccionar lo que sería este libro.

Quiero destacar a mis increíbles amigas Becca, Jaala y Kate, que me han acompañado durante todo el calvario que supuso escribir mi segundo libro. También quiero expresar mi gratitud a los Coker por acogerme en su familia y apoyarme increíblemente en este proyecto. Estaré por siempre agradecida con el Clan Van original —mis padres, Michael y Monica, y mis hermanos Brodie, Natalia y Ariana—, así como con Emily y Zina, los valientes miembros que se han unido a nuestra alocada tripulación. También debo dar las gracias a Zina por sus conocimientos de etimología religiosa y santos espeluznantes, y a mi madre por ser siempre mi primera lectora y mi mayor animadora.

Además, me gustaría dar las gracias a mi terapeuta por ayudarme a sanar mi relación con la escritura. Cuando las cosas se ponen estresantes, recuerdo que escribir es algo que hago y no lo que soy. Sería un ser humano digno de amor y felicidad aunque no volviera a escribir ni una palabra.

Por último, este libro no habría sido posible sin mi prometida, Eli. No sólo es una persona increíble, sino también una editora brillante. Esta habilidad no es la razón por la que me enamoré de ella, pero sin duda es una ventaja. También debo dar las gracias a nuestras mascotas —Mittens, Matilda, Martha y Eris— por sacarme de la cama por las mañanas. Por lo general con sus insistentes gritos para pedir el desayuno. No tengo palabras para describir lo mucho que quiero a nuestra pequeña familia y la vida que estamos construyendo juntas. Mi corazón está pleno.

Esta obra se imprimió y encuadernó
en el mes de junio de 2024, en los talleres
de Impregráfica Digital, S.A. de C.V.
Av. Coyoacán 100-D, Col. Del Valle Norte,
C.P. 03103, Benito Juárez, Ciudad de México.

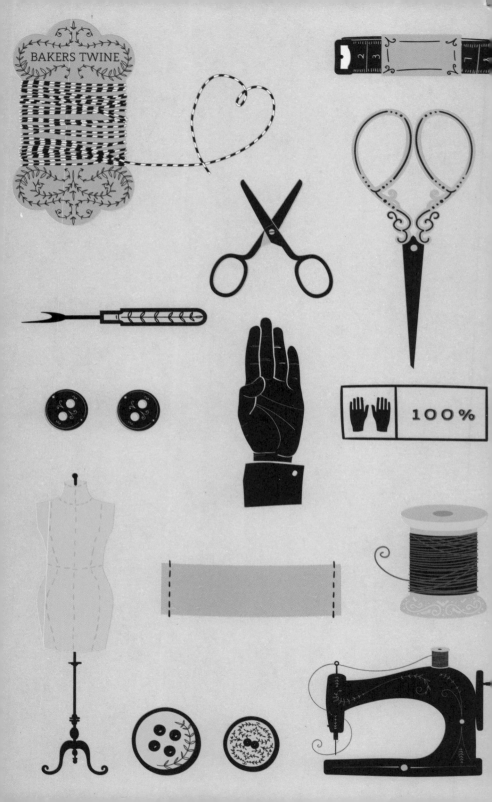

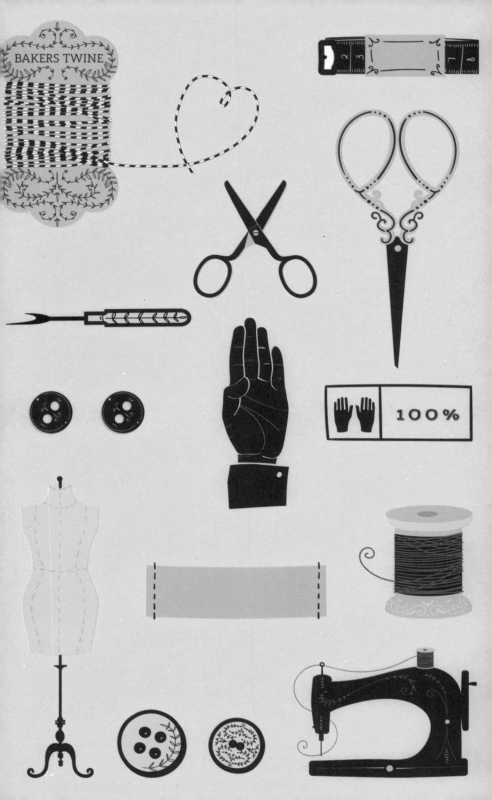